허기의 간주곡

RITOURNELLE DE LA FAIM
by J.M.G. Le Clézio

이 도서의 국립중앙도서관 출판시도서목록(CIP)은
e-CIP 홈페이지(http://www.nl.go.kr/ecip)에서 이용하실 수 있습니다.
(CIP제어번호: CIP2010004601)

허기의 간주곡

J.M.G. 르 클레지오 장편소설 | 윤미연 옮김

Ritournelle

de

la

faim

문학동네

안느, 안느, 나의 허기여,
네 당나귀*를 타고 달아나라.

내가 좋아하는 게 있다면,
그건 오직 흙과 돌뿐.
댕! 댕! 댕! 댕! 공기를 먹자,
바위, 석탄, 쇳덩이를 먹자.

나의 허기여, 돌아라. 풀을 뜯어먹어라, 허기여,
소리들의 풀밭을!
메꽃의 싸한
독을 빨아들여라.

아르튀르 랭보, 「허기의 축제」

* 프랑스어의 당나귀(âne)와 여자 이름 안느(Anne)는 동음이의어다.

나의 아내 제미아, forever

차례

III. 침묵

나는 허기를 잘 알고 있다. 그걸 겪어보았기 때문이다. 전쟁이 끝나갈 무렵, 어린아이였던 나는 다른 아이들과 함께 미군 트럭들을 쫓아 도로를 달려가면서, 군인들이 기세 좋게 던져주는 추잉검, 초콜릿, 빵 꾸러미를 잡으려고 두 손을 내밀었다. 아이였을 때는 정어리 깡통에 든 기름을 마실 정도로 기름진 음식에 굶주려 있어서, 몸이 튼튼해지는 음식이라며 할머니가 떠주시는 간유를 숟가락까지 쪽쪽 빨아가며 핥아먹었다. 그리고 짭짤한 게 너무 먹고 싶어서 부엌에 놓아둔 식품저장용 항아리 뚜껑을 열고 거무튀튀한 왕소금을 자주 한 움큼씩 집어먹었다.

어린 시절의 어느 날 생전 처음으로 흰 빵을 먹어보았다. 빵집에서 파는 커다랗고 둥근 빵이 아니었다. 빵집에서 파는 빵은 상한 밀가루에 톱밥을 섞어 만든 것으로 짙은 갈색이라기보다는 거무죽죽한 잿빛을 띠었는데, 세 살 때 그걸 먹고 죽을 뻔했던 적이 있다. 처음 먹어본 흰 빵은 달콤한 향기가 나고 소화가 잘 되는 강력분을 반죽해 틀에 넣어 구운 네모진 빵으로, 속살은 내가 지금 글을 쓰고 있는 이 종이만큼이나 하얬다. 그 빵을 묘사하고 있는 지금 이 순간에도 입안에 절로 침이 고인다. 마치 그 시절부터 세월이 전혀 흐르지 않았고, 지금의 나와 어린 시절의 내가 곧바로 연결되어 있는 것처럼. 입안에서 살살 녹는, 뭉게구름처럼 폭신폭신한 빵 조각, 나는 그것을 한입 가득 베어문다. 그걸 삼키자마자 또 한번 베어먹고 싶어지고, 또 한번, 또다시 한번, 자꾸자꾸 먹고 싶어진다. 그래서 만약 할머니가 그 빵을 당신 방 장롱 속에 넣고 자물쇠로 잠가두지 않는다면, 나는 순식간에 다 먹어치우고 급기야 배탈이 나고 말았을 것이다. 그토록 만족스러운 음식은 없었던 것 같다. 그렇게까지 나의 허기진 배를 채워주고 그 정도로까지 입맛에 딱 맞는 음식은 그후로 한 번도 먹어보지 못했다.

나는 미국산 스팸을 먹는다. 오랜 세월이 흘렀건만 지금도 내용물을 다 먹고 빈 깡통들을 버리지 않고 보관한다. 그 위에 회색 페인트를 꼼꼼히 칠해 군함을 만들기 위해서다. 스팸 깡통을 따면 가장자리에 응고된 젤라틴이 술 장식처럼 늘어져 있고 약간 비누 맛이 나는 분홍빛 덩어리가 들어 있는데, 그걸 보면 내 가슴은 행복으로 충만해진다. 그 신선한 고기 냄새, 입안 가득 덩어리를 물면 혀와 목구멍 깊숙한 곳까지 얇게 뒤덮는 그 순수한 기름막. 오랜 시간이 지난 지금, 다른 사람들, 허기를 겪어보지 못한 사람들에게 그 덩어리는 공포의 동의어, 가난한 사람들이나 먹는 끔찍한 음식을 의미할 게 분명하다. 그로부터 이십오년 후, 나는 멕시코에서, 벨리즈에서, 체투말, 펠리페 카리요 푸에르토, 오렌지워크의 상점들에서 그것을 다시 발견했다. 그곳들에서 그것은 '악마의 고기carne del diablo'라고 불린다. 샐러드 잎사귀 위에 덩어리 몇 조각을 썰어놓은 그림이 있는 파란 깡통에 든 똑같은 스팸.

그리고 카네이션 우유도 있다. 아마도 적십자 지부들에 지급된 구호품인 듯한 그 분말우유는 진홍빛 카네이션이 그려진 커다란 원통형 깡통에 담겨 있었다. 그것은 오랜 세월 달콤함 그 자체, 달콤함과 풍요로움의 기억으로 내게 남아 있다. 나는 그 하얀 가루를 목이 멜 정도로 수북이 떠서 먹은 다음 숟가락을 계속 빨아댔다. 목이 메면서도 마냥 행복했다. 후일 그 어떤 크림이나 케이크, 디저트도 그때 그것만큼 나를 행복하게 해주지는 못했다. 따뜻하고, 빽빽하고, 약간 짭짤하기도 한 그 분말우유는 내 이와 잇몸에 달라붙었다가 진득한 액체가 되어 목구멍 속으로 흘러들어간다.

그 시절의 허기는 지금도 내 안에 있다. 나는 그 허기를 잊을 수가 없다. 그것은 강렬한 빛을 발하면서 내 어린 시절을 잊지 못하게 한다. 그런 허기를 겪지 않았더라면 아마도 그 시절, 모든 것이 부족했던 그 기나긴 세월에 대한 기억을 간직하지 못했으리라. 행복하다는 것, 그것은 기억할 것이 없음을 말한다. 그렇다면 나는 불행했을까? 모르겠다. 다만 어느 날 잠에서 깨어나, 배불리 먹을 때의 충족감이 얼마나 경이로운지를 마침내 깨닫게 되었음을 기억할 뿐. 새하얗고, 말할 수 없이 부드럽고, 향긋하기 그지없는 냄새가 나던 그 빵, 내 목구멍으로 흘러들어가던 그 생선 기름, 그 소금, 내 입 저 안쪽과 혀 위에 들러붙어 반죽이 되던 분말우유 몇 숟가락. 바로 그 순간, 나는 살기 시작한다. 잿빛 세월에서 빠져나와 환한 빛 속으로 들어간다. 나는 자유롭다. 나는 존재한다.

다음에 이어질 이야기는 그것과는 또다른 허기에 관한 것이다.

I

연보라색 집

Ritournelle de la faim

에텔. 그녀는 공원 입구 앞에 서 있다. 저녁 무렵이다. 불빛은 은은한 진줏빛이다. 센 강 위로 뇌우가 우르르 울려대는 것 같기도 하다. 에텔은 솔리망 씨의 손을 꼭 잡고 있다. 그녀는 이제 겨우 열 살이고, 그래서 아직 키가 작아 머리가 종조부의 허리춤에 간신히 닿을락 말락 한다. 그들 앞으로 보이는 저것은 마치 뱅센 숲의 나무들 한가운데 세워진 도시 같다. 높은 건물과 첨탑, 돔들이 보인다. 주변 대로에서는 사람들이 분주히 발걸음을 옮기고 있다. 잔뜩 찌푸리고 있던 하늘에서 갑자기 폭우가 쏟아지고, 더운 비가 도시 위로 수증기를 피워올린다. 수백 개의 검정 우산들이 순식간에 펼쳐진다. 노신사는 깜빡 잊고 우산을 챙겨오지 못했다. 굵은 빗방울이 떨어지기 시작하는데도 우물쭈물하며 서 있다. 하지만 에텔이 그의 손을 잡아끌었고, 두 사람은 삯마차와 차들 앞에 있는, 공원 정문의 차양 밑을 향해 대로를 가로질러 달린다. 에텔이 종조부의 왼팔을 잡아당기고, 그는 두상이 뾰족한 머리에서 검은 모자가 떨어지지 않도록 오른손으로 누른 채 달린다. 그가 달릴 때, 잿빛 구레나룻이 박자를 맞춰 흩날린다. 에텔이 그걸 보고 웃고, 그녀가 웃는 걸 보고 그도 웃는다. 이윽고 그들은 어느 밤나무 아래 멈춰서서 비를 피한다.

정말 멋진 곳이다. 에텔은 그런 곳을 한 번도 본 적이 없다. 꿈에서조차 본 적이 없다. 공원 입구를 지나 픽퓌스 시문市門을 통과한 두 사람은 박물관* 건물 옆을 따라 걷는다. 건물 앞에는 많은 사람들이 분주하게 오가고 있다. 하지만 솔리망 씨는 그런 것에는 관심이 없다. "박물관은 언제라도 볼 수 있어." 솔리망 씨는 생각해둔 바가 있다. 에텔과 함께 이곳에 오고 싶어했던 것도 바로 그 때문이다. 그녀는 궁금해서 며칠 전부터 이런저런 것들을 물었다. 에텔은 아주 꾀가 바르다. 종조부가 그녀에게 그렇다고 말했다. 그녀는 유도심문도 할 줄 안다. "그게 깜짝 선물인데 내가 알아맞히면 어떡해요? 깜짝 선물은 어디 있어요?" 에텔은 끈질기게 묻는다. "적어도 내가 알아맞힐 수 있게는 해줄 수 있

* 프랑스 제국의 식민지 정책을 정당화하고 거대한 프랑스 제국의 위상을 과시하고자 1931년에 개최한 식민지 박람회를 위해 뱅센 숲에 세운 식민지 박물관.

잖아요." 솔리망 씨는 저녁식사를 마친 후 소파에 앉아 시가를 피운다. 에텔이 시가에서 피어오르는 연기를 훅 불면서 말한다. "먹는 거예요? 마시는 거예요? 아님, 예쁜 드레스?" 하지만 그는 여전히 입을 다물고 있다. 저녁이면 늘 그렇듯 그는 시가를 피우고 코냑을 마신다. "하룻밤 자고 나면 알게 될 거다." 하지만 에텔은 잠을 이룰 수가 없다. 그녀가 누운 채로 이리저리 몸을 뒤척이는 바람에 작은 철제 침대는 밤새도록 삐걱거린다. 그녀는 새벽까지 잠을 이루지 못하고, 아침 열시에 어머니가 고모들 집으로 점심을 먹으러 갈 테니 어서 일어나라고 했을 때 쉽게 일어나지 못한다. 솔리망 씨의 모습은 아직 보이지 않는다. 코탕탱 가에서 몽파르나스 대로까지는 꽤 멀다. 걸어서 십오 분이 걸린다. 하지만 솔리망 씨는 잘 걷는다. 그는 검은 중절모를 눌러 쓰고 끝에 은을 댄 지팡이를 바닥에 닿지 않게 살짝 들고 꼿꼿하게 걷는다. 거리가 시끌벅적한데도 에텔은 멀리서 종조부가 오는 소리가 들린다고, 인도 위에 규칙적으로 울리는 그의 징 박은 부츠 소리가 들린다고 말한다. 또 그가 말발굽 소리를 낸다고 말한다. 그녀는 솔리망 씨를 말에 비유하는 걸 아주 좋아하고, 솔리망 씨도 그게 싫지 않다. 때때로 그는 팔순 고령에도 불구하고 에텔을 목말 태워서 공원으로 산책을 나간다. 솔리망 씨는 키가 아주 커서 그의 어깨 위에 탄 에텔의 머리가 키 큰 나무들의 가지에 닿는다.

비가 그쳤다. 두 사람은 호숫가까지 손을 잡고 걸어간다. 잿빛 하늘 아래 호수는 거대하고 휘어져 보이는 것이 마치 수렁 같다. 솔리망 씨는 옛날에 아프리카에서 본 호수와 우각호들에 대해 자주 이야기해준다. 당시 그는 프랑스령 콩고에서 군의관으로 근무했다. 에텔은 그에게 이야기를 해달라고 조르는 걸 좋아한다. 솔리망 씨가 살아온 이야기를 들려주는 사람은 오직 에텔뿐이다. 그녀가 세상에 대해 아는 것은 모두 종조부가 이야기해준 것들이다. 에텔은 호수 위에 떠 있는 오리들 가운데에서 노르스름한 빛을 띤 백조 한 마리를 발견한다. 백조는 쓸쓸해 보인다. 두 사람은 그리스 신전이 세워져 있는 어떤 섬 앞을 지나간다. 사람들이 빠른 걸음으로 나무다리를 건넌다. 솔리망 씨가 묻는다. "저기 가보고 싶니……?" 하지만 혹시 하는 마음에 그냥 물어보는 게 분명하다. 사람들이 너무 많다. 그래서 에텔은 종조부의 손을 잡아당긴다. "아니, 아니, 곧장 인도*로 가요!" 둘은 밀려드는 사람들과 반대 방향으로 호숫가를 따라 걷는다. 사람들은 두건 달린 커다란 망토에 구닥다리 모자를 쓴 이 키 큰 남자와 주름장식이 달린 원피스와 앵클부츠로 한껏 멋을 낸 작은 금

* 프랑스령 인도. 17세기부터 인도 독립 전까지 존속한 인도 동부의 프랑스 식민지. 여기서는 박물관 내의 인도 전시관을 말한다.

발 소녀에게 길을 비켜준다. 에텔은 솔리망 씨와 함께 있는 게 자랑스럽다. 거인과 함께 있는 것 같은 기분이다. 이 세상 어떤 무질서 속에서도 길을 뚫고 나아갈 수 있는 사람과.

이제 인파는 다른 방향으로, 호수 끝을 향해 가고 있다. 에텔의 눈에 나무들 위로 솟아오른 괴상한 시멘트 빛 탑들이 들어온다. 그녀는 안내판에서 그 이름을 겨우 읽는다.

"앙……코르……"

"와트!" 솔리망 씨가 뒷부분을 마저 읽어준다. "앙코르와트. 캄보디아에 있는 사원 이름이란다. 저 사원도 아주 멋져 보이지만, 그것보다 먼저 보여주고 싶은 게 있구나." 솔리망 씨는 생각해둔 게 있다. 그래서 군중과 같은 방향으로 걸으려 하지 않는다. 그는 사람들이 무리지어 행동하는 것을 경계한다. 에텔은 사람들이 외종조부에 대해 하는 말을 자주 들었다. "정말 별난 분이라니까." 하지만 에텔의 어머니는 솔리망 씨를 두둔한다. 자신의 삼촌이기 때문이리라. "알고 보면 다정하고 점잖으신 분이세요."

솔리망 씨는 에텔의 어머니를 엄하게 키웠다. 그녀의 아버지가 세상을 떠나자 그녀를 맡은 건 솔리망 씨였다. 하지만 에텔의 어머니는 삼촌을 자주 볼 수 없었다. 솔리망 씨는 늘 먼 곳, 세상

저 끝 어딘가에 가 있었다. 그녀는 그를 사랑한다. 어쩌면 그 키 큰 노인이 자신의 딸 에텔에게 애착을 갖고 있다는 것에 감격한 것인지도 모른다. 외롭고 고된 인생의 막바지에 마침내 그가 마음의 문을 여는 것을 목도했다는 듯이.

옆쪽으로, 호수에서 벗어나는 길이 있다. 그 길에는 지나다니는 사람들이 훨씬 적다. 안내판에는 이렇게 씌어 있다. 프랑스의 옛 식민지들. 아래에는 지명들이 적혀 있다. 에텔은 그것들을 천천히 읽어내려간다.

레위니옹

과들루프

마르티니크

소말리아

뉴칼레도니아

기아나

프랑스령 인도

솔리망 씨가 오고 싶어한 곳은 바로 여기다.

이곳은 호숫가에서 약간 들어간 숲속 빈터에 있다. 초가지붕을 얹은 오두막들, 그리고 종려나무 둥치 모양의 기둥들을 세운 콘크리트 오두막들. 하나의 마을 같다. 중앙에는 자갈을 깔고 군데군데 의자를 놓은 작은 광장도 있다. 몇몇 관광객이 그곳에 앉아 있는데, 긴 원피스를 입은 여자들은 아직도 우산을 쓰고 있다. 하지만 이제는 해가 나기 시작해서 우산은 양산 역할을 하고 있다. 신사들은 빗물에 젖은 의자 위에 손수건을 깔아놓고 그 위에 앉아 있다.

"정말 예쁘다!" 에텔은 마르티니크 풍으로 지은 별장 앞에서 감탄을 억누르지 못한다. 그 집(역시 오두막 스타일이다)의 박공에는 파인애플, 파파야, 바나나, 하비스커스, 극락조화 다발 등 온갖 이국적인 꽃과 과일들이 돋을새김되어 있다.

"그래, 아주 예쁘구나…… 들어가서 구경해보고 싶니?"

하지만 그렇게 물으면서도 솔리망 씨는 조금 전처럼 주저하는 목소리였고, 에텔의 손을 잡은 채 꼼짝도 않고 서 있다. 그녀는 그의 마음을 알아차리고 말한다. "나중에 구경할게요, 할아버지가 구경하고 싶을 때."

"어쨌든, 저 안에는 아무것도 없단다." 에텔은 문 너머 붉은 머릿수건을 쓴 서인도제도 여자를 발견한다. 여자는 미소도 짓지 않고 밖을 바라보고 있다. 에텔 생각에는 자기를 만나서 옷을 만져보기도 하고 말도 걸어보고 싶어할 것 같다. 여자의 얼굴은 아주 슬퍼 보인다. 하지만 에텔은 종조부에게 그런 얘기는 하지 않는다. 솔리망 씨는 에텔을 광장의 또다른 끝, 프랑스령 인도의 별장이 있는 곳으로 데려간다.

그 집은 그다지 크지 않고 사람들의 눈을 사로잡지도 못한다. 사람들은 멈춰서지 않고 변함없는 걸음걸이로 스쳐지나간다. 검은 양복과 검은 모자, 여인들의 원피스 자락이 가볍게 스치는 소리, 깃털이나 과일이나 바이올렛 장식이 달린 여인들의 모자. 어른들의 손에 억지로 끌려가는 아이들이 인파를 헤치며 반대 방향으로 나아가는 에텔과 솔리망 씨를 흘깃흘깃 곁눈질한다. 에텔과 솔리망 씨는 기념비와 암석, 신전, 아티초크처럼 생긴 나무들 위로 두둥실 떠 있는 거대한 탑들을 향해 간다.

에텔은 저게 뭐냐고 묻지도 않았다. 솔리망 씨는 입속으로 웅얼거리듯 설명할 수밖에 없었다. "앙코르와트 사원과 똑같이 만들어놓은 복제품이란다. 원한다면 언젠가 그곳으로 데려가 진짜를 보여주마." 솔리망 씨는 복제품을 좋아하지 않는다. 진품에만 관심이 있다, 그뿐이다.

솔리망 씨는 그 집 앞에 멈춰섰다. 상기된 그의 얼굴에 더할 나위 없이 만족스러운 표정이 떠오른다. 그는 한마디 말도 없이 에텔의 손을 꼭 잡고 목조계단을 올라가 현관 앞 낮은 계단에 이른다. 그 집은 아주 단순한 구조의 밝은색 목조건물로, 둥근 기둥들이 떠받치는 베란다에 둘러싸여 있다. 높이 낸 창문들은 어두운색 나무로 만든 모사라베 양식 격자창*이다. 유약 바른 기와를 얹은, 거의 평평한 지붕 위에는 방어용 총안이 뚫린 망루가 서 있다. 그들이 들어갔을 때 안에는 아무도 없었다. 집 한복판에 있는 안뜰은 탑에서 비치는 조명 때문에 기묘한 연보라색 불빛에 잠겨 있다. 뜰 옆 동그란 연못에는 하늘이 비친다. 물이 너무도 잔잔해서 한순간 에텔은 거울이라고 믿었다. 그녀는 두근거리는 가슴을 안고 멈춰섰다. 솔리망 씨 역시 안뜰 위 둥근 지붕을 쳐다보기 위해 고개를 약간 젖힌 채 꼼짝도 하지 않는다. 정팔각형으로 배치된 나무 벽감들 안에는 막대기처럼 생긴 조명등들이 연기처럼 비현실적이고 은은한 빛으로, 수국 빛으로, 바다 위로 번지는 황혼 빛으로 빛나고 있다.

무언가 떨고 있다. 불완전한, 약간은 마법 같은 무언가이다. 분명히 아무도 없다. 이 집은 마치 정글 한가운데 버려진 진짜 사원인 것 같다. 에텔은 나무들 사이에서 웅성거리는 소리, 날카롭고 거친 울음소리, 키 작은 초목 속에서 맹수들의 비단처럼 부드러운 발소리가 들리는 것만 같아 몸을 떨며 종조부에게 바싹

* 이슬람 건축 혹은 그 영향을 받은 건축에서 사용하는 돌출된 격자 장식 창. 북아프리카와 중동의 주택에서 흔히 볼 수 있으며, 프랑스에서도 식민지의 영향을 받은 이런 형태의 창들을 볼 수 있다. 유리와 덧문이 없고 대신 기하학적 형태의 섬세한 격자를 쓴 것이 특징이며, 뜨거운 햇빛을 막아주고 채광과 통풍, 사생활 보호에 용이하다.

붙는다.

솔리망 씨는 움직이지 않는다. 그는 안뜰 한복판, 빛의 돔 아래에서 꼼짝도 않고 있다. 희미한 전깃불이 그의 얼굴을 연보라색으로 물들여 구레나룻은 두 개의 푸른 불꽃처럼 보인다. 방금 에텔은 깨달았다. 그처럼 떨리는 이유가 바로 종조부의 벅찬 감동 때문이라는 것을. 그렇게 크고 강인한 남자가 꼼짝도 하지 않는 건, 이 집 안에 어떤 비밀, 아주 놀랍고 위험하고 깨지기 쉬운 비밀이 숨겨져 있어 아주 사소한 움직임에도 모든 것이 멈춰버릴지도 모르기 때문이다.

이제 솔리망 씨는 이곳이 자기 집인 것처럼 말한다.

"저기다 책상을 놓을 거다, 여기다가는 책장을 두 개 놓을 거고…… 저기다가는 스피넷*을, 그리고 저 안쪽에는 흑단으로 만든 아프리카 조각상들을 놓아야지, 그러면 조각상들이 조명을 받아 아주 자연스러워 보일 거야, 마치 아프리카에 있는 것처럼 말이다. 그다음에 여기다 커다란 베르베르 양탄자를 깔면 되겠지……"

에텔은 뭐가 뭔지 이해할 수가 없다. 그녀는 키 큰 남자가 왠지 초조한 듯 이 방 저 방을 돌아다니는 동안 그 뒤를 말없이 따

---

* 17~18세기에 유행한 소형 피아노.

라다닌다. 그가 그렇게 초조해하는 모습은 한 번도 본 적이 없다. 마침내 그는 안뜰로 돌아오더니, 집 앞 계단에 앉아 하늘이 비치는 거울 같은 연못을 바라본다. 그들은 마치 저 먼 곳, 이곳이 아닌 다른 어딘가, 세상 반대편 끝에서, 인도에서, 모리셔스 섬*에서, 그의 유년의 나라에서 석호 위로 지는 태양을 함께 바라보고 있는 것만 같다.

꼭 꿈인 것 같다. 그 순간을 생각할 때면 그녀는 하늘이 비치는 반짝이는 원반 같은 연못과 연보라색에 사로잡힌다. 아주 먼, 아주 오랜 옛날의 어떤 시절에서 피어오르는 한 가닥 연기. 지금은 모든 것이 사라지고 없다. 남아 있는 것은 추억이 아니다, 마치 그때 에텔이 어린아이가 아니었듯이. 식민지 박람회. 그녀는 솔리망 씨와 함께 조약돌 깔린 오솔길을 걷던 그날의 사소한 일들까지 기억 속에 간직했다.

"여기다가는 내가 좋아하는 흔들의자를 갖다놓을 거다, 그러면 어릴 적 고향 발코니 아래 앉아 있는 기분이 들겠지, 그리고 비가 오면 빗방울이 연못의 물을 세차게 때리는 광경을 함께 지켜보자꾸나. 파리에는 비가 많이 오니까…… 그리고 두꺼비들

* 인도양 남서부에 위치한 섬나라. 1598년에 네덜란드가 식민지로 만든 이후 프랑스령(1715~1810)을 거쳐 1810년부터 영국의 직할 식민지가 되었다. 정식 명칭은 모리셔스공화국.

도 키워야지, 언제 비가 올지 그 녀석들이 알려줄 거다……"

"두꺼비는 뭘 먹나요?"

"작은 벌레들, 나방, 진드기. 이곳 파리에는 진드기가 많단다……"

"식물들도 있어야겠네요, 왜 있잖아요, 잎사귀가 넓적하고, 연보라색 꽃이 피는 식물."

"그래, 연꽃이지. 그런데 그것보다는 차라리 수련이 나을 것 같구나, 연꽃은 겨울에 죽을 테니까. 하지만 둥근 연못에는 안 돼. 정원 안쪽에 두꺼비들을 위해 연못을 하나 더 만들 생각이다. 저기 저 거울 연못은 하늘이 비치도록 항상 접시처럼 반들거리게 놓아두고 싶구나."

솔리망 씨의 머릿속 생각을 이해할 수 있는 사람은 오직 에텔뿐이었다. 식민지 박람회 도면을 보는 순간, 그는 즉시 인도 별장을 사들이기로 마음먹고 조카사위의 계획을 일소에 부쳤다. 그의 땅에 다른 건물을 지어서는 안될뿐더러, 단 한 그루의 나무라도 건드리는 것조차 생각할 수 없는 일이었다. 솔리망 씨는 그곳에 오동나무, 댕댕이덩굴나무, 인도 월계나무 등을 심어놓았다. 그의 열정을 맞아들일 모든 준비는 완료되어 있었다.

"농장주 같은 건 내 적성이 아니다."

솔리망 씨는 조카사위 알렉상드르의 터무니없는 계획을 막기 위해 에텔을 유일한 상속자로 지목했다. 하지만 에텔은 아무것도 몰랐을 것이다. 아니면, 어느 날 그가 지나가는 말로 그녀에게 이야기했는지도 모른다. 박람회를 구경하고 나서 얼마 지나지 않았을 때였다. 프랑스령 인도 별장을 해체하고 남은 자재들이 아르모리크 가의 정원에 차곡차곡 쌓이기 시작했다. 솔리망 씨는 그것들이 비에 젖지 않도록 시커멓고 커다란 방수포로 덮어놓았다. 그러고 나서 안을 들여다보지 못하도록 정원을 빙 둘러친 산울타리 쪽으로 에텔을 데려갔다. 그가 문에 매달린 맹꽁이자물쇠를 열자, 정원 안쪽에서 번쩍이는 시커먼 더미들이 보였다. 에텔은 돌처럼 굳어 서 있었다.

"저게 뭔지 알겠니?" 솔리망 씨가 수수께끼를 내듯 물었다.

"연보라색 집이잖아요."

그는 감탄 어린 눈빛으로 그녀를 바라보았다.

"그래, 맞아." 그리고 덧붙였다. "연보라색 집. 그래, 앞으로 이 집을 그렇게 불러야겠다. 네가 이 집의 이름을 생각해냈구나." 그는 에텔의 손을 꼭 쥐었고, 그녀는 벌써부터 안뜰과 회랑, 그리고 잿빛 하늘이 비치는 거울 연못을 본 것 같은 기분에 사로잡혔다. "이건 네 집이 될 거다, 오직 너만을 위한 집이."

하지만 그후로 솔리망 씨는 두 번 다시 그 이야기를 꺼내지 않았다. 늘 그런 식이었다. 그는 한번 한 말은 절대로 되풀이하지 않았다.

그는 오랫동안 기다렸다. 어쩌면 너무 오랫동안. 공사를 시작하는 것보다는 완공된 집의 모습을 머릿속으로 그리는 걸 더 좋아하는지도 몰랐다. 해체한 연보라색 집의 자재들은 정원 한구석에 타르 칠을 한 방수포 아래 계속 잠자고 있었고, 나무딸기들이 그 위를 덮치기 시작했다. 그렇지만 솔리망 씨는 적어도 한 달에 한 번은 에텔을 그 부지로 데려갔다. 겨울이 오자 주위 나무들은 헐벗었지만, 솔리망 씨가 심은 나무들은 여전히 싱싱하고 푸르렀다. 댕댕이덩굴나무들과 인도월계나무들은 짙은 초록 잎사귀들을 당당히 과시했고, 그곳은 도시 속 정원이라기보다는 울창한 숲속으로 들어가는 입구처럼 보였다. 인접한 땅은 코나르라는 이의 소유였다. 그는 그 구역에서 가장 오래 산 주민 중 하나였고, 1887년 그곳에 길을 낸 사람의 아들이었다. 그건 분명한 사실이었고, 그래서인지 그는 자신에게 특권이 있다고 믿었다. 어느 날 그는 솔리망 씨에게 항의를 했다. "확인해봤는데 당신 집에 심어놓은 그 열대 나무들 때문에 우리 집 버찌나무들이 정오에서 오후 세시까지 햇빛을 받지 못하고 있소."

그러자 에텔의 종조부는 상대방을 아연실색케 하는 대답을 했다. "이보쇼, 개수작 마. 당신이 뭐라고 떠들어대든 내 알 바 아니야." 에텔이 종조부의 입에서 나오는 그런 말을 들은 건 태어나서 처음이었다. 그녀의 아버지는 그 이야기를 사람들에게 들려주면서 박장대소했다. '삼촌 같은 분이 마차꾼들이나 쓰는 상스러운 말, 아니 그보다 더 심한, 군인들이 쓰는 거친 말을 할 줄 알더라'(알렉상드르는 그렇게 논평했다)는 사실에 에텔은 무척이나 기분이 좋았다. 하지만 에텔 자신은 그런 말을 입 밖에 낼 수 없을 것이고, 특히나 그런 말을 한 사람 앞에서는 절대로 그러지 못할 것임을 알고 있었다. 하지만 그건 또 그래서 좋았다.

연보라색 집의 공사가 시작되기도 전에 솔리망 씨는 병에 걸렸다. 그와 함께 마지막으로 그곳을 찾아갔을 때, 에텔은 이상한 것을 보았다. 정원을 침범하고 있던 무성한 식물들은 모두 밑동이 잘려 있었고, 방수포 위를 뒤덮고 있던 나무딸기들도 모두 제거되고 없었다. 거리에 면한 나무문 위에는 건축허가를 공고하는 표지판이 붙어 있었다. 거기에는 그녀가 지금도 또렷이 기억하는 내용이 명시되어 있었다. "단층 목조주택 건축." 이 허가를 얻어내기 위해 솔리망 씨는 그의 적 코나르와 맞서 싸워야 했다. 본인의 주장에 의하면 코나르는 '파리에 흰개미 떼를 끌어들일' 수도 있는 그 공사 계획에 반대했다. 하지만 인도풍 방갈로를 지어보고 싶었던 페로탱이라는 건축가가 적극 나서서 도시계획과를 설득했고, 마침내 건축 허가가 떨어졌다.

아무것도 없는 맨땅에 말뚝들이 박혀 있었고, 그 말뚝들 사이에 연결된 가는 끈이 집의 설계도면을 보여주고 있었다. 에텔을 깜짝 놀라게 한 건, 그 땅 위에 표시된 연보라색 선들이었다. 석회가루를 묻힌 가느다란 끈으로 땅바닥을 두드려 남긴 흔적. 솔리망 씨는 그 표시들을 어떻게 만드는지 에텔에게 보여주었다. 지팡이 끝으로 활시위를 당기듯 줄을 들어올렸다가 탁 놓으면 팅! 하는 소리와 함께 땅 위에 보라색 가루가 날리면서 선명한 줄이 생겼다.

그게 마지막이었다. 그게 에텔이 간직한 기억이었다. 마치 연보라색 집 안을 밝히던 은은한 불빛이 정원의 땅바닥에 표시된 석회가루까지 물들인 것처럼.

바로 그해 겨울, 에텔이 열세 살이 되었을 때 솔리망 씨가 죽었다. 처음에는 병으로 앓아누웠다. 그는 자주 숨이 막혀 괴로워했다. 몽파르나스 대로에 있는 아파트 침대 위에 길게 누워 있었다. 에텔은 백짓장 같은 종조부의 모습을, 텁수룩한 수염에 가려진 얼굴, 표정 없는 두 눈을 보았다. 그리고 겁이 났다. 솔리망 씨가 얼굴을 찡그리며 말했다. "죽는 게 힘들구나…… 오래 걸려, 너무 오래 걸려." 마치 에텔이 그 말을 이해할 수 있다는 듯이. 집으로 돌아온 에텔은 솔리망 씨가 한 말을 어머니에게 그대로 들려주었다. 하지만 어머니는 아무런 설명도 해주지 않았다. 그저 한숨만 내쉴 뿐이었다. "할아버지를 위해 간절히 기도드리렴." 에텔은 기도하지 않았다. 뭐라고 빌어야 할지 알 수 없어서였다. 할아버지가 빨리 돌아가시기를 빌어야 할까, 아니면 낫기를 빌어야 할까? 그녀는 그저 연보라색 집만 생각하면서, 솔리망 씨가 방수포를 걷어내고 그 연보라색 선들 위에 집을 지을 만큼 오래 살기를 바랐다.

하지만 10월에는 비가 많이 내렸고, 그녀는 그 선들이 모두 비에 지워졌을 거라고 생각했다. 종조부는 곧 돌아가실 것이다. 그런 깨달음은, 어쩌면 바로 그 순간 찾아왔는지도 모른다.

제니아

이제 에텔은 자신들이 어디서 처음 만났는지 기억하지 못한다. 보지라르 가의 빵집이거나, 마르그랭 가의 여학교 앞이었을 것이다. 그녀는 우중충했던 그 거리를 떠올린다. 비 내리는 잿빛 파리의 거리를, 모든 것에 스며들고 우리 마음 깊숙한 곳으로 침투해 결국 울음을 터뜨리게 만드는 그 회색을. 그녀의 아버지는 걸핏하면 파리의 하늘을, 그 하늘의 창백한 태양을 비웃었다. "아스피린이나 봉함용 풀처럼 허여멀건하다니까." 모리셔스의 태양, 그것은 틀림없이 달랐을 것이다.

그 잿빛 속에서 제니아는 하나의 금빛 얼룩, 광채였다. 열 살 혹은 그보다 조금 더 먹었을지도 모르는 그 아이는 또래에 비해 작은 편이었다. 에텔은 제니아의 진짜 나이를 끝내 알지 못했다.

혁명이 일어나자 제니아의 어머니는 러시아에서 탈출을 감행했고, 그 와중에 제니아를 낳았다. 제니아의 아버지는 같은 해 감옥에서 죽었다. 아니, 어쩌면 혁명가들에게 총살을 당했는지도 몰랐다. 제니아의 어머니는 상트페테르부르크에서 스웨덴으로 갔고, 그다음에는 이 나라 저 나라 떠돌아다니다 결국 파리까지 오게 되었다. 제니아는 프랑크푸르트 근처의 작은 마을에서 자랐다. 에텔은 그녀의 이야기들을 토막토막, 단편적으로 알게 되었고, 그것들을 잊어버리지 않기 위해 작은 수첩을 펼치고는 첫 페이지에 약간 엄숙한 마음으로 써넣었다. '지금까지 제니아가 살아온 역사'라고.

그녀가 제니아에게 말을 걸었다. 아니, 제니아가 먼저 말을 걸었던가? 많은 사람들 속에서, 우중충한 잿빛 속에서, 에텔은 봉함용 풀이 아닌 찬란히 빛나는 진짜 태양 같은 제니아를 보았다. 그녀는 아름다운 제니아의 모습에 심장이 두근거렸던 것을 기억한다. 천사 같은 얼굴, 티없이 투명하면서도 다소 뽀얀 살결, 여름이 끝나갈 무렵의 살짝 그을린 금빛 피부. 그리고 밀짚을 엮어 만든 바구니 손잡이처럼 빨간 털실을 섞어 정수리까지 땋아올린 금빛 머리칼, 밑단 장식이 달리고 가슴께 붉은 수 장식이 있는데도 아주 수수해 보이는 밝은색의 긴 원피스, 한 손으로도(아마도 솔리망 씨의 큰 손이라면) 감싸안을 수 있을 만큼 가느다란 허리.

그리고 제니아의 눈. 에텔은 그런 눈은 한 번도 본 적이 없었다. 희미하게 잿빛을 띤 옅은 푸른색 눈—바랜 청석 빛깔, 북해北海의 물빛, 이라고 그녀는 생각했다. 하지만 그녀가 놀란 건 그 색깔 때문이 아니었다. 솔리망 씨의 눈도 파란색이었다. 아주 밝은 물망초 색깔. 그녀가 단박에 알아차린 것은 그 눈이 제니아의 얼굴에 왠지 모를 슬픔을 드리운다는 사실이었다. 그게 아니라면, 잿가루를 뚫고 스며나오듯 시간의 저 밑바닥에서 올라온 것 같은, 고통과 희망이 깃든, 아득하게 먼 시선이라는 느낌…… 물론 그 즉시 에텔이 모든 걸 생각했던 건 아니었다. 몇 달, 몇 해가 지나면서 에텔이 제니아의 이야기를 재구성해감에 따라 점점 더 명확해진 생각이었다. 하지만 신학기가 시작되던 그날, 안개비 뿌리던 잿빛 거리에서 그 어린 소녀의 시선은 어렴풋하면서도 강렬한 빛처럼 에텔의 영혼 깊숙한 곳까지 스며들었고, 그녀는 가슴이 더욱 세차게 뛰는 것을 느꼈다.

에텔은 이젠 이름마저 잊어버린 다른 여자아이들과 함께 있었다. 그들은 마드무아젤 콜러의 시 수업을 듣기 위해 교실 밖에서 다른 반 수업이 끝나기를 얌전히 기다리고 있었다. 여학생들은 그 노처녀 외국인 선생에 관한 소문들을 떠들어대며 킥킥댔다. 이루어지지 않은 사랑, 경마에 쏟아부은 엄청난 돈, 암거래, 궁여지책으로 겨우 살아가는 삶…… 하지만 에텔은 그런 이야기들이 귀에 들어오지 않았다. 그녀는 새로 전학 온 여자아이를 뚫어지게 보고 있었다. 그 아이에게서 눈을 떼지 못한 채 친구들에게 낮은 목소리로 물었다. "너희들, 저애 봤니?"

제니아는 즉시 에텔을 알아보았다. 학교 운동장에서 그녀는 곧장 에텔에게로 다가와 손을 내밀었다. "난 제니아 안토니나 샤비로프야." 그녀는 목구멍 깊숙한 곳에서 나오는 슈 소리로 자기 이름의 첫 글자인 X를 부드럽게 발음했다. 순간 에텔은 그 발음이 그녀의 성性처럼 정말 근사하다고 생각했다. 하지만 다른 여자아이들은 제니아의 성을 가지고 시시한 농담이나 해댔다. 샤비로프, 어머 그럼 너 툭하면 쓰러지겠구나……? 그럼 너희 집은 망했겠네……?* 제니아는 작은 수첩에 몽당연필로 자기 이름을 쓰더니 그 페이지를 떼어내 에텔에게 내밀면서 말했다. "명함이 없어서 미안해." 그 이름, 그 작고 검은 수첩, 명함, 에텔에게는 과분한 것들이었다. 그녀는 제니아의 손을 잡으며 말했다. "너랑 친구가 되고 싶어." 제니아는 미소 지었다. 하지

* '쓰러지다, 뒤집히다, 망하다'라는 뜻의 프랑스어 동사 '샤비레chavirer'는 2인칭 단수형일 때 샤비로프와 비슷하게 '샤비르'로 발음된다.

만 그녀의 푸른 눈은 여전히 신비로운 베일에 가려져 있었다. "물론 나도 네 친구가 되고 싶어." 에텔은 그 작고 검은 수첩에 마치 협정을 조인하듯 엄숙하게 자기 이름과 주소를 적었다. 그리고 자신이 왜 그러는지도 모르면서, 아마도 제니아의 마음에 들고 싶어서, 자신의 우정이 가치 있음을 확인시켜주기 위해, 작은 거짓말을 했다. "지금은 여기서 살지만, 우리 가족은 곧 이사를 갈 거야. 우리 종조부님 집을 다 짓는 대로 그곳으로 가서 종조부님이랑 같이 살 거거든." 하지만 그 말을 하는 바로 그 순간, 에텔은 연보라색 집이 그리 쉽게 지어지지 않을 것임을 알고 있었다. 솔리망 씨의 건강은 점점 악화되고 있었고, 그의 꿈은 멀어져가고 있었다. 이제 그는 아파트에서 거의 나오지 않았고, 매일같이 뤽상부르 공원으로 나가던 산책마저 그만둔 상태였다. 에텔은 울타리로 가려진 아르모리크 가의 정원 앞을 지나갈 때면 가슴이 미어지는 것만 같았다.

한번은 학교를 파한 후 제니아를 그곳으로 데려갔다. 제니아는 항상 혼자서 등하교를 했고, 에텔은 그것 때문에 더한층 제니아에게 감탄했다. 바로 그날, 에텔은 어머니에게 선언했다. "앞으로는 학교로 데리러 올 필요 없어. 내 러시아 친구 제니아랑 같이 올 테니까, 알았지?" 어머니는 어리둥절한 표정으로 딸을 바라보았다. 에텔은 서둘러 마무리지었다. "방과 후에 우리 집으로 와서 함께 간식을 먹을 거야. 그애한테 차를 대접하려고. 제니아는 차를 많이 마시거든."

아르모리크 가의 부지에 도착한 에텔과 제니아는 울타리 틈새로 안을 들여다보기 위해 까치발을 했다. "우와, 정말 크다!" 제니아는 탄성을 내지르더니, 그전까지 에텔이 한 번도 생각해 보지 못한 말을 덧붙였다. "네 종조부라는 분, 엄청 부자구나."

어느 가을날 오후, 에텔은 제니아를 그 정원으로 데려갔다. 솔리망 씨의 윗옷 주머니에서 나무문의 열쇠를 꺼내온 터였다. 어떤 성 안의 비밀 문을 열 수 있을 것처럼 생긴 커다랗고 녹슨 열쇠였다. 그녀는 종조부에게 묻지도 않은 게 다소 마음에 걸렸다. 솔리망 씨는 하얀 시트 속에 커다란 몸을 뻗고 누워 반수 상태에 빠져 있었고, 그의 커다란 두 발은 침대 끝에서 산봉우리처럼 뾰족하게 솟아올라 있었다. 그는 에텔이 들어온 것을 알아채지도 못했다. 이미 얼마 전부터 만사에 무심해져 있었다.

정원 문 앞에서 에텔은 제니아에게 열쇠를 보여주었다. 그녀는 불안한 기색이 역력했다. 제니아는 약간 신경질적으로 웃으면서 에텔의 손을 잡았다. "정말 들어가도 괜찮은 거야?"

그녀들은 두려움에 떨면서도 모험을 감행했다. 망치질에 깨지고 갈라진 틈새들을 대충 메워놓은 불그죽죽하고 낡은 돌담은 이끼와 개머루에 뒤덮여 있었다. 솔리망 씨가 몸져누운 이후, 정원 문을 가로막으며 자라나는 칡넝쿨을 잘라낼 생각은 아무도 안 하는 듯했다.

자물쇠마저 잔뜩 녹슬어 있어 쉽게 열리지 않았다. 에텔은 여러 차례 좌우로 돌리고 나서야 겨우 자물쇠를 열 수 있었다. 열쇠가 돌아가면서 녹슨 쇠가 서로 부딪히며 귀에 거슬리는 소리를 내자 두 소녀는 신경질적인 비명을 질렀다.

"잠깐, 어떤 여자가 우릴 보고 있는 것 같아!"

제니아는 얼굴을 돌리지 않고 눈짓으로만 거리 저쪽을 가리켜 보였다. "괜찮아, 저 건물 관리인이야." 그녀들은 안으로 빨려가듯 재빨리 들어갔다. 에텔은 누군가 금방 뒤쫓아 오기라도 할 것처럼 안쪽에서 자물쇠로 문을 다시 잠갔다. "자, 이리 와, 우리의 비밀을 보여줄게!" 에텔은 제니아의 손을 잡아끌었다. 제니아의 손은 작고 부드러웠다. 어린아이의 손. 에텔은 마치 그 무엇으로도 깰 수 없는 우정 어린 약속처럼 그 손을 자신이 잡고 있다는 것에 감격했다. 오랜 시간이 지난 후에도 그녀는 그 순간을, 가슴이 두근거리던 그때를 기억했다. 그녀는 생각했다. '드디어 내게도 친구가 생긴 거야.'

아르모리크 가의 정원에서 보내는 오후는 아주, 아주 길었다. 두 여자아이는 나무딸기들로 뒤덮인 판자 더미를 살펴본 후 정원 안쪽, 한때 솔리망 씨가 편안히 몽상에 잠기기 위해 정자 아래 놓아둔 벤치에 앉았다. 습기찬 가을날 오후였지만 흐릿한 햇살이 부지 안쪽의 돌담을 비추고 있었다. 갈색 도마뱀 한 마리가 돌담 사이에서 기어나와 금속 단추처럼 반짝이는 작은 눈으로 그들을 지켜보았다.

에텔은 아무에게도 이런 이야기를 한 적이 없었다. 갑자기 더 자유로워진 느낌이었다. 그녀는 웃었고, 이런저런 이야기들을 했고, 어린 시절부터 차곡차곡 쌓여온 자질구레한 기억들을 떠올렸다. 그녀는 자신이 세운 계획, 이런저런 생각들, 무도회에 입고 갈 옷에 대해 이야기하다 카디건 주머니에서 자신이 디자인한 옷 그림을 꺼냈다. "여기 이 파란 드레스에는 반짝이는 금속 벨트를 매야 해, 그리고 검정 새틴 치마 위에는 보라색 튜닉을 입고 금박 장식이 된 블라우스를 안에 받쳐입는 거야. 아니면 레이스가 달린 튜닉에, 자 봐, 여기 얇은 망사가 달린 검정 새틴 블라우스도 괜찮아." 제니아는 그 그림을 바라보고 있었다. "네 생각은 어때?" 그렇게 묻고 나서 에텔은 제니아가 대답하기도 전에 말을 이었다. "금색 무도화는 어떨까? 아냐, 좀 요란해서 사람들이 이상하게 볼지도 몰라." 그녀는 마치 자기가 디자인한 옷들을 제니아가 입고 있기라도 한 것처럼 물러서서 친구를 바라보았다. "얘, 너 정말 예쁘다. 이걸 네가 입었으면 좋겠어. 난 드레스를 디자인하고 넌 그 옷을 입는 거야."

그녀는 맨살이 드러난 어깨 위로 폭포수처럼 떨어지는 긴 금발에 아주 작고 고운 손에는 팔꿈치까지 오는 검은 장갑을 끼고, 발에는 스파르타 풍 가죽 샌들이나 어린 계집아이들이 신는 반짝이는 에나멜 구두를 신고 쨍한 파란색 드레스를 차려입은 제니아를 상상했다. 두 소녀는 함께 웃었다. 그리고 자리에서 일어나 패션쇼가 열리는 호텔의 레드 카펫 위를 걷듯 낙엽 위를 걸었다. 그녀들은 모든 것을 잊었다. 제니아는 생활고를, 자신과 언니의 가난을, 가족의 비참한 생활을 잊었고, 에텔은 아버지와 어머니의 다툼을, 모드와 아버지의 관계에 관한 수군거림들을, 그리고 곧 여행이라도 떠날 것처럼 말끔히 차려입고 침대에 반듯하게 누워 있는 솔리망 씨를 잊었다. 에텔은 하녀 이다가 어머니에게 하는 말을 들었다. 솔리망 씨가 자신이 죽어가고 있다는 걸 알고 있어서, 매일 아침 옷을 갈아입히고 구두끈까지 단정하게 매달라고 부탁한다는 것이었다.

에텔과 제니아는 수업이 끝나면 거의 매일 습관처럼 그곳으로 갔다. 제니아와 함께 있기 위해 에텔은 사소한 거짓말을 했다. 국어 숙제를 도와주러 친구 집에 가는 거라고. 하지만 제니아는 한 번도 에텔을 집에 초대한 적이 없었다. 사실대로 말하자면, 에텔은 제니아가 어디서 사는지조차 몰랐다. 보지라르 가까지 함께 걸어간 적이 한두 번 있기는 했다. 그리고 제니아는 막연히 언덕 아래를 가리키며 말했다. "다 왔어, 난 저기 살아."

에텔은 제니아가 자신의 초라한 집과 가족의 궁핍한 생활을 보여주고 싶어하지 않는다는 걸 이해했다. 어느 날 제니아는 자신이 사는 곳에 대해 말하며 보일 듯 말 듯 냉소를 지었다. "있지, 우리 집은 꼭 헛간 같아. 게다가 너무 좁아서 매일 아침 매트리스를 말아 옆으로 세워놔야 집 안에서 다닐 수 있어."

에텔은 자기 집이 부자이고, 가족들이 아주 커다란 아파트의 맨 아래층에서 살고 있고, 꽃이 만발한 정원 쪽으로 발코니 창이 난 자기 방이 따로 있다는 게 부끄러웠다. 그녀는 제니아의 생활이 부러웠다. 제니아와 함께 잠을 자는 언니, 그들의 비좁은 집, 시끌벅적한 목소리, 심지어 다음 날 끼니를 걱정하는 것까지도. 그녀는 미래가 불확실한 가운데 하루하루를 닥치는 대로 살아가는 모험 같은 삶, 돈 걱정, 생존수단을 모색하는 모습을 상상했다. 아르모리크 가의 정원에서 보내는 오후는 특권을 누리는 순간들이었다. 그녀들은 추위도 모른 채 벌레 먹은 벤치에 앉아 수다를 떨었다. 가랑비가 내릴 때면 양산을 펼치고 바짝 붙어앉았다. 때때로 집에서 곧바로 올 때면 제니아는 차를 담은 병과 아마도 샤비로프 집안이 영화를 누리던 시절의 잔존물인 듯한 굽 달린 은잔 두 개를 모직 헝겊에 싸서 가져왔다. 에텔은 몹시 뜨겁고 약간은 매운 맛이 나는 그 자극적인 차를 마셨다. 그들은 웃었고, 때로는 자지러지게 웃어대기도 했다. 제니아에게 지지 않으려고 어느 날 에텔도 중국 풍의 작은 피크닉 상자에 다기세트를 넣어가지고 왔다. 빌렘민 고모가 모리셔스에서 가져와 선물로 준 것이었다. 제니아는 속을 넣고 누빈 빨간 보자기, 중국 다기, 그리고 손잡이 없는 귀여운 찻잔들에 감탄사를 연발했다. 하지만 바닐라 차는 제니아의 입맛에 너무 순했는지 그녀는 인상을 찌푸렸다. "맛이 없니?" 에텔이 가슴을 졸이며 묻자 제니아는 살짝 미소를 지었다. "아니야, 그냥 차인데 뭐. 너만 괜찮다면 난 내 것을 따로 갖고 와 마시는 게 낫겠어, 늘 하던 대로." 에텔은 이내 실망을 떨칠 수 있었다. "늘 하던 대로"라는 말은 그녀의 가슴속에 달콤한 꿀처럼 녹아내렸다. 그건 앞으로도 그들의 관계가 계속되리라는 의미였다. 그 말이 너무도 고마워 눈물이 나왔고, 그래서 에텔은 제니아가 알아차리지 못하도록 고개를 돌렸다.

제니아는 자신의 생활을 조금씩 이야기해주었다. 에텔은 아무것도 묻지 않았다. 제니아는 어차피 들려주고 싶은 것만 말할 테고, 그건 비밀 이야기가 아니라 그들의 우정을 확인하기 위한 일종의 선물이라는 걸 에텔은 알고 있었다. 일종의 협약 같은 것. 제니아는 상트페테르부르크에 있는 샤비로프 가의 대저택에 대해 이야기했다. 그들이 여는 축제들에 대해서도. 귀족, 농노, 군인, 장인과 예술가 등 주변에 사는 모든 사람이 참가할 수 있는 축제라고 했다. 그 축제를 직접 보기라도 한 것처럼 그녀의 목소리에는 열기가 실려 있었다. 하지만 그건 그녀가 태어나기 훨씬 전, 혁명이 일어나기 전, 아버지와 어머니의 젊은 시절 이야기였다. 그 시절 그들은 이상理想을, 새 시대를 믿었다. 자신들이 영원히 살 거라고 생각했다. 제니아는 사진 한 장을 가져왔다. 마치 시간이 그 시절을 지워버리고 싶어한 듯 누르스름하게 변색되고 얼룩진 사진이었다. 그 사진에서 에텔은 긴 머리에 낭만적인 짙은 갈색 수염을 기르고 우아한 양복을 입은 젊은 남자를 보았다. 남자 옆에는 제니아의 어머니가 있었다. 시골 여자처럼 수놓인 블라우스 위에 주름이 잡힌 기다란 흰 가운을 입고, 숱 많은 금발을 묵직하니 틀어올린 아름다운 여자. "엄마 이름은 마르티나야." 제니아가 말했다. "엄마가 입고 있는 이 옷은 빌뉴스* 여자들이 입는 전통의상이야. 우리 엄마는 리투아니아 출신이거든." 젊은 부부 뒤쪽으로 사진의 배경인 그리스 신전과 공중 정원들이 보였다. 때는 마치 영원한 여름처럼 보였다.

* 리투아니아의 수도.

제니아는 속마음을 조금씩 털어놓기 시작했다. 대개 경직된 미소와 함께 선을 그어놓고 절대 넘어오면 안 된다는 듯 거리를 두던 표정, 경계를 늦추지 않으면서 자신에게서 아무것도 빠져나가지 못하게 하던 그 표정이 갑자기 에텔의 어깨 위로 무너져내렸고, 더이상 감정을 통제하지 않는 갈라지고 잠긴 목소리가 들려왔다. "사는 게 너무 힘들어……" 제니아의 미간에 깊은 주름이 잡히고 청회색 눈이 흐려졌다. 전혀 예상치 못했던 진지한 목소리로 말하는 그녀. "가끔은 사는 게 너무 힘들어……" 에텔은 그녀의 손을 잡고 뺨에 키스했다. 에텔은 자신이 아무 말도 할 수 없다는 걸 알고 있었다. 자신의 삶, 매일매일 아버지와 어머니 사이에 더욱 깊어져가는 골, 그리고 돈을 둘러싼 다툼들, 파국을 향해 치닫고 있음이 느껴지는 살얼음판 같은 분위기, 그런 건 제니아가 겪은 일들에 비하면 아무것도 아니었다. 아버지의 비극적인 죽음, 어머니와 언니들과 함께 독일로 도망갔다 마침내 프랑스로 와 이 음울하고 차가운 도시에서 닥치는 대로 일하며 하루하루 연명해나가는 삶. 만약 제니아에게, 제니아의 어린 시절에, 그녀가 살아온 삶의 매 순간에 그런 신비로움이 없었더라면 에텔이 그녀를 그처럼 사랑할 수 있었을까? 에텔은 자신의 감정이 순수한 것이 아니라 그런 허점을 안고 있음을 깨닫고 괴로워했다. 하지만 그런 생각들을 떨쳐버릴 수 없었다. 사랑이라는 것은 기실 그런 환상들을 양분으로 자라나는 걸까? 제니아에 대한 그녀의 감정이 과연 불순한 걸까? 때때로 그녀는 자신이 품은 환상의 노리개가, 혹은 슬픔과 조롱, 냉소와 순진함을 번갈아 오가는 그 소녀의 노리개가 된 듯한 기분이었다.

제니아가 에텔과의 관계를 마치 게임하듯 지배하고 조종하는 데서 즐거움을 느낀다는 건 점차 분명해졌다. 어느 날 오후 제니아는 속마음을 털어놓았다. 그녀는 봉제공장에서 일하는 어머니와, 파괴적인 분노에 사로잡혀 자살하겠다고 협박하는 언니 마리나에 대해 눈물을 글썽이며 이야기했다. 하지만 학교가 끝나자 그녀는 그처럼 약한 모습을 보인 것을 후회하듯 에텔을 쌀쌀맞게 대했다. 그녀는 에텔과 단둘이 있지 않으려 했고, 다른 여자아이와 팔짱을 끼고 학교를 빠져나갔다. 가슴이 답답하고 어안이 벙벙해진 에텔은 자기가 도대체 무슨 말을 했기에, 아니면 어떤 잘못을 저질렀기에 그런 벌을 받는 걸까 자문했다.

에텔은 집으로 돌아와 방에 틀어박혀 식사도 하지 않으려 했다. "저애가 왜 저러는 거죠?" 그녀의 어머니가 물었다. 아버지 알렉상드르는 모든 걸 알고 있다는 투였다. "뻔하지 뭐, 당신 딸은 사랑에 빠진 거야." 에텔은 문 너머에서 들려오는 그 말 때문에 더 괴로웠다. 소리를 지르고 싶었다. 아니, 엄마 아빠는 아무것도 몰라, 엄마 아빠는 아무것도 이해하지 못해! 며칠이 지나면서 그녀는 가슴을 물어뜯으며 괴롭히는 그것의 정체를 깨달았다. 질투, 단지 질투심이었다. 제니아가 그녀 안에 질투심이라는 독을 흘려넣은 것이었다. 그녀는 분한 감정, 자기 자신에 대한 분노를 느꼈다. 질투, 그래, 바로 그것이었다! 어쭙잖은 감정. 어머니를 갉아먹던 그것과 똑같은 감정, 여가수 모드 때문에 어머니를 숨 막히게 만들던 그 감정, 가볍고 감상적인 계집애의 감정, 구질구질한 소녀의 감정, 피해자의 감정! 그걸 깨닫는 순간 그녀는 당혹스럽고 속이 메슥거렸다. 그리고 얼마 후, 교문을 나서는데 제니아가 불쑥 눈앞에 나타났다. 그녀는 에텔을 기다리고 있었다. 바다 색 눈에 검은 벨벳 리본으로 묶어 얌전하게 말아올린 머리칼은 근사했고, 반짝이는 벨트가 달린 새 원피스를 입고 있어 천사처럼 예뻤다. 그녀는 에텔에게 키스했다. "이거 봐, 우리 엄마가 네 디자인으로 옷을 만들어줬어!" 에텔은 바보가 된 기분이었다. 무언가에 취해 멍청이가 된 기분. 한 줄기 뜨거운 물이 그녀의 몸속으로 흘러들어왔다. 그녀는 한 발짝 물러나서 제니아의 원피스에 찬사를 보냈다. "정말이네, 너한테 정말 잘 어울린다." 그녀가 찾아낸 할 말은 그게 전부였다.

그러고 나서 갑자기, 그들은 세상에서 둘도 없는 친구가 되었다. 떨어지지 않고 항상 붙어다녔다. 아침에 평소보다 일찍 일어날 때면 에텔은 그날 하루를 제니아와 함께한다는 생각에 가슴이 행복으로 부풀어오르는 걸 느꼈다. 그녀는 지난 일을 모두 잊었다. 고모들은 투덜댔다. "이젠 우릴 보러 오지도 않는구나, 우리한테 삐쳐서 그러는 건 아니지, 응?" 그녀는 토요일 오후마다 교리 수업과 피아노 레슨 사이에 비는 시간에 고모 집에 잠깐씩 들렀다. 이제 에텔은 빌렘민 고모가 사는 솔리망 씨의 낡은 아파트 안으로 질풍처럼 달려들어가 노부인의 뺨에 키스한 후 비스킷 하나를 깨작거리며 바닐라 차를 홀짝이고는, 엘리베이터를 기다리는 시간도 아까워 계단을 네 칸씩 뛰어내려가 황급히 밖으로 사라졌다. 그녀는 피아노 레슨도 빼먹고 이탈리아 대로로 달려가 제니아를 만났다. 그들은 번화한 거리에서 쇼윈도들을 훑을 듯이 들여다보았다. 제니아는 나이보다 어른스럽게 행동했다. 그녀는 남자들이 자기를 힐끔힐끔 훔쳐본다며 꽤나 자랑스러워했지만, 에텔은 그게 우스꽝스러울 뿐이었다. "얘, 저기 저 사람 봤니, 저 남자가 널 보는 거 봤어? 저 구역질나는 늙은이가!" 제니아는 갑자기 화를 내기 시작했다. "내가 가서 따끔하게 한마디해줘야겠어! 드디어 너도 눈치챘구나. 너와 마주친 후로 우리 뒤를 강아지처럼 졸졸 따라오고 있어! 도대체 여자 꽁

무니 따라다니는 것 말고는 할 줄 아는 게 아무것도 없나봐!" 제니아는 꾸밈이라고는 없는 만족스러운 미소를 짓고 있었다. 그녀는 이런 모든 이야기를 약간 건방지다 싶은 투로 말했다. 자기는 남자 보는 눈이 있어서 어떤 남자가 괜찮은지 별 볼일 없는지 훤히 꿰뚫고 있다는 투였다. 어느 날에는 이렇게 말하기까지 했다. "사실 넌 너무 순진해." 에텔은 모욕당한 기분이었다. 그렇지 않다고 반박하고 싶었지만 뭐라고 해야 할지 몰랐다. 아니, 난 순진하지 않아, 그녀는 속으로 생각했다. 아버지와 어머니의 관계에 대해, 그들의 말다툼에 대해, 모드에 대해, 그 여자가 가족 안에서 차지하는 비중에 대해, 갑자기 들이닥친 경제적 파탄에 대해 제니아에게 말해야 했으리라. 하지만 그 모든 것은 샤비로프 집안의 비극에 비하면 아무것도 아니었다. 에텔은 제니아와 자신을 감히 비교할 수 없었다.

에텔은 우정에 지나치게 매달렸다. 제니아와의 우정은 일종의 기적이었다. 학교의 모든 여자아이들이 그들의 우정을 질투하고 있는 게 틀림없었다. 제니아의 아름다움, 제니아의 신비, 제니아가 부드럽기 그지없는 목소리로 발음하는, 몰락과 파멸을 떠올리는 샤비로프라는 이름. 제니아를 위해, 그녀의 마음에 들기 위해, 에텔은 성격을 바꾸었다. 다분히 비관적이고 감정을 드러내지 않는 그녀는 제니아를 만나는 동안에는 완전히 다른 사람이 되었다. 유쾌하고, 발랄하고, 느긋한 척 행동했다. 순진한 척했다. 친구가 그렇게 생각하고 있는 바에야. 그녀는 생각과 일화들, 집이나 거리에서 들은 것들을 수첩에 적었다. 제니아와 함께 그것들에 대해 이야기하고 의견을 구해야 했다. 하지만 제니아는 에텔이 하는 이야기의 사분의 삼은 귀담아듣지 않았다. 딴 생각에 잠긴 표정으로 에텔을 보고 있거나, 중간에 말을 자르기도 했다. "넌 인생을 너무 복잡하게 만들어." 그러고는 상대에게 상처를 주는 냉소적인 미소를 띠면서 덧붙였다. "있지, 에텔. 실제로 이 세상을 살아가는 건 이미 차고 넘칠 정도로 괴롭고 힘들어. 그러니 쓸데없는 말 늘어놓으면서 그렇게 호들갑 떨 필요 없어." 하지만 굳이 그런 미소를 지을 필요도 없었다. 그 말만으로도 에텔은 충분히 깊은 상처를 입었으니까. 에텔은 고개를 떨구며 인정했다. "네 말이 옳아, 넌 뭐든 단번에 어떤 게 진실인지 정확하게 판단할 줄 알지. 그래서 내가 너랑 친구로 지내는 거고."

언제부턴가 그랬다. 불안을 떨쳐버리기 위해, 자신의 생각을 표현하기 위해, 이제 에텔은 빈번하게 그 단어를 입에 올렸다. 오래전부터 자신의 어휘에서 그 단어를 금지해온 그녀였다. 그동안 그녀에게서 우정과 사랑, 애정을 받을 수 있는 사람은 오직 솔리망 씨뿐인 듯했다. 그랬는데, 어느 날 그녀가 감히 그 단어를 입 밖에 꺼낸 것이다. 어느 따스한 봄날 저녁, 이 거리 저 거리 쏘다니며 긴 하루를 함께 보내다가 마지막으로 센 강 한가운데로 난 백조의 산책길*을 걸을 때였다. 에텔은 넋을 잃고 제니아의 옆모습을 보고 있었다. 시원한 이마, 콧방울이 우아한 작은 코, 묶어올린 머리칼 아래로 보이는 목덜미의 금빛 솜털, 선이 뚜렷하고 도톰한 새빨간 입술, 그리고 뺨 위에 그늘을 드리우는 긴 속눈썹. 에텔은 저 깊은 곳에서 전율과도 같은, 감미롭고도 저항할 수 없는 사랑의 충동을 느꼈다. 그래서 아주 빠르게, 나오는 대로 말해버렸다. "있지, 제니아. 난 너 같은 친구 사귀어본 적 없어." 제니아는 한동안 미동도 않았다. 어쩌면 못 들은 건지도 몰랐다. 이윽고 제니아는 에텔을 돌아보았다. 그녀의 청회색 눈동자는 저 북쪽의 아주 먼 바다 빛깔 같았다. 그녀가 말했다. "나도 그래, 내 사랑." 그리고 그 고백이 스스로 생각해도 좀 우스꽝스러울 정도로 진지해서 겸연쩍었는지, 엄숙한 분위기를 깨기 위해 빈정거리듯 덧붙였다. "너도 알고 있는지 모르겠지만, 지금 우리가 있는 이곳은 연인들이 사랑을 고백하는 장소거든!" 그러고 나서 곧바로 어머니가 일하는 봉제공장의 양재사 이야기를 꺼내는 것이었다. 양재사의 이름은 카르벨리스였다.

* 센 강 한가운데 비라켐 교에서 그르넬 교까지 일직선으로 난 산책로. 앙시앵 레짐 시절에 왕가의 작은 산책로로 만들어진 인공 섬이다.

이에스is라는 철자가 들어간 이름을 듣고 에텔은 그리스 사람이라고 짐작했지만 카르벨리스는 리투아니아인이었다. 괴상한 행동거지 때문에 입방아에 오르내리는, 키가 크고 약간 남자 같은 분위기를 풍기는 여자. "그러니까, 내가 지금 무슨 말을 하려는 건지 알겠어?" 제니아는 덧붙였다. "아니, 분명 넌 모를 거야. 그러니까, 남자는 별로 좋아하지 않고 여자하고만 외출하는 여자 말이야."

제니아는 말하면서 분주하게 손을 움직였고, 그래서 에텔은 그녀가 손을 아주 정성스럽게 가꾼다는 것을 알 수 있었다. 손가락이 가녀린 인형 같은 손, 새미 가죽으로 문질러 매끈하게 다듬은 분홍빛 손톱. 그런데 제니아는 왜 갑자기 카르벨리스라는 사람 이야기를 꺼냈을까? 어느 날 제니아가 원피스를 입어본 후 탈의실로 들어가 옷을 벗고 있는데 카르벨리스가 들어왔다. 그 여자는 제니아의 어깨를 부드럽게 어루만지면서 속삭였다. "너만 좋다면 우린 굉창히, 굉창히(이 부분에서 제니아는 러시아식으로 혀를 과장되게 굴리며 그 여자 흉내를 냈다) 좋은 친구가 될 수 있을 거야!"

그후 카르벨리스 부인은 자주 그들의 농담거리로 오르내렸다. 제니아는 기품 있고 우아한 소녀 같아 보였지만 실제로는 세상 물정에 훤할 뿐 아니라 외설적인 구석마저 있었다. 만약 쥐스틴과 알렉상드르가 알게 된다면 충격을 받을 게 분명했다. 하지만 에텔은 친구의 그런 면이 정말로 재미있다고 생각했다. 제니아는 모르고 지나치는 게 없었다. 그녀는 감독관 보르나 씨의 추파도, 국어 교사인 마드무아젤 장송의 사랑에 빠진 걸음걸이도 놓치지 않았다. 어느 날 마드무아젤 장송이 기다란 연보라색 실크 숄을 괴상하게 걸치고 운동장을 걸어가고 있는데 제니아가 에텔을 툭 쳤다. "봤니, 숄이 흘러내려 엉덩이에 걸쳐 있어!" 그녀는 자기는 절대로 웃지 않으면서, 웃음을 참느라 안간힘을 쓰는 귀에 거슬리는 작은 목소리로 에텔에게 말했다. "선생님 걸을 때 잘 봐, 남자 그걸 커다란 엉덩이 사이에 끼고 걷는 것 같다니까!"

에텔은 샤비로프 백작부인이 일하는 봉제공장으로 여러 번 제니아를 만나러 갔다. 공장은 파리의 다른 쪽 끝, 라파예트 가와 멀지 않은 조프루아 마리 가에 있는 건물 삼층에 있었다. 에텔이 그곳을 찾아가기 시작한 지 얼마 되지 않았을 무렵, 샤비로프 가족이 모두 그곳에 모여 있던 적이 있었다. 재봉틀 위로 고개를 숙인 채 박음질을 하고 있는 엄마, 그리고 공주처럼 차려입고 거울 앞에서 빙글빙글 돌고 있는 딸들. 공장 안은 어두침침했고, 바닥 여기저기에 쌓여 있는 박스들과 천 조각들 때문에 말할 수 없이 지저분하고 어수선했다. 카르벨리스 부인은 작업대에서 일하고 있었다. 언뜻 보면 그녀가 샤비로프 백작부인의 고용인처럼 보일 수도 있었다. 그러지 않아도 관객이 필요했던 제니아는 때마침 에텔이 오자 신이 났다. 제니아는 카르벨리스 부인을 노골적으로 놀려댔다. 카르벨리스 부인의 손을 잡아끌더니, 흰 오간디 천으로 지은 신부 들러리용 롱드레스를 가볍게 스치면서 그녀 주위에서 빙글빙글 춤을 추었다. 마리나도 거울 앞에서 춤을 추는 듯, 조금 뒤쪽에서 돌고 있었다. 기다란 실내에 그들의 웃음소리와 박수갈채가 울려퍼졌다. 에텔은 넋을 잃고 그 광경을 바라보았다. 터무니없으면서도 감동적인 광경이었다. 그들은 어떤 격정적인 소용돌이에 사로잡혀, 그 덕분에 자신을 짓누르는 고통과 슬픔을 견디고 있는 것이었다. 샤비로프 부인은 움직이지 않았다. 바느질을 멈추고, 약간은 핏기 없는 얼굴에 아무런 표정도 담지 않고 그 광경을 바라볼 뿐이었다. 한순간 제니아가 에텔이 있는 곳으로 오더니 그들의 춤에 친구를 끌어들였다. 그리고 활처럼 몸을 뒤로 젖힌 채 마치 남자처럼 에텔의 두 손을 자기 허리에 올려놓더니, 왼손은 에텔의 어깨 위에 올리고 오른 팔로 그녀의 허리를 감싸안았다. 에텔은 단단한 그녀의 몸을, 코르셋의 가죽 끈을, 그리고 그녀 머리칼에서 가볍게 풍겨나오는 유황 냄새와 오드콜로뉴 냄새가 뒤섞인 다소 자극적이고도 역겨운 향기를 느꼈다. 춤이 끝나자 제니아는 에텔의 뺨에 키스를 했다. 가벼운 키스가 아니라 열정적인 키스, 거의 난폭하기까지 한 입맞춤이었다. 뺨 아래쪽, 입술과 아주 가까운 곳에 한 그 키스에 에텔은 전율했다. 그 모든 것이 유희이자 도발이었다. 제니아는 여전히 에텔의 손을 잡은 채 카르벨리스 앞에서 고개 숙여 절하더니, 약간 허스키하고 그리 우아하지 않은 목소리로 말했다. "알려드릴 게 있습니다!" 마리나와 백작부인이 못 들은 것 같자 그녀는 목소리를 높여 다시 말했다. "흠흠! 여러분, 알려드릴 게 있어요…… 에텔과 나는 약혼하기로 했답니다!" 너무도 기묘한 광경이었다. 짙은 색 치마와 블라우스 차림에 갈색 머리칼은 당겨 묶어 틀어올리고, 녹초가 된 발에 단화를 신고 약간 어색하게 서 있는 에텔, 그리고 밑단 장식이 달린 드레스에 하얀 베일을 쓰고 귀여운 발에는 금빛 무도화를 신은, 신부처럼 눈부시게 아름다운 제니아. 거리로 나와 리볼리 가 강변에서 카루젤 다리 쪽으로 걸어가면서, 제니아는 에텔에게 방금 전의 상황을 설명해 주었다. "난 말이야, 사포와 아무런 문제도 없어. 내가 원하는 건 단지 그 여자가 나한테 욕정을 느끼지 않았으면 하는 거야. 무슨 뜻인지 알겠니?"* 에텔은 눈이 휘둥그레지려는 것을 애써 참았다. "물론 알지." 한순간에 그녀는 숨겨진 세계를 발견한 것

* 사포는 여성 시인이자 동성애자로, 이룰 수 없는 사랑에 비관해 자살했다.

이었다. 담배 냄새와 땀 냄새가 밴 아틀리에에서 마드무아젤 드쿠와 단둘이 있을 때면 느끼던 그 거북스러움의 정체를 그제야 알 것 같았다. 눈이 올리브처럼 작고 까만 그 뚱뚱한 여자는 언제나 허물없이 에텔의 팔을 끌어당겨 남자처럼 힘껏 껴안았다. 에텔은 그 이야기를 친구에게 할까 말까 망설였다. "있지, 우리 친척 할아버지가 세놓은 아틀리에에 조각가 여자가 들어와 살고 있거든, 그런데 그 여자가 있잖아, 시가를 피워……" 제니아는 에텔의 말을 귓등으로 흘려들었다. "담배 피우는 거, 그게 뭐 대수라고. 그 여자가 여자랑 함께 사니?" 에텔은 그런 것에 대해서는 아무것도 모른다는 걸 인정해야만 했다. "그 여자 집에는 고양이가 아주 많아. 그 여자는 동물들을 조각해, 그리고……" "그럼 미친년이네." 제니아는 말을 잘라버렸다. 그리고 두 사람 모두 그 이야기는 두 번 다시 꺼내지 않았다.

에텔은 제니아에게 잘 보이려는 생각에 러시아어 교본을 구입했다. 그녀는 밤마다 침대 속에서 연습했다. "야 류블류(나는 사랑한다)"라고 되풀이해 외웠고, 체계 없이 이어지는 강의들을 반복해 들었다. 그렇지만 그녀는 오직 자신이 기억하고 싶은 것만 기억했다. '사랑하다'의 동사변화만. 어느 날 조프루아 마리가의 봉제공장으로 돌진하듯 들어가면서 샤비로프 부인에게

"카크 파지바이티(잘 지내셨어요)?" 라고 인사를 건넸다. 그러자 백작부인은 경탄했고, 제니아는 비아냥이 잔뜩 실린 목소리로 놀려댔다. "어머, 에텔은 러시아어를 아주 잘하는구나. 카크 파지바이티라고 할 줄 알고. 야 즈나유 가바리티 루스키(나는 러시아어를 할 줄 알아요)나 그데 투알레트(화장실은 어디인가요)라는 말도 할 줄 알걸, 그렇지?" 에텔은 얼굴이 새빨갛게 달아오르는 걸 느꼈지만, 그게 분노인지 수치심인지는 정확히 알 수 없었다. 제니아는 상대방을 모욕하고 달래는 재주가 비상했는데, 살아남기 위해 어린 시절부터 그런 처세술을 터득한 것이었다. 얼마 후 파리의 거리들과 뤽상부르 공원을 거닐면서, 제니아는 에텔에게 특별수업을 해주었다. 기실 특별한 수업이었던 것이, 오로지 사랑에 관한, 실생활에서는 전혀 써먹을 일 없는 문장들을 가르쳐주는 수업이었던 것이다. 그녀는 다음과 같은 말들을 따라하게 했다. 야 두마유 쉬토 아나 이보 류비트(나는 그녀가 그녀를 사랑한다고 굳게 믿는다), 야 즈나유 쉬토 온 이요 류비트(나는 그가 그를 사랑한다는 걸 알고 있다). 그다음에는, 류보브(사랑), 블류블룐니('사랑에 빠진'의 남성형), 블류블룐나('사랑에 빠진'의 여성형). 그녀는 마지막 음절을 길게 끌면서 그 단어들을 발음했다. 그리고 다라가야, 마야 다라가야 파트루가(사랑하는, 내 사랑하는 친구). 그녀는 눈을 반쯤 감고 말했다. 하라쇼, 므녜 하라쇼(좋아요, 난 좋아요)…… 그리고 에텔을 돌아보았다. 티, 다볼나야(어때, 이만하면 충분하지)?

7월, 백조의 산책길은 모든 것에서 멀리 떨어져, 센 강 한복판에 외따로 떠 있었다. 제니아가 만나자고 한 장소는 바로 그곳이었다. 그녀는 절대로 다른 여자아이들처럼 "그럼 내일, 같은 시간에 만나……"라고 하는 법이 없었다. 그대로 발길을 돌려 성큼성큼 빠르게 멀어져가, 순식간에 몽파르나스 대로와 렌 가의 군중 속으로 사라져버렸다. 에텔은 바쁜 표정으로 일찍 집을 나섰다. "어디 가니?" 쥐스틴이 물으면 그녀는 언제나 얼버무렸다. "친구랑 산책하러." 대단한 거짓말을 꾸며대지도 않았고, 피아노 레슨이니 합창단 연습이니 하는 핑계를 갖다붙이지도 않았다.

전차가 다니는 철도교의 계단을 내려가면 그 섬에 다다랐다. 오전이라 긴 산책로는 한적했고, 서양물푸레나무들이 드리운 그늘은 시원하기 그지없었다. 때때로 저 멀리 오솔길 끄트머리에 사람들의 형체가 나타났다. 전부 남자들이었는데, 하나같이 마음이 썩 놓이지 않는 인상이었다. 에텔은 전혀 두렵지 않다는 듯 단호한 걸음으로 그쪽을 향해 걸어갔다. 그렇게 하라고 가르쳐준 건 바로 제니아였다. "그런 식으로 당당하게 걸어가면 그 사람들이 오히려 널 두려워하게 돼. 절대로 속도를 늦추지 마,

쳐다봐서도 안 돼. 상상의 지점 하나를 정해놓고 거기 시선을 고정하고 걸어. 누군가 거기서 널 기다린다고 상상하란 말이야."

정말로 성공적인 전략이었다. 아무도 그녀에게 접근하지 않았던 것이다.

제니아는 항상 같은 장소에서 그녀를 기다렸다. 그녀는 그곳을 코끼리 나무라고 불렀다. 강비탈에 뿌리를 내린 거대한 서양물푸레나무로, 마치 상아처럼, 코끼리 코처럼 나뭇가지들이 강물에 닿을 듯 휘어져 있었다. 그녀들은 바람에 갈색 머리칼을 휘날리면서 그곳에 서서 말없이 초록색 강물을 바라보았다. 이윽고 두 사람은 플라타너스 그늘 아래에 놓인 벤치에 앉았고, 미끄러지듯 나아가는 수송선들을 구경했다. 수송선들은 노란 물보라를 일으키며 센 강을 거슬러올라가거나 건너편 강둑을 따라 길게 정박되어 있었다. 종종 그들은 떠나는 것에 대해 이야기했다. 제니아는 눈과 숲의 나라 캐나다에 가보고 싶어했다. 그녀는 대지와 종마 사육장을 소유한 소년과의 위대한 사랑을 상상했다. 사실 그녀의 위대한 사랑의 대상은 말馬이었다. 지난날 러시아에 있는 아버지의 영지에서 사람들이 타고 다니던 것과 같은 말들. 에텔은 모리셔스 섬에 대해, 알마의 소유지에 대해 이야기했다. 마치 그곳이 아직도 자기 집안의 소유인 것처럼. 그녀는 자코 열매와 바오밥나무 씨앗을 줍고 숲속 한가운데로 흐르는 차가운 개울에서 미역 감는 이야기를 들려주었다. 그런 일들을 직접 경험한 것처럼 말했지만, 사실 밀루 고모와 폴린 고모가 하는 말이나 알렉상드르가 크레올어*로 이야기하는 것을 토막토막 주워들은 것에 지나지 않았다. 하지만 제니아는 에텔의 말을 귀담아듣지 않았다. 때때로 중간에 말을 자르기도 했다. 그녀는 강 건너 열기로 끓어오르는 도시, 기차가 달리는 굽이진 다리들, 에펠탑의 실루엣, 높은 건물들을 가리켜 보였다. "내 모든 것은 바로 여기서 시작돼. 추억 따위는 마음만 아프게 할 뿐이야. 난 다른 인생을 살고 싶어, 거지처럼 살고 싶지 않아."

그녀는 약혼자나 결혼에 대해서는 아직 말하지 않았다. 하지만 얼굴에서 의지를 읽을 수 있었다. 그녀는 자신의 인생을 설계하고 이미 모든 것을 결정해놓은 게 분명했다. 그 누구도 자신의 기회를 망치도록 내버려두지 않을 것이다.

* 프랑스어와 여러 아프리카 방언이 혼합된 언어.

살롱에서 오간 대화들

코탕탱 가의 살롱은 그다지 크진 않았지만 매월 첫째 일요일 낮 열두시 반이면 방문객, 친지, 친구, 그리고 알렉상드르 브룅이 함께 점심식사를 하며 오후를 보내자고 초대한 손님 등으로 가득 찼다. 그것은 에텔의 아버지가 절대로 빠뜨리고 싶어하지 않는 일종의 의식이었다. 그 모임 때문에 조카딸이 편히 쉬지도 못할뿐더러 쓸데없이 들어가는 비용도 만만치 않다고 솔리망 씨가 못마땅해하면 알렉상드르는 응수했다. "이런 사교모임이 없다면 변호사라는 직업은 존재할 수 없을 겁니다. 이런 모임은 변호사의 사냥터나 마찬가지니까요." 솔리망 씨는 어깨를 으쓱했다. 모리셔스에서 파리로 왔을 때 알렉상드르는 대학에서 법학을 공부했다. 하지만 그 공부는 아무 짝에도 소용이 없었다. 그는 한 번도 소송을 맡아본 적이 없었고, 유산으로 물려받은 돈을 뜬구름 잡는 사업계획들에 투자하거나 부실 기업의 주식과 지분을 매입하는 데 쏟아부으며 허송세월을 했다. 그는 예술가이자 뛰어난 가수, 훌륭한 음악가였고, 달변가에 카이저수염과 숱 많은 검은 머리와 푸른 눈이 매력적인 훤칠한 미남이었다. 그리고 일요일 모임은 언제나 사람들로 북적댈 만큼 인기가 있었다. 쥐스틴은 남편을 깊이 사랑했다. 그래서 솔리망 씨는 조카딸의 마음을 아프게 하지 않으려고 사람들이 있는 자리에서는 알렉상드르를 비난하지 않았다. 다만 몸이 불편하다거나 바쁘다거나 갑작스럽게 일이 생겼다는 핑계를 대면서 살롱 모임을 피했다. 알렉상드르는 솔리망 씨가 거짓 핑계를 댄다는 걸 알았지만, 그렇다고 주눅이 들거나 당황해할 위인이 아니었다. 그는 처삼촌에게 깍듯이 예의를 차리면서도 어느 정도는 냉소적으로 대하며 형식적인 관계를 유지해오고 있었다. 하지만 알렉상드르의 이국적인 행동거지와 호방한 성격, 특히 크레올 억양 덕분에 그들의 관계는 끔찍할 정도로 악화되지는 않았다.

에텔은 모임의 분위기에 익숙했다. 그것은 그녀의 가족생활이자 어린 시절을 둘러싼 배경의 일부였다. 어린 시절 그녀는 서둘러 점심을 먹고는, 초대 손님들과 이야기를 나누기 위해 가죽 소파에 앉아 있는 아버지의 무릎 위에 앉아 오후 내내 살롱에서 시간을 보냈다. 모임에서 알렉상드르는 늘상 줄담배를 피웠는데, 자그마한 담배 마는 기계로 에텔이 만들어준 것이었다. 에텔은 잘게 썬 검은 담뱃잎을 손가락 끝으로 집어 담배 마는 기계의 홈에 채워넣고는 롤러를 돌린 후 욥Job 담배종이의 가장자리를 조심스럽게 혀로 핥는 특권을 누렸다. 그 과정은 차마 뭐라 하지는 못하고 나무라듯 지켜보는 쥐스틴의 눈길 아래 이루어졌다. 때때로 손님 중 누군가 빈정거리기도 했다. "나중에 따님이 조르주 상드나 로자 보뇌르*처럼 파이프 담배를 피우더라도 전혀 놀랍지 않겠어요!" 그러면 알렉상드르는 당황하지 않고 받아쳤다. "그게 뭐 어때서요? 지금도 우린 시가를 피우고 바지를 입는 여자에게 세를 주고 있는걸요!" 마드무아젤 드쿠, 그 괴상한 여자. 정원 건너편 코탕탱 가 일층에 있는 아틀리에에서 그녀는 주로 개와 고양이 같은 동물을 돌에 조각했다. 그녀의 행동과 옷 입는 방식, 그리고 담배 냄새에 찌든 방은 많은 이들의 원성을 샀다. 하지만 그녀는 주위 시선에 아랑곳하지 않았고, 언제나 활기차고 상냥했다. 바로 그런 점 때문에 솔리망 씨는 그녀가 집세를 꼬박꼬박 내지 못하는데도 흔쾌히 아틀리에를 내주었다. 때

* 19세기의 유명한 동물화가. 이 작품에 등장하는 마드무아젤 드쿠처럼 작업복으로 남자 바지를 입었으며(당시에는 여자가 남자 바지를 입으려면 정부의 허가를 받아야 했다), 가부장적 제도를 거부하고 자신이 사랑한 여성과 함께 살았다.

때로 솔리망 씨는 에텔을 데리고 마드무아젤 드쿠를 찾아갔다. 커다란 유리창으로 흐릿한 햇살이 들어오는 넓은 작업실에서 에텔은 포즈를 취한 채 굳어 있는 동물들—숨어서 기회를 엿보고 있거나 잠을 자는 고양이들, 흥분한 개들, 앉아 있거나 누워 있는 개들, 앞발을 쭉 뻗고 근엄하게 머리를 꼿꼿이 든 채 엎드려 있는 개들 사이를 오가며 한 바퀴 둘러보았다. 그럴 때면 조각상들 가운데 숨어 있던 형체들이 갑자기 맴을 돌거나 구석으로 달려가 몸을 숨기거나 뒤에서 에텔의 장딴지를 가볍게 스쳤다. 마드무아젤 드쿠가 거둬들여 먹이를 주고 키우다가 원하는 사람이 있으면 나눠주는 길고양이들이 대부분인, 살아 있는 동물들 중 몇 마리였다.

어렸을 적 에텔은 살롱에서 오가는 대화를 들으며 아버지의 무릎 위에서 잠드는 걸 아주 좋아했다. 알렉상드르가 애용하는 가죽소파는 커다랗고 깊었다. 소파의 가죽은 트위드 천으로 지은 윗옷과 바지와의 마찰로 반들반들해졌고, 담배와 시큼한 음식, 점심 후 그가 즐겨 마시는 코냑 냄새가 뒤섞인, 약간 역겨우면서도 친근한 냄새가 은은하게 배어 있었다. 그리고 토막토막 끊어지는 이야기들, 갑작스레 높아지는 목소리들, 음악처럼 오르락내리락하는 모리셔스 억양, 알렉상드르의 굵은 저음, 폴린 고모, 빌렐민 고모, 밀루 고모 같은 여자들의 날카롭고 노래하는 듯한 목소리들이 살롱 안을 메웠다.

"……푸른 눈, 금발……"
"이보세요, 내가 장담하는데……"
"믿.을.수.없.어.요!"
"세상에나, 맙소사!"

그러다가 어느새 대화의 주제는 바뀌었다. 항상 그랬다. 에텔은 어떤 순간에 대화의 방향이 바뀌는지 분명히 집어낼 수 있었다. 그 순간은 은밀한 몸짓에 뒤이어 왔다. 알렉상드르는 밀물이 해변에 남기고 간 듯한 오렌지색 카레 자국이 남은 접시를 밀어 놓았다. 접시에 남은 허브의 꽃부리와 잎사귀들이 밀물에 떠밀려온 해초들처럼 보였다.

다 자라서 아버지 무릎 위에서 잠을 자지 않게 되었을 때도, 에텔은 온몸이 나른해지고 감각이 마비되는 점심 후의 그 순간을 여전히 좋아했다. 그녀는 아버지 의자 옆에 자기 의자를 갖다 놓고는 아버지가 뿜어대는 매캐하고 들척지근한 담배 냄새를 들이마시면서, 모든 것이 아직 그대로 남아 있던 옛 시절, 저 먼 섬의 대저택, 정원, 그리고 베란다 아래에서 보내던 저녁시간에 대해 아버지가 들려주는 이야기에 귀 기울였다.

"야야 할멈 기억나, 밀루? 미스 브릭스의 수업을 마치고 집으로 돌아올 때면 우린 배가 고파 죽을 지경이었잖아. 그래서 야야 할멈의 정원으로 몰래 들어가 망고를 서리해 먹었지, 그러면 할멈은 우리가 뱉어놓은 망고 씨앗들을 하나하나 주워서 보관해두었고. 우리가 그 앞을 지나갈 때 그 씨앗들을 마구 던져댔어!" 웃음이 터져나오고, 고모들이 설명을 덧붙였다. 특히 알렉상드르의 막내 여동생인 밀루 고모가 이야기를 보태길 좋아했는데, 그녀는 다른 고모들처럼 금발이 아닌 검은 머리였고, 헤엄치는 듯한 초록색 눈동자를 갖고 있었고, 모두들 그녀가 심술궂다고 했다. 밀루 고모가 소리쳤다. "누아요 킬리!" 나머지 사람들은 낄낄거리면서 그 말을 따라했다. "누아요 킬리!" 알렉상드르가 좋아하는 속담이었다. 망그 리 구, 소 누아요 킬리(망고 열매는 맛있지만, 망고 씨는 어떨까)?*

솔리망 씨는 왜 그 모든 것을 내내 외면했을까? 그는 그 섬과 완전히 연을 끊었다. 열여덟 살에 그곳을 떠나 다시는 돌아가지 않았다. 그는 동향인들을 경멸했고, 그들이 좀스럽고 비열하고 고약한 험담이나 일삼는 이들이라고 생각했다. 어느 날 에텔은

* '좋은 일이 있으면 나쁜 일도 있다' 혹은 '얻는 게 있으면 잃는 것도 있다'는 의미의 크레올 속담.

그에게 물었다. "할아버지(그녀는 그를 그런 식으로 부르면서 존댓말하는 걸 아주 좋아했다), 할아버지는 왜 모리셔스 섬을 떠나셨어요? 아름다운 섬이잖아요?" 그는 어리둥절한 표정으로, 그런 질문은 한 번도 생각해본 적이 없다는 듯 종손녀를 바라보았다. 그러고는 그저 이렇게만 대답했다. "작은 땅덩어리에 속이 좁아터진 사람들만 있거든." 그리고 그는 더 아무 설명도 없었다.

목소리들은 높아졌다가 낮아졌다. 장소들의 이름이 살롱 안에 울려퍼졌다. 로즈 힐, 보 바생, 라방튀르, 리슈 아노, 발라클라바, 마에부르, 모카, 미니쉬, 그랑 바생, 트루 오 비슈, 레자무레트, 에벤, 비외 카트르 보른, 캉 볼로프, 카르티에 밀리테르. 사람들의 이름도 들렸다. 테브냉, 말라르, 엘레오노르 베켈, 오딜 뒤 자르댕, 마들렌 파스로, 셀린, 에티에네트, 앙투아네트. 그리고 딜로 카날, 그로 카스, 패르 졸리, 페르 블랑, 끨 파베, 통통 지즈, 뤼시앙, 랄로, 라맹 라모크, 나-크-레-조 같은 남자들의 별명도 들렸다.*

* 모두 모리셔스 섬의 지명과 거기 살던 사람들의 이름과 별명이다. 별명들의 뜻을 소개하자면, 딜로 카날(그 아버지에 그 아들), 그로 카스(게으름뱅이), 패르 졸리(뺑쟁이), 페르 블랑(하얀 쇠), 끨 파베(뻔대), 통통 지즈(지즈 아저씨), 나-크-레-조(말라깽이).

이방인들은 소외감을 느꼈다. 이방인들이란 솔리망 가 사람들, 그러니까 에텔의 어머니 쪽 집안사람들인 에텔의 외삼촌, 이모, 외사촌들이었다. 그들은 언제나 수적으로 열세였다. 그리고 모리셔스 출신의 브룅 집안사람들에게는 꼼짝 없이 압도당했다. 브룅 집안사람들은 큰 소리로 말하고 집 안이 떠나갈 듯 웃어댔고, 유머와 고약한 장난기로 무장한 채 상대가 제아무리 수다스러운 사람이라 해도, 설령 파리 토박이라 해도 절대로 지지 않고 대들었다.

게다가 알렉상드르는 공공연히 파리 사람들을 비웃기 바빴고, 그것으로 그들을 완전히 휘어잡았다. "파리 사람들은 똑똑한 척은 혼자 다 하지만 알고 보면 그런 바보들도 없다니까." 그는 그런 식으로 자기 의견을 확증된 사실처럼 말하면서 모든 논쟁의 불씨를 꺼뜨리길 좋아했다.

그리고 가끔씩 들르는 사람들이 있었다. 그들 가운데 머리가 벗어지고 누런 얼굴에 눈은 새카맣고 땅딸막한 남자가 있었는데, 에텔은 처음 봤을 때부터 그 사람이 싫었다. 도대체 뭐하는 사람이지? 아무리 봐도 알 수가 없었다. 아버지에게 물어본 적은 있었다. "실업가란다." 그리고 그 말로는 미흡하다는 듯 덧붙였다. "우리 시대 진정한 모험가지. 라 부르스*가 그의 무대란다."

클로디우스 탈롱이 알렉상드르에게 영향을 미친 것은 부인할 수 없는 사실이었다. 그는 모르는 것도 모르는 사람도 없었고, 정재계에 든든한 후원자가 있다고 자랑했다. 하지만 에텔이 그를 싫어한 까닭은 그가 잘난 척 떠들어대며 의견을 표명하거나 으스대서가 아니었다. 어느 날 그녀가 복도에 혼자 있는데, 탈롱이 오더니 몸을 굽히고 그녀의 귀에 대고 뜨거운 숨결을 내뿜으며 목을 어루만진 적이 있었다. 그녀가 열세 살 때 일이었는데, 그 땅딸막한 남자가 어떻게 하면 목을 잘 조를지 궁리하듯 그녀의 귀와 목덜미를 손등으로 가볍게 쓰다듬는 동안 두려움에 얼어붙었던 그 순간을 에텔은 결코 잊지 못했다. 그녀는 그 자리에서 달아나 방 안에 틀어박혀 나오지 않았다. 그러나 그 이야기는 아무에게도 하지 않았다. 그녀는 아버지가 손님들 앞에서 사과하는 모습을 상상했다. "오늘은 우리 딸아이가 기분이 썩 좋지 않은 것 같군요. 다루기 힘든 나이라서……"

에텔이 무척이나 좋아하는 사람은 로랑 펠드라는 젊은 남자로, 가끔 브룅 가를 찾아오는, 붉은 곱슬머리에 여자처럼 예쁘장하게 생긴 영국인이었다. 에텔은 오래전부터 잘 알고 지낸 듯 그가 낯설지 않았다. 사람들 사이에서 오가는 말을 듣고, 에텔은

* 파리 증권거래소.

로랑 펠드가 안면만 있는 사이가 아니라 아버지의 레위니옹 시절 죽마고우인 펠드 박사의 아들이라는 걸 알았다. 그러므로 로랑 펠드 역시 섬 출신이었다. 비록 노래하는 듯한 억양은 잃어버렸고, 영국에서 지낸 까닭에 의복 취향과 예절이 코탕탱 가의 살롱에 어울리지 않았지만. 에텔은 그의 수줍음, 조심성, 모나지 않은 성격이 마음에 들었다. 로랑이 살롱에 들어올 때면 그녀는 그의 얼굴을 에워싼 붉은 후광을 바라보았고, 그러면 왜 그런지 알 수 없었지만 막 기분이 좋아졌다. 그녀는 옆에 바싹 다가앉아 영국에서 어떻게 지냈는지, 법학 공부는 재미있는지, 취미는 어떤 것들이고 좋아하는 음악은 무엇인지, 어떤 책들을 읽었는지 등을 물었다. 그가 담배를 피우지 않는 것도 몹시 마음에 들었다. 하지만 그녀를 가장 깊이 감동시킨 건 그에게 아버지도 어머니도 없다는 사실인지도 몰랐다. 어머니는 그가 태어났을 때, 아버지는 열 살 무렵 병으로 세상을 떠났다. 그에게는 에디트라는 누나가 한 명 있었는데, 조실부모한 남매를 거둬들여 키우고 학비를 대준 건 고모 레오노라였다. 로랑이 파리에 올 때마다 머무는 카르티에라탱의 집도 고모 소유였다. 에텔은 아는 이라고는 아무도 없는 런던에서 혼자 사는 젊은 남자 로랑을 상상했다. 그리고 그가 친오빠였더라면 그를 숭배하고 떠받들었을 거라고, 그는 그녀에게 살아온 이야기를 들려주고 그녀는 그의 고독을 함께 나눴을 거라고 상상했다. 에텔에게 그런 상상은 부모에게서 벗어나는 수단이자, 아버지와 어머니 사이에 점점 커져가는 갈등, 그들의 언쟁, 그 은밀한 전쟁으로부터 달아나는 방법이기도 했다.

에텔이 아주 어렸을 때부터 쥐스틴과 알렉상드르는 사이가 별로 좋지 않았다. 어느 날 그들이 싸운 뒤, 에텔은 눈물이 가득 고인 눈으로 대들며 소리쳤다. "엄마 아빠는 왜 나한테 동생을 만들어주지 않았어? 엄마 아빠가 늙으면 난 누구랑 얘기해? 난 동생 하나 없는 외톨이인데!" 그녀는 기억했다, 그랬다, 그들의 얼굴에 떠오른 당황스러운 표정을. 하지만 그들은 그 일을 금방 잊어버렸고, 모든 것은 다시 전처럼 흘러갔다. 그리고 에텔 역시 두 번 다시 그 이야기를 꺼내지 않았다.

어딘지 모르게 말투들이 변해 있었다. 아니면 에텔이 브룅 가家 살롱에서 오가는 대화에 갑자기 더 주의를 기울이게 된 걸까? 사람들의 말투는 훨씬 더 격앙되고 매몰차고 신랄해진 듯했다. 알렉상드르는 툭하면 무정부주의 혁명, '바로 그날'*이라는 말을 입에 올렸다. 파리가 전화戰禍와 유혈의 도가니가 되고 부르주아와 지주들이 네거리에 매달릴 바로 그날. 에텔이 기억하는 아주 먼 옛날에도 알렉상드르는 집 안에서 그 단어를 농담거리로 삼았다. 그는 권태로울 때나 쥐스틴과 말다툼을 하고 나면 에텔의 방문을 두드리며 말했다. "가방 꾸려라, 내일 시골로 떠날 거다. 내일이 '바로 그날'이 될 거야." 그럴 때마다 에텔은 아버지를 따라가지 않으려 했다. "하지만 아빠, 학교는 어떡하고?" 그러면 그는 단호하게 말했다. "불타오르는 파리에 있고 싶지 않다." 아버지와 딸은 집을 떠나 항상 같은 곳으로 갔다. 알렉상드르가 연 단위로 세를 얻은, 라페르트테알레**에 있는 숲 근처의 작은 시골집으로. 그는 비행기들이 날아다니는 모습을 보러 종종 그곳으로 갔다. 그리고 비자르라는 마을 목수의 도움을 받아 그 집 정원에서 날개 달린 비행선의 모형을 만들었다. 그는 그 물건이 완성되면 공기보다 무거운 것은 완전히 시대에 뒤떨어진 폐물이 될 거라고 장담했다. 어느 날 에텔이 아버지의 설계도에 대해 이야기하자 솔리망 씨는 투덜댔다. "다 부질없는 짓이다. 네 아버지는 일은 안 하고 그딴 걸로 허송세월을 하고 있는 거야." 에텔은 다시는 그 이야기를 꺼내지 않았다. 그럼에도 아버

* 무정부주의자와 공산주의자들이 기다리는 사회혁명이 성취되는 날.

** 파리 남쪽에 위치한 마을. 이곳에 있는 비행장에서 1차 세계대전과 2차 세계대전 때 사용된 항공기들을 선보이는 세계적으로 유명한 에어쇼가 개최되었다.

지의 손을 잡고 비행장으로 가 날개와 프로펠러가 달려 있는데도 날지 못하는 그 이상한 기계들 사이를 누비며 진창 속을 걷기를 무척 좋아했다. 그녀는 그것들의 이름을 전부 알고 있었다. 라테코에르, 브레게, 호치키스, 팔레론, 부아쟁, 험버, 라이언, 파먼. 어느 날은 아버지와 함께 엘렌 부셰*가 조종하는 '코드롱 르노'를 보기도 했다. 1934년 6월 혹은 7월, 그 비행사가 죽기 몇 달 전이었다. 상어 대가리처럼 생긴 앞머리와 짧은 날개, 그리고 신기하게 생긴 알루미늄 프로펠러가 달려 있는, 에텔의 눈에는 거대하게만 보였던 비행기. 에텔은 엘렌을 만나기를, 그녀처럼 되기를 꿈꾸었다. 알렉상드르는 미소 지었다. "오를리에 가서 그녀가 나는 걸 보자꾸나. 약속하마." 하지만 그들은 그곳에 가지 못했는데, 아마 그럴 시간이 없었을 것이다.

사람들은 서둘러 끝장을 내려는 것처럼 초조해했다. 하지만 무엇을 끝장낸단 말인가? 에텔은 어른들의 말소리, 자기주장을 내세우며 좌중을 동요시키는 소리에 귀를 기울였다. 그런 상황은 식사가 끝나고 하녀 이다가 막 식탁을 치운 후 벌어졌다. 알

---

* 1930년대 경비행기로 속도와 고도에서 신기록을 세운 여성 비행사. 26세 때 베르사유 근처에서 시험 비행을 하다가 사망했다. 여성으로서는 최초로 앵발리드에 안장됐다.

렉상드르는 연극을 연출하듯 편을 갈라 토론의 장을 마련했다. 한편에는 모리셔스와 레위니옹 사람들, 다른 한편에는 이방인들과 파리지앵 혹은 파리에 동화된 이주민들이 있었다. 토론의 주제는 주로 시사문제에 집중되었지만 대화는 이내 옆길로 샜고, 결국 인신공격, 이데올로기와 종교 대립에 이르렀다. 에텔은 그런 대화들이 몰상식하고 우스꽝스럽다고 생각했기에 그것들을 모두 기록해두고 싶었다.

"케렌스키*는 그렇게 될 거라는 걸 알았기 때문에 그렇게 말한 거예요. 하지만 아무도 그의 말을 귀담아듣지 않았죠. 그는 사태를 정확히 파악했어요, 처음에 볼셰비키들이 권력을 장악했을 때 그는 그곳에 있었다고요."

"혁명은 불가피했어요. 하지만 오직 케렌스키만이 영향력을 발휘해 그 짐승을 길들일 수 있었죠. 그는 그들의 미라보**였어요."

---

* 알렉산드르 표도로비치 케렌스키(1881~1970). 제정 러시아의 사회주의 혁명가. 온건 사회주의자로 일관했으며 7월 혁명 후 총리 겸 러시아군 총사령관에 올랐지만, 코르닐로프 반란 후 프랑스로 망명했다.

** 프랑스 혁명기의 정치가. 케렌스키처럼 고등교육을 받은 귀족 출신이며 온건 혁명파였다. 파리 시민의 인기를 한 몸에 받았으나 결국 원하던 바를 이루지 못하고 해외로 망명하는 등 케렌스키와 공통점이 많다.

"그래요. 하지만 미라보 같은 인물들이 결국 어떻게 되는지 다들 알잖아요."

"사람들이 그에게서 등을 돌린 건 분명한 사실이에요. 모두들 손을 떼고 말았죠, 로카르노 조약*에서 그랬던 것처럼 말이에요."

그러고는 웅성거림, 모두가 동시에 목소리를 높이는 순간들이 뒤따랐다. 그리고 깊은 침묵. 에텔은 분위기를 좀더 중립적이고 온건한 쪽으로 돌려보려고 애쓰는 어머니를 보았다. 쥐스틴이 미끼를 던졌다. "……저로서는 그런 먼 나라 이야기보다는 지금 이곳에서 하루가 다르게 치솟는 물가가 오히려 걱정되는걸요." 그녀가 말을 마치자마자 탈롱이 나서서 반격을 가했다. "물가상승, 그건 절대로 걱정할 일이 아닙니다. 물가가 상승하는 건 경제적으로 봤을 때 아주 좋은 징조니까요. 부인께서 정말로 걱정해야 할 건 사실 디플레이션이에요, 그러니까 물가가 지속적으로 하락하는 걸 두려워해야 한다는 말이죠. 장을 보실 때 부인의 장바구니를 한번 유심히 들여다보세요. 똑같은 돈을 주고 과일과 채소, 고기를 샀는데 장바구니가 더 불룩해져 있다면 그

* 1925년 스위스 로카르노에서 체결된 중부유럽 안전보장에 관한 협정. 1936년 영구 비무장지대로 두기로 한 라인란트를 히틀러가 침공함으로써 파기되었다.

건 기뻐할 일이 아니라 오히려 불안해해야 할 일입니다."

그 대목에서 루아르 대령, 르메르시에 장군 부인, 그 밖의 사람들이 다시 고함을 질러댔다. 그들은 이렇게 말했다. "뭐 하나 안 오르는 게 없어!" 그리고 화폐가치의 하락과 평가절하가 불러오는 위험한 결과들, 실업에 대해 통탄하는 목소리가 이어졌다. 잠잠해진 순간을 이용해 폴린 고모가 입을 열었다. "그러니까 지금 같은 때가 부동산을 매입하기에는 최적기예요. 요즘 코트다쥐르에서는 역 주변의 특급 호텔들이 말도 안 되는 헐값에 팔리고 있다더군요!" 쥐스틴이 그 말을 받았다. "그래요, 코트다쥐르. 주간지 〈오 제쿠트〉에 실린 기사 보셨어요? 기자가 한 호텔 사장에게 성수기 경기가 어떠냐고 묻자 이렇게 대답하더래요. 그런데 기자 양반, 무슨 대답을 바라고 그런 질문을 한 겁니까? 우리 호텔을 찾아올 고객들이 전부 수용소에 갇혀 있는 마당에!" 하지만 그 말을 듣고도 웃는 사람은 아무도 없었다. 에텔이 히틀러라는 이름을 들은 건 아마 그 무렵이었을 것이다. 처음에 그들은 아돌프 히틀러라고 불렀다. 마치 아리스티드 브리앙이나 피에르 라발*이라고 말하듯이. 가끔씩 슈맹은 독일 수상이

* 둘 다 프랑스의 정치가로, 브리앙은 독일 배상문제의 평화적 해결, 로카르노 조약 제안, 독일 국제연맹 가입 등 큰 공을 세워 1926년 노벨 평화상을 받았다. 라발은 2차대전 전에 두 차례에 걸쳐 프랑스 총리를 역임했지만 1940년 프랑스

라거나 독일 국가원수라는 명칭도 입에 올렸다. 그러고 나서 조금씩 그 독일 수상이 권력을 장악하고 세계에 알려지게 되면서부터는 그냥 히틀러라고 불렀다. 그러나 때때로 슈맹은 히틀러를 '퓌러'라고도 불렀다. 슈맹뿐 아니라 루아르 대령, 그리고 기골이 장대하고 각진 얼굴에 제비꽃 장식 모자를 쓴 루아르 대령 부인도 마찬가지였다. 대령 부인의 발음 때문에 에텔은 '퓌러'라는 독일어가 프랑스어의 '퓌뢰르'와 같은 뜻인지 궁금했다.**

"히틀러가 말하기를……" "히틀러가 그러는데……" 어느 날 저녁 쥐스틴이 거실에서 라디오를 켜자 그 이상한 목소리가 들려왔다. 약간 쉰 듯한 날카로운 그 목소리는 연설을 하고 있었다. 하지만 박수 소리와 잡음 때문에 뭐라고 하는지 제대로 들리지 않았다. 에텔이 귀기울여 들으려고 멈춰서자 어머니가 말했다. "저게 히틀러야." 그러고는 "엄만 정말이지 저 목소리가 끔찍하구나. 온몸에 소름이 돋아……"라고 덧붙이자 알렉상드르가 빈정거리는 기색을 보였다. 에텔은 생각했다. 저 목소리, 어디선가 많이 들어본 목소리 같은데. 슈맹의 목소리와 묘하게 닮은 구

가 독일에게 패하자 제3공화정 폐지와 비시 정권 발족에 결정적 역할을 했다. 해방 후 드골에 의해 반역자로 재판에 회부되어 총살형에 처해졌다.

** 퓌러(Fuhrer)는 아돌프 히틀러를 지칭하는 독일어로 '총통'이라는 뜻이고, 퓌뢰르(fureur)는 '분노' 또는 '발작'이라는 뜻의 프랑스어이다.

석이 있는 것 같기도 했다.

후일 모든 걸 완전히 잃게 되었을 때, 에텔은 부모님이 열던 살롱에서의 그 일요일 오후를 기억하려 애쓸 것이다. 그리고 고요하기만 한 나날을 보내면서, 그 옛날 살롱에서 들려오던 고모들의 탄성과 웃음소리, 커피 잔에 작은 찻숟가락이 부딪치던 소리들을 더한층 그리워할 것이다. 그리고 알렉상드르가 분위기 연출을 위해 대화 사이사이에 끼워넣던 그 '음악시간'까지도. 슈만의 소나타와 슈베르트, 그리그, 마스네, 림스키 코르사코프의 소곡들. 에텔은 음악시간이 올 때까지 참을성 있게 기다렸다가 마침내 피아노 앞에 앉아, 아버지가 플루트를 연주하거나 노래를 부를 때 반주를 했다. 알렉상드르 브룅의 목소리는 아름다운 바리톤이었다. 노래를 부르면 그의 강한 모리셔스 억양은 수그러들면서 음률 속에 녹아들었는데, 그럴 때마다 에텔은 자기 가족의 고향인 그 섬을, 무역풍에 흔들리는 종려나무들과 바위에 부딪치는 파도 소리, 사탕수수밭 가에서 지저귀는 찌르레기와 멧비둘기의 노랫소리를 상상할 수 있었다. 그녀의 상상 속에서 폭우에 휩쓸려간 대성당은 먼바다, 어쩌면 통보 만*에 좌초했을지도 모를 커다란 배였고, 들려오는 종소리는 바다의 유령

* '통보'는 무덤이라는 뜻의 프랑스어로, 통보 만은 모리셔스 섬 북서부에 있다.

이 십오 분마다 울려대는 선미 갑판의 종소리였다. 에텔이 어렸을 적, 음악시간에 아름다운 여가수 모드가 한두 번 모습을 드러낸 적이 있었다. 화려하게 반짝이는 암청색이나 검정 드레스에 커다란 금귀고리를 하고, 사람들에 따르면 관자놀이 주름을 당겨올리기 위해 꽂은 작은 핀들을 숨긴 후광 같은 풍성한 다갈색 머리칼에 둘러싸인 모습이었다. 〈아이다〉나 〈이피게니에〉의 아리아를 부르는 모드의 목소리는 아름다웠다. 그러나 그녀의 인기는 이미 사양길에 접어든 상황이었다. 이젠 거의 지방 무대만을 전전하고 있는 형편이었는데, 그것만으로는 생활비를 충당할 수가 없어 부업으로 무대의상을 만드는 봉제공장에 다니고 있었다. 에텔은 모드가 아버지의 인생에서 차지하는 위치를 아주 어려서부터 눈치채고 있었다. 모드와 아버지의 관계는 에텔이 태어나기 전부터 시작되었지만, 그 관계의 여파는 여전히 지속되고 있었다. 거친 풍파가 밀려온 것이 여러 차례였고, 심지어 엄청난 폭풍우가 휘몰아치기도 해 에텔의 아버지와 어머니가 함께 탄 결혼이라는 배는 자주 침몰 위기에 빠졌다. 그후 모든 것은 시간이라는 기름으로 뒤덮였고, 이제 그 반들거리는 수면은 가끔 일어나는 감정의 풍랑에 출렁일 뿐이었다. 모드는 여러 해 동안 모습을 보이지 않았다. 어느 돈 많은 남자와 눈이 맞아 어디론가 달아났다는 이야기가 떠돌았다. 그래서 모드가 예고도 없이 브렁 가의 살롱에 들어섰을 때, 한순간 모두 얼이 빠졌다. 에텔은 콩닥거리는 가슴으로 모드의 고운 소프라노를 기대했다. 비록 그 목소리는 고음부에 이르면 '반음'을 내리거나 갈라졌지만. 알렉상드르 브렁은 암묵적 아그레망에 의해, 절대로 사람들 앞에서 그녀와 함께 노래를 부르지 않았다.

밤마다 에텔은 살롱에서 오간 대화들을 열에 들떠 수첩에 옮겨적었다. 마치 그 대화들이 절대로 잊어서는 안 되는 아주 중요한 문장들인 것처럼.

살롱에서 오간 대화들

"적, 적을 혼동해서는 안 됩니다. 적은 여기 내부에, 우리의 벽 안에 있습니다."

"내부의 적이라니, 우파 민족주의자들의 낡은 후렴구잖아요." (웃음소리들)

"웃으세요, 실컷 웃어요. 몇 년만 지나면 여러분도 알게 될 겁니다. 그때가 되면 러시아에서 일어난 일이 여기 여러분한테도 똑같이 일어날 테니까요. 여러분이 런던의 주차요원으로 전락하거나 호주에서 젊은 아가씨들의 시중을 드는 가정교사 신세가 될 거란 말입니다!"

"호주라면 마음에 들 것 같은데요. 사람들이 꾸미지 않은 본연의 모습으로 살아갈 수 있는 유일한 나라, 이 세상에서 단 하나뿐인 신세계니까."(폴린)

"캐나다, 눈, 숲, 나는 그런 얘기만 들으면 가슴이 설렌답니다."(엄마)

"거긴 너무 추워."(아빠)

"그럼 모리셔스로 돌아가지 그래요?"

"살아서는 절대로 안 돌아가! 이미 파리 맛을 봤으니까."

"파리, 환각의 도시죠."(슈맹)

"사기꾼들의 도시지." (아빠)

"하지만 적, 어쨌든 적이 누군지 제대로 알아야 합니다. 적은 여러분 집 창문 아래 숨어 있어요. 적들은 백화점에서, 라 사마리텐이나 라 갈르리 같은 백화점에서까지 파업을 일으키려고 준비하고 있다고요. 방해공작, 사보타주, 파업, 모스크바의 슬로건이죠."

"본말을 전도시켜 말씀하시는군요. 그게 전세계적 현상이라는 걸 잊으셨어요? 그런 현상은 1931년 파운드 때문에 시작됐고, 이제 달러가 불과 몇 시간 만에 41퍼센트나 평가절하되었어요."

"네, 하지만 미국인들이 자기 나라 달러로 저희 편한 대로 하고 있어요. 그들은 이익이 되기만 한다면 가차없이 평가절하를 하지요!" (탈롱)

"언제나 돈 이야기뿐이군요! 무슨 은행가 모임에 와 있는 것 같지 않나요? 다른 얘길 하는 건 정말로 불가능한 거예요?" (폴린)

"맞아요, 맞아, 대령님하고 저는 자동차에 관한 이야기를 하고 있답니다. 우리 대령님이 관심을 갖고 있는 건 오로지 그것뿐이니까요. 날렵한 푸조, 마티스, 리코른 II CV, 아니면 비바 식스?" (르메르시에 장군 부인)

"저는 포드 V8이 아주 마음에 들더군요. 정말 힘이 좋은 차죠." (아빠)

"그렇긴 하지만 너무 비싸요. 그리고 내년에 기름 값이 오를지도 모르는 일이고. 우리는 집에 연소실 두 개짜리 보일러를 설치했어요. 기름이 다 떨어지더라도 쓰레기를 태울 수 있을 테니까요." (엄마)

"정말 끔찍할 것 같은데요, 무슨 냄새가 날지 한번 상상해

보세요.” (르메르시에 장군 부인)

“어머, 절대로 그렇지 않아요, 부인께서도 아시겠지만 연기는 냄새가 나지 않아요.” (밀루)

“그렇다고 절약이 되는 것도 아니잖아요.”

“어쨌든, 전쟁이 터지면 부인 댁의 보일러에 넣을 게 아무것도 남아 있지 않을 거라고요.”

“전쟁, 전쟁. 도대체 무슨 악취미인지, 결국 언제나 전쟁 이야기로 되돌아온다니까. 어쨌든 난 전쟁은 절대로 일어나지 않을 거라고 확신해요. 독일 사람들이 바보 멍청이가 아닌 이상 그렇게 호되게 당해놓고 또 전쟁을 일으키겠어요?” (폴린)

“그렇지만 독일만 있는 건 아니잖아. 이탈리아, 에스파냐도 있어.” (밀루)

“일본이 중국을 침공했어요. 일본군이 상하이에서 무슨 짓을 하고 있는지 봤어요?”

“네, 하지만 그들이 무너뜨리고 싶어하는 건 유럽의 이권이에요. 그들은 이미 그 일에 착수했다고요.”

“노랑둥이들에게 관심이 많으신가봐요?” (르메르시에 장군 부인)

“저 역시 전쟁이 일어날 거라는 얘기는 믿고 싶지 않습니다. 전부 빨갱이들의 음모예요. 무솔리니가 거듭 말했죠, 절대로 프랑스를 공격하지 않을 거라고. 사실 그는 에티오피아로 쳐들어간 것만으로도 힘에 부쳐요. 그리고 히틀러는 주데텐 사람들* 문제로 정신이 없고요. 아니, 주데텐 사람들, 상황을 전쟁으로 몰아가고 있는 건 바로 그들이에요. 아시다시피, 범인은 바로 범죄로 득을 보는 사람이다, 그 속담 하나로 모든 게 설명되지요." (슈맹)

마치 똑같은 하루가 계속 반복되는 것 같았다. 커다란 방 안에는 열변을 토하는 사람들의 목소리가 쩌렁쩌렁 울려퍼졌다. 모두가 동시에 말을 하고 있었다. 노래하듯 말하는 쥐스틴, 폴린, 밀루의 목소리, 알렉상드르, 손님들, 르메르시에 장군 부인, 루아르 대령, 모렐, 피아노 선생인 오딜 세브린, 그리고 언제나 불쾌하기 짝이 없는 클로디우스 탈롱의 목소리. 탈롱은 복도에서의 사건이 있은 이후로 에텔과 되도록 눈을 마주치지 않으려 했다. 에텔은 언제나 방 한구석에 있는 자리에 앉았지만, 탈롱이 참석한 날에는 그를 피해 로랑 펠드 옆에 앉았다. 에텔은 그 젊

* 체코슬로바키아 국민 중 독일어를 사용하는 게르만인들(약 300만 명)은 독일과 인접한 주데텐란트에 살고 있었다. 그들은 나치의 지시에 따라 봉기, 파업 등 선동적인 사건을 끊임없이 일으켜 위기상황을 연출했고, 히틀러는 민족자결주의에 따라 그들을 독일에 편입시켜 보호해야 한다는 명분하에 체코슬로바키아를 침공했다.

은 남자가 대화에 끼어들지 않는 것에 감사했다. 로랑 펠드는 등을 꼿꼿이 펴고 의자에 앉아 있었다. 그녀는 때때로 그의 옆모습을 힐끔힐끔 훔쳐보았다. 아담한 코, 동글동글한 턱, 그를 여자처럼 보이게 하고 뜨거운 선홍색으로 밝혀주어 흥분한 것처럼 보이게 하는 다갈색 곱슬머리. 그는 선동적인 발언에 끼어드는 법이 없었다. 〈악시옹 프랑세즈〉*의 열혈 독자인 탈롱이 외국인들을 비난하고 그들을 프랑스 영토 밖으로 내쫓고 헌병들을 동원해 에스파냐 난민을 즉시 체포해 프랑코 군대에 넘겨줘야 한다고 주장했을 때도 기껏해야 미간에 살짝 주름이 잡힐 정도로 인상만 쓸 뿐이었다.

로랑 펠드는 한결같은 친구였다. 그는 정기적으로 살롱을 방문했다. 호리호리하고 우아한 자태는 에텔이 파리 시내에서 마주치는 젊은 남자들과 사뭇 달랐고, 불가사의할 정도로 매사에 무관심했다. 딱 한 번, 그가 살롱에서 입을 연 적이 있긴 했다. 그날 탈롱은 평소처럼 삼류 신문을 위협적으로 흔들어대면서 영국을 비난했다. "영국은 배신자, 하수인, 파렴치한들로 득실거리는 나라입니다, 상황을 전쟁으로 몰아가는 건 바로 영국 놈들

* 1940년대까지 영향력을 행사한 반공화정 우익단체의 이름이자 프랑스의 보수적인 정치기관지. 민족주의를 표방한 이 일간지는 1908년 창간되어 이후 사십년 동안 시위와 소요, 정치 소송과 재판이 있을 때마다 논조를 강화해나갔다.

이라고요. 다들 정신 바짝 차리세요, 돈벌이를 위해 프랑스인들을 도살장으로 몰아넣을 위인들이니까. 다들 잘 아시겠지만 이런 말이 있죠. 프랑스에 장갑차가 있다면 런던에는 방탄장치를 한 금고가 있다!" 생기 있는 로랑의 두 뺨이 그의 머리칼처럼 타오르는 불꽃색으로 달아올랐다. 그는 분개해서 침까지 튀기면서 말했다. "이보세요, 지금 무슨 말을 하는지 제대로 알고나 하는 소립니까? 도무지 용납할 수 없는 말이로군요. 그런 생각을 하다니 창피한 줄 아십시오. 단언컨대 영국은 우리의 유일한 동맹입니다. 절대로 프랑스를 배신하지 않을 거란 말입니다!" 한바탕 소요가 일어났다. 사람들이 일제히 입을 열고 뭐라고 떠들어댔다. 그 소란스러운 웅성거림 위로 탈롱의 새된 목소리, 마지막 음절에서 항상 높아지는 그 허풍쟁이의 목소리가 들렸다. "아, 그러셔요? 답답한 친구, 참 순진하기도 하시지. 당신은 멍청할 정도로 순진하거나, 아니면 알면서도 모르는 척하는 게 분명해……" 그때까지 가죽소파에 느긋하게 앉아 있던 알렉상드르가 담배를 한 모금 빨더니, 그런 소란 중에도 놀랄 정도로 침착하면서도 약간 느릿한 저음으로 좌중을 압도하면서 말했다. "자자, 영국 이야기는 이제 그만 둡시다. 아시겠지만, 모리셔스 사람이라면 그 위대한 나라에 특별한 애정을 갖고 있어요……"

"혹은 선생께서 까맣게 잊어버렸을지도 모르지요." 탈롱은 뒤

꿈치를 바짝 들면서 이야기를 계속했는데, 이제는 로랑 펠드를 향해 말하지 않고 참석자 전원을 증인으로 삼고 있었다. "지난 전쟁 기간에 적이 우리를 학살하고 있었을 때 영국이 참전을 거부하면서 보여준 그 가증스러운 행태 말입니다." 밀루 고모는 사람들이 영국을 향해 총구를 들이대는 것에는 언제든 대찬성이었다. 심지어 파리에서 모리셔스의 본국 반환을 주장하는 당을 지지하기 위해 후원회를 조직하기까지 했다. "여기서, 처칠의 정책이 분명치 않다는 걸 인정해야 해요. 체임벌린*의 정책은 더더욱 모호하고요. 그리고 런던을 통해 볼셰비즘이 우리나라에 들어왔다는 것도 간과해선 안 되죠."

탈롱이 말했다. "언제나 똑같은 얘기죠. 위험을 감수하면서까지 남 좋은 일 시켜주는 건 우리라니까요." 로랑 펠드는 더 끼어들 수도 없었다. 그는 알렉상드르가 만류하는데도 자리에서 일어났다. 그러고는 에텔 쪽으로 몸을 기울여 뭐라고 말했는데, 그 순간 그녀는 난생처음으로 유년기에서 벗어났음을 느꼈다. 그가 분별력을 지닌 사람은 그녀 한 사람뿐이라는 듯 말했기 때문이다. "아가씨, 저런 말들은 귀담아 듣지 말아요. 영국은 위대한 나라입니다. 언제까지나 프랑스의 동맹일 거고요. 영국은 독일

* 영국의 정치가 아서 네빌 체임벌린. 1937년부터 1940년까지 수상을 역임했다.

의 사악한 체제를 절대로 용납하지 않을 겁니다." 다시 웅성거림이 일었지만 그리 오래 지속되지는 않았다. 에텔은 로랑의 손을 잡았고, 둘은 바람을 쐬러 정원으로 나갔다. 유리벽으로 둘러싸인 커다란 방 안, 찻잔에 담긴 차에서는 모락모락 김이 피어올랐고, 찻숟가락들은 도자기에 부딪쳐 쨍그랑 소리를 냈고, 폴린이 준비한 계피 케이크 냄새가 담배와 시가 연기에 뒤섞이고 있었다. 모든 것은 풍문, 풍문일 따름이었다. 그렇게 난리법석을 떨 필요는 없었다.

상황이 빠르게 변해갔다. 후일 에텔은 당시를 곰곰 돌이켜보며, 그때 무슨 일이 일어났는지 전혀 모르고 있었음을 깨달으리라. 마치 맞물려 돌아가는 톱니바퀴들과도 같았다. 그 무엇으로도 멈출 수 없는 기계장치가 움직이기 시작한 것이다. 그것은 1934년 말 솔리망 씨가 세상을 떠나면서부터 시작되었다. 에텔은 사람들에게서 들은 그의 마지막 순간을 기억한다. 그 전날 하녀 이다가 저녁을 준비해 가져갔을 때, 그는 피곤하고 머리가 아프다며 신음 소리를 냈다. 다음 날 이른 아침, 이다는 진회색 양복에 왁스칠한 구두를 신고 앙상한 목에 넥타이까지 맨 채 침대에 반듯하게 누워 있는 솔리망 씨를 발견했다. 그 모습이 너무도 평온하고 기품 있어서 이다는 그가 깊이 잠든 거라고 생각했지만, 그의 손을 건드리자 주검의 싸늘한 냉기가 느껴졌다. 장례식은 사흘 후 생 필리프 뒤 룰 성당에서 거행되었다. 사뮈엘 솔리망은 그다지 실리적인 사람이 못 되었다. 하지만 경우가 바른 사람이라, 뒤처리를 부탁하는 편지 한 통과 장례비용을 해결할 수 있도록 교구 주임사제 앞으로 보내는 수표 한 장을 벽난로 대리석 선반 위 눈에 잘 띄는 장소에 놓아두었다.

관 뚜껑을 닫기 전, 마지막 작별인사를 할 기회가 에텔에게 주어졌다. "자, 마지막으로 키스해드리렴, 널 정말 사랑하셨어!" 어머니가 떠밀었지만 에텔은 한사코 버티면서 말을 듣지 않았다. 그러고 싶지 않았다. 결국 그녀는 옆으로 비켜나 두 손으로 얼굴을 가린 채 재빨리 그 방을 빠져나왔다. 그리고 문상객들이 명함을 놓아두는, 검은 천을 덮은 복도의 작은 탁자 앞에 머물러 있었다. 모든 것이 형편없는 연극 같았다. 후일 그녀는 어머니가 당시를 회상하는 말을 들을 것이다. 에텔은 너무 슬픈 나머지 마지막 작별인사를 할 수 없었던 거라고. 하지만 그녀의 눈물이 그때만큼 말라 있었던 적은 없었다.

에텔은 제니아에게 그 이야기를 하지 않았다. 사뮈엘 솔리망의 죽음, 그것은 샤비로프 백작의 죽음에 비하면 아무것도 아니었다. 언젠가 그녀는 로마노프 황가의 최후에 관해 들은 적이 있었다. 그들은 지하실에서 붉은군대의 군인이 쏜 총에 맞아 몰살

당했다. 하지만 그때 제니아는 울지 않았을 것이고, 앞으로도 절대 울지 않을 거라고 에텔은 확신했다. 제니아의 푸른 눈에는 의연한 무언가가 깃들어 있었다, 강하면서도 슬픈. 제니아는 진정한 영웅이었다.

솔리망 씨가 세상을 떠나고 얼마 지나지 않아, 알렉상드르는 에텔을 데리고 공증사무소를 찾았다. 아직 미성년자인 딸이 받을 유산을 마음대로 처분할 수 있는 허가서를 발급받기 위해서였다.

공증인 봉디는 겉멋만 잔뜩 들어 지나치게 예의를 차리고 희한한 카이저수염까지 기르고 있어, 마치 만화에서 튀어나온 것처럼 보였다. 에텔은 예리한 눈으로 그의 수염에서 검은 염색약 자국을 알아보았다. 알렉상드르 브룅은 평소와는 다르게 신경이 곤두서 있었고, 그래서 쉴 새 없이 떠들어댔다. 그의 말은 크레올 억양 때문에 다소 우스꽝스럽게 들렸다. 그는 에텔에게 아무런 설명도 해주지 않았지만, 그날 저녁 그녀는 부모님 방에서 갑자기 터져나온 목소리의 파편들과 요란한 문소리를 들었다. 밤이 되자 정적을 깨고 흐느낌 비슷한 소리까지 들려왔다. 다음 날 점심 때 어머니와 단둘이 있게 되자 에텔은 설명을 구하는 표정으로 어머니 얼굴을 뚫어져라 보았다. 하지만 쥐스틴은 딸의 시선을 외면했다. 안색은 창백했고 입가에는 신랄하기 그지없는 주름이 희미하게 잡혀 있는데도 그녀는 여전히 아름다웠다. 알렉상드르가 "그리스 조각상 같은 얼굴"이라고 칭찬하는 아름다운 얼굴.

공증인은 알렉상드르 브룅을 책상 맞은편 소파에 앉히고, 에텔은 약간 안쪽으로 들어간 곳에 놓인 의자에 앉게 했다. 그는 앉지도 않고 귀찮은 일에서 가능한 한 빨리 벗어나고 싶다는 듯 고객 쪽으로 종이묶음을 밀어놓았다. "물론 아버지에게 설명은 들었겠지요?" 그는 눈으로는 알렉상드르를 보면서 에텔에게 묘한 어투로 물었다. 그 물음에 대답한 건 알렉상드르였다. "그러니까 우리는 사실, 이 문제에 대해 이야기를 나누지는 못했습니다. 하지만 아이 엄마와 나는 절차를 간소화해야 한다고 생각해요, 게다가 이 아이의 나이를 고려하면……" 봉디 씨는 그럴 줄 알았다는 듯이 말을 이었다. "맞는 말씀이긴 하지만, 그렇다 해도……" 그는 적절한 단어들을 찾고 있었다. 알렉상드르는 초조한 표정이었다. "얘야," 그는 딸의 손을 잡으며 그녀를 보려 했다. 하지만 탈부착식 넥타이가 너무 빽빽하게 목을 조이고 있어 고개를 돌릴 수가 없었다. 에텔은 그의 옆모습을 쳐다보았다. 그녀는 아버지의 콧등, 콧수염과 턱수염 그리고 새치를 감추기 위해 염색할 필요가 없는 새카맣고 숱 많은 머리칼을 아주 좋아해서, 자주 그의 옆모습을 삼총사나 쉬르쿠프 선장*처럼 그렸다.

"아, 내가 그 얘길 해주지 않았구나. 종조부님께서 널 얼마나 사랑했는지 너도 잘 알지? 그분에게 넌 친손녀나 다름없었어. 그분은 항상 네게 재산을 물려주고 싶어하셨단다. 하지만 그건 너처럼 어린 아이에게는 너무 무거운 짐이 아니겠니……"

그리고 봉디 씨가 서류를 읽기 시작했다. 내용이 좀 난해했다. 게다가 공증인이 듣기 거북한 혀짤배기소리를 냈기 때문에 내용에 집중하기가 힘들었다. 그가 데데거리며 서류 읽는 소리를 듣고 있으려니 에텔은 역사지리 선생님 푸졸이 생각났고, 옆자리에 앉는 지젤 아믈랭이 소곤거렸던 말도 떠올랐다. "푸졸 선생님은 말할 때 침이 사방으로 튄다니까." 어쨌든 에텔은 서류의 의미를 파악했다. 그것은 에텔이 상속받은 재산을 관리, 운용, 매각할 수 있는 모든 권한을 아버지에게 넘긴다는 내용이었는데, 거기에는 부지 내 건물을 지을 권한과 건축에 필요한 공채

* 모리셔스를 근거지로 활약한 '나폴레옹의 해적'. 나폴레옹으로부터 레지옹도뇌르 훈장을 받는 등 엄청난 부와 명예를 누렸다. 쉬르쿠프와 그의 본거지 모리셔스는 한때 세계로 나아갔던 프랑스의 영광을 상징했다.

매입에 관한 건도 포함되어 있었다. 그 문구의 의미는 달리 해석할 여지없이 명확했다. 한마디로 아버지에게 모든 권한을 넘긴다는 것이었다. 그렇지만 당시 에텔은 아버지가 솔리망 씨 대신 연보라색 집을 지어줄 거라고 믿었고, 그래서 밀려오는 행복을 느꼈음을 후일 기억할 터였다.

공증인은 데데거리며 서류를 다 읽고는 알렉상드르에게 내용을 확인하라고 내밀었다. 알렉상드르가 서류들을 다시 읽고 수결과 서명을 한 후, 그들은 다른 문제를 논의하기 시작했다. 대출금과 은행에서 발행하는 어음에 관한 이야기, 그리고 국제 정세에 관한 이야기도 나누는 듯했다. 하지만 에텔은 귀담아 듣지 않았다. 쓸데없는 서류들로 혼잡한 사무실의 숨 막힐 듯한 분위기에서 한시 바삐 벗어나고 싶었고, 그 남자로부터, 그의 콧수염과 검은 눈동자와 말투와 튀겨대는 침으로부터 달아나고 싶은 마음뿐이었다. 그녀는 제니아와 학교 앞에서 만나기로 약속했다. 그동안 일어난 일들을 제니아에게 어서 얘기하고 싶었다. 정원으로 난 커다란 창문들과 가을하늘을 비추는 거울 연못이 있는 연보라색 집이 곧 땅 위로 솟아나올 거라는 얘기도 한시바삐 들려주고 싶었다. 게다가 그 집에는 제니아를 위한 방도 있을 것이고, 그렇게 되면 제니아는 보지라르 가의 악취 풍기고 전기도 들어오지 않는 불결한 집, 온 가족이 한 방에 모여 매트리스 위에서 자야 하는 그 '헛간'에서 살 필요가 없을 거라는 이야기도.

공증사무소에서 나오자마자 에텔은 아버지에게 키스했다. "고마워! 고마워요!" 알렉상드르는 아무 말도 못하고, 마치 딴 생각을 하고 있었던 것처럼 어리둥절한 표정으로 딸을 보았다. 그는 몽파르나스로 걸음을 옮겨 은행에 들르고, 그의 표현을 빌리자면 '독신자처럼' 혼자 점심식사를 하러 갔다. 에텔은 마르그랭 가를 향해 쉬지 않고 달렸다. 그녀는 아직 열다섯 살이 아니었고, 그래서 방금 모든 것을 잃은 것이었다.

살롱에서 오간 대화들(계속)

어느 날 오후, 몰래 술을 마셨거나 괴로운 일이 있었는지 쥐스틴이 사람들 앞에서 노래를 부르겠다고 나섰다. 그 자리에는 모드도 있었다. 그녀는 늘 그렇듯 수선스럽게 애교를 부리며 사람들의 관심을 한 몸에 받으려 했고, 여전히 순회공연을 다니는 여가수인 양, 풍문대로 고양이 여섯 마리와 함께 파리 자코브 가의 다락방에 사는 고독하고 가난한 노처녀가 아닌 양, 오페레타니 콘서트니 공연 계획들을 늘어놓았다. 로랑 펠드는 약간 안쪽으로 들어간 곳에 놓인 팔걸이 없는 쿠션의자에 앉았고, 그 옆에는 에텔이 있었다. 이 안에서 벌어지는 일들은 모두 연극 같아, 에텔은 생각했다. 허영심, 아이러니컬하게 현실과 완전히 담을 쌓은 듯한 이 분위기.

난징, 에리트레아, 에스파냐에서 사람들이 죽어갔고, 페르피냥 인근의 피난민 수용소들은 그 시궁창에서 석방시켜 자유를 되찾아줄 거라는 정부 발표만 고대하는 여자들과 아이들로 넘쳐났다. 그런데 여기 코탕탱 가, 따뜻한 봄볕에 잠긴 이 거실 안에서는 혀들이 속삭거리며 안전한 보금자리를, 피난처를, 믿을 수 없을 정도로 평온하고 안락한 망각을 만들어내고 있었다.

쥐스틴이 좌중에게 알렸다. "빅토르 위고의 시, 「무당벌레」입니다." 빌렘민 고모는 무슨 찬가라도 연주하려는 듯 아주 엄숙한 태도로 피아노 앞에 앉아 있었다. 청명한 쥐스틴의 목소리는 플루트 소리처럼 고왔다. 그녀는 발성법도 완벽해서 음절들을 또박또박 끊어서 노래했고, 자음들을 하나하나 명료하게 발음했다. 사람들 앞에서 그 노래를 부른 건 처음이었다.

그녀-가 나에게 말했네, 무언-가가
나를 괴롭힌다고 — 그래서 나는 알아차렸지
눈-처럼 흰-그녀의-목과-그 위의
자악은-자앙미잇빛-벌레-를!

에텔은 빨이 붉어지면서 온몸이 따끔거렸다. 그녀의 두 눈은 오로지 정면만 똑바로 응시하고 있었다. 이제 살롱 안에서 오가던 말소리들은 잦아들고 있었다. 뭐든 다 알고 있다는 듯 꾸민 표정, 약점을 들키지 않으려 조심하면서 잘난 척하는 태도, 두려움과 원한을 교묘하게 숨기는 세련된 거짓말, 이 소녀는 바로 그런 것들을 혐오했다.

꼬옥-조-가-비 같아
장밋빛 등과 검은 점
꾀꼬리드-을-이 우릴 보려고—
이-잎-새 사이로 고개를 내밀었네!

노래는 길고 느렸다. 빌렘민 고모는 4행절이 끝날 때마다 트릴 기법으로 연주했는데, 숲속 새들의 콘서트를 흉내내려는 듯했다. 숨막히는 무더운 날씨에 여자들은 연신 부채질을 했고, 르메르시에 장군 부인은 동그랗게 벌린 입술 위에 팔자 주름이 잡힌 얼굴로 넋이 나간 표정을 짓고 있었다. 에텔은 흘러내리는 땀 때문에 옆구리와 겨드랑이 밑이 따끔따끔했지만 눈 한번 깜박이지 않고 쥐스틴을 바라보았다. 그녀는 엄마의 가느다란 목소리가 조금이라도 튀거나 갈라질까봐 신경을 곤두세우면서 열심히 귀를 기울였다. 그러다 문득, 그 상황이 우스꽝스럽다는 생각이

들었다. 딸의 학예회에 참석해 조바심하는 어머니가 된 것 같았다. 그 부자연스럽고 태를 부린, 엉뚱하기 짝이 없는 시, 역겨운 자만심에 빠져 우쭐대는 듯한 소품, 어린이 회전목마의 한껏 모양낸 조랑말 목에 매달린 방울 소리처럼 새되고 빠르게 단속적으로 울려대는 그 단어들.

그녀의 서늘한 이-입이 거기 있었네,
나는 몸을 숙였지— 그 미-이-녀 위로
그리고 잡았다네— 무우-다앙-버얼-레에-하지만 입-맞-춤-은-날아가-버렸네!!

또 한번의 트릴, 그리고 쥐스틴이 되풀이해 노래했다. "하지만 입-맞-춤-은-날아가-버렸네!!" 노래는 웃음소리로 화답받았고, 장군 부인은 부채를 접어 왼손바닥에 대고 두드리면서 갈채를 보냈다.

그런데 에텔이 그때 그 우스꽝스러운 장면에서 가슴이 쿵쾅거릴 정도로 격렬한 증오를 느끼면서 모드를 미워하기 시작한 것은 무슨 까닭에서였을까? 청중의 속삭임에 격려를 받은 쥐스틴이 미녀, 무당벌레, 날아가버린 입맞춤에 관한 노래를 다시 시작했지만, 에텔은 이제 엄마의 노래에 귀를 기울이지 않았다.

"……동물들은 하느님의 것이지만

어리석음은 인간의 것이지!"

끊어질 듯 이어지면서 끝맺은 마지막 소절에는 빌렘민 고모의 격렬한 피아노 연주가 곁들여졌고, 곧이어 청중의 박수갈채가 뒤따랐다. 에텔이 가슴에 통증을 느끼며 자리에서 일어나려는데, 노래가 끝날 때까지 잠자코 듣고 있던 로랑 펠드가 급히 휘갈겨 쓴 쪽지를 그녀 손에 슬쩍 찔러넣었다. 에텔은 종이를 펴고 읽었다. "신이시여, 프랑스의 저 어리석은 광기로부터 우리를 보호해주소서!"

로랑 펠드의 표정은 진지했다. 그는 손가락 끝으로 무릎을 두드리고 있었지만, 에텔은 그의 푸른 눈 속에서 반짝이는 장난기를 보고는 단번에 그 뜻을 알아차렸다. 그 노골적인 빈정거림에 그녀의 온몸은 전율에 휩싸였다.

탈롱 : 지금 상황은 아주 불안정합니다. 아무도 걱정하지 않는 것 같지만, 공황이 호시탐탐 우리를 노리고 있어요. 현재

의 정치 패거리들은 그 사태를 막지 못할 겁니다.

알렉상드르 : 아, 당신은 항상 모든 걸 너무 민감하게 받아들여요. 하지만 어쨌든 우리와는 상관없는 일이잖아요.

탈롱 : 네, 그들이 우리로 하여금 믿게 하려는 게 바로 그거죠. 경제공황은 우리와 상관없는 먼 나라 이야기라고 말이에요. 하긴, 소액 투자자들은 나름대로 재미를 보고 있죠, 하지만 제 말을 명심하세요……

빌렐민 고모 : 공황 얘기는 이제 그만해요!

여자들의 목소리 : 그래요, 맞아, 다른 얘길 하자고요! 허구한 날 돈 얘기만 하지 말고!

슈맹 : 블룸*이 집권한 뒤로 금이 자취를 감췄습니다!

—그건 비단 어제오늘의 이야기가 아니에요. 이미 오래전부터 시작된 일이라고요!

—어쨌든 인민전선은 그리 오래가지 못할 겁니다.

탈롱 : 다행히도 지금 독일에서 히틀러가 볼셰비키들을 발본색원하고 있어요. 하지만 이 나라에서는 때가 너무 늦었는

* 레옹 블룸(1872~1950). 1936년 인민전선 내각을 조직하고 총리로 취임했다. 주 사십 시간 노동제 도입, 유급휴가와 노동자의 단체교섭권 보장, 사기업과 금융을 국가의 통제하에 두려는 그의 계획은 대자본가들 사이에 극심한 적대감을 불러일으켰다.

지도 모르죠.

쥐스틴 : 당신이 말하는 그 히틀뢰르라는 사람도 별로 대단할 거 없어요. (몇몇 목소리가 "히틀뢰르가 아니라 히틀러"라고 정정해준다.) 그 사람도 마찬가지라고요! 나는 그 사람 하는 짓이 영 신뢰가 가지 않아요!

슈맹 : 〈르 프티 주르날〉에 실린 아카데미 프랑세즈 회원 아벨 보나르*의 기사를 읽어보셨나요? 베를린으로 가서 수상을 직접 만났대요. 그런데 독일 수상이 그에게 말하기를, 프랑스 사람들이 자기를 독재자로 생각하고 있다는 게 몹시 유감스럽다고 했다더군요.

알렉상드르 : 저런! 그런데 실례지만, 독재자가 아니라면 도대체 어떤 사람이죠?

슈맹 : 강압으로는 민중의 지지를 얻을 수 없다! 히틀러가 직접 그렇게 말했어요. 독일 국민은 나를 지지한다, 그들은 내가 국민의 바람을 알고 그것을 이루기 위해 전념하고 있으며 내 관심사는 오로지 그들의 영혼이라는 사실을 잘 알고 있다.

빌렐민 : 그들의 영혼! 아 그래, 독일 놈들의 영혼, 그거 별거 아니죠!

---

* 비시 정부의 교육부 장관을 지낸 어용 작가. 1945년 결석재판에서 사형을 선고받았으나 감형되어 십 년간의 해외 추방형에 처해졌다.

슈맹 : 천만에요, 부인. 독일인들은 위대하고 아름다운 영혼을 갖고 있습니다, 그들의 영혼은 부인 같은 음악 애호가의 영혼과는 달라요—

빌렘민 : 이봐요, 마구 갖다붙이지 마세요! 모차르트와 슈베르트와 히틀러, 절대 어울릴 수가 없는 조합이라고요! (웃음소리들)

탈롱 : 하지만 〈뉘른베르크의 마이스터징어〉* 공연 때 독일인들이 그를 어떻게 맞이했는지 부인도 아시겠죠. 그 수상은 열광적인 환호와 박수갈채를 받았다고요. 파리에서는 절대로 일어나지 않을 일이죠, 이건 결코 꾸며낸 이야기가 아니에요!

슈맹 : 지금 우리나라는 데카당스들의 세상이니까요, 드뷔시, 라벨, 기타 등등.

에텔이 펄쩍 뛰었다. "그렇지 않아요, 아저씨는 아무것도 몰라요. 라벨은 천재라고요, 그리고 드뷔시는……" 하고 눈물을 글썽이자, 로랑이 그녀의 손을 잡고 자기는 그녀 편이라고 말한다.

---

* 바그너의 오페라 〈뉘른베르크의 마이스터징어(뉘른베르크의 명가수)〉. 1934년 히틀러는 2백만 명이 동원된 대대적인 전당대회를 〈뉘른베르크의 마이스터징어〉의 무대이자 신성로마제국의 수도였던 뉘른베르크에서 열었고 그 기간에 이 오페라를 공연하게 했다.

알렉상드르 : 자자, 싸움보다야 음악이 낫지, 정치는 그냥 정치하는 사람들에게 맡겨둡시다, 그게 더…… 속 편하니까!

(웃음소리들)

폴린 : 그 틈을 이용해 실속을 차리는 사람들이 있어요, 당신이 말했잖아요, 왜? 당신이 말하는 그 수상이 퇴폐적이고 타락한 그림이라며 스위스로 돌려보낸 그림들이 경매를 통해 팔려나갔다면서요. 블라맹크의 그림들이 스위스 프랑으로 단돈 2백 프랑에!*

르메르시에 장군 부인 : 당신이 말하는 그 히틀러가 하는 짓을 보면, 에…… 요컨대 우리 정부가 저지르는 위선적인 연극과 비슷하다고 생각지 않으세요? 유급휴가니, 꽃이 만발한 공장들이니, 되도 않게 하층민 노동자들에게 알랑대는 꼴이라니!

슈맹 : 히틀러 덕분에 독일이 변한 건 분명한 사실입니다,

---

* 히틀러의 명령으로 현대미술을 탄핵하기 위해 열린 퇴폐미술전은 독일 국내의 미술관, 화랑, 개인에게서 입수한 20세기의 모든 전위작품이 대상이었다. 퇴폐작가로 지목된 미술가는 활동을 금지당하고 작품은 몰수되었다. 이 전시회는 1937년 뮌헨 및 베를린을 시발로 독일의 주요 도시를 순회했는데, 이때 압수된 작품 1만 7천 점 중 4천 점 이상이 소각되었고, 약 2천 점이 같은 해 6월 스위스 루체른에서 열린 미술품 경매를 거쳐 국외로 흩어졌다.

최근에 베를린에 다녀온 친구 말로는 그 수상이 출현한 이래로 독일이 아주 깨끗해지고 살기가 좋아졌답니다. 도처에 꽃이 피어 있대요, 심지어 농가와 작은 마을에까지도……

밀루 : 그러니까 당신 말씀은, 그 나라가 천국이라는 걸 우리보고 믿으라는 거군요!

탈롱 : 어쨌든 그는 백만 명의 노동자들에게 발트 해변을 개방했어요. 사회주의자들이 노동자들에게 해준 것보다 훨씬 나아요, 안 그래요?

폴린 : 발트 해라니, 끔찍하기도 해라! (모리셔스 억양으로) 그곳은 틀림없이 당신의 브르타뉴보다 훨씬 더 고약할 거예요! (웃음소리들)

알렉상드르 : 분명히 뤼겐과 니스는 다르죠! 내 누이는 무조건 리비에라가 세상에서 최고라고 생각한다니까요.*

밀루 : 당신은 퓌러가 독일 노동자들을 니스로 휴가 보내줄 거라고 생각하는군요!

슈맹 : 어쨌든 그는 블룸이 유권자들에게 감히 말하지 못했던 용어들을 사용하고 있어요. 진보, 그리고 자신이 그들에게 돌려준 노동의 영예를 자신 있게 말하고 있죠. 우리나라에서

---

* 뤼겐은 독일 북부 발트 해에 있는 섬이고, 리비에라는 프랑스 남동부와 이탈리아 북서부의 지중해 연안, 특히 칸에서 라스페치아 사이의 해안을 일컫는다.

그런 말을 할 수 있는 정치인이 단 한 명이라도 있는지 한번 생각해보시죠!

장군 부인 : 그럴 수밖에 없는 거 아닌가요! 그는 표를 얻으려고 유권자들에게 일을 더 적게 하라고 말하는 거예요! 유급휴가와 바캉스로 표를 매수하고 있다고요!

슈맹 : 심지어 볼셰비키와 사회주의자들조차 언급한 적이 없는 것들까지 말하더군요. 육체노동자들에게 존엄성을 되돌려줘야 한다는 둥, 공장직공 같은 단순노동자들은 창조적인 지적 노동을 하고 은행의 회계사는 기계적인 반복 노동을 한다고 생각한다는 둥 말입니다.

장군 부인 : 그럼 당신은 어떤가요? 회계사인 당신은 그걸 인정하나요?

슈맹 : 어쨌든 개인적인 이해관계는 초월해야 합니다. 더 멀리 내다볼 필요가 있어요! 부인께선 무엇 때문에 내가 진실을 부인하길 바라는 거죠? 숫자를 나열하는 것이 스웨이드 가죽으로 자동차 기계장치를 닦는 노동자나 특정 시대의 고가구를 제작하는 장인보다 우월할 건 전혀 없어요.

알렉상드르 : 사회주의자 슈맹이라니, 세상이 뒤집힐 일이군!

슈맹 : 그런 식으로 말하지 마십시오! 내가 사회주의자들이 지껄여대는 거짓말, 러시아 볼셰비키들이 저지르는 범죄를

얼마나 싫어하는지 잘 아시잖습니까! 새로운 노선을 만들어야 합니다. 보나르가 바로 그렇게 말했어요. 한번 읽어보세요! 자!

폴린 : 새로운 노선이라고요! 정말로 그걸 믿나요, 네? 당신의 그 히틀러, 미안하지만 그는 그럴싸한 말로 사람들을 현혹시키는 교활한 인간이에요. 말만 번지르르하게 늘어놓고 정작 아무것도 행동으로 옮기지는 않을 거라고요. 노동자들이 사장한테 명령하는 그런 나라가 정말 가능하다고 생각하세요? 러시아에서조차 그런 일은 절대로 일어나지 않았어요! 스탈린을 보세요!

알렉상드르 : 쯧쯧! 또 정치 얘기로 돌아왔군!

탈롱 : 어쨌든 독일은 프랑스보다 상황이 훨씬 낫습니다, 경제가 되살아났다고요!

장군 부인 : 당연한 일이에요. 전쟁피해보상금을 제대로 갚지 않았잖아요. 게다가 사회주의자들에게 줄 선물도!*

---

* 유럽 사회주의 정당들 내에 마르크스주의가 점차 보급되면서 1907년 슈투트가르트에서 열린 국제 사회주의자대회에서 자본주의 식민정책을 비난하는 결의문이 채택되었다. 그러나 이 회의를 전후로 영국, 프랑스, 독일 등 제국주의 국가들의 사회주의 정당들은 제국주의 정책의 수혜자가 되어갔고, 전쟁에 임박해 제국주의 전쟁에 찬성표를 던지는 행위가 이어졌다. 무솔리니와 히틀러도 원래 사회주의자들이었다.

— 세상에, 당신은 정말 구제불능이군요!

쥐스틴 : 독일에서 새로운 장미 품종들을 개발한 것 같아요. 아주 새하얀 장미라던데.

— 부인, 지금 농담하시는 거죠? 그 나라 사람들은 1914년에 이미 우리 걸 도둑질해 갔어요. 부인께선 몰랐던 모양이군요. 그들이 '프라우'라나 뭐라나 하는 이름을 붙인 그 품종은 바로 우리나라의 '라 메르베유 드 리용'이랍니다. '두스키'니 '드루히'니 하는데, 그들은 우리의 '말메종'이며 '솔레유 도르'며 모조리 베꼈다고요, 그래놓고 발음조차 하기 어려운 이름들을 붙여놓았죠. 그 이름들을 제대로 발음할 수 있는 사람이 있기나 할지!

알렉상드르 : 또 시작이군! 이젠 장미나무들을 가지고도 전쟁을 하는군요!

폴린 : 어쨌든 오라버니, 순진한 척하지 마세요! 세상에 티 없이 순수한 건 없다는 걸 오라버니도 잘 알잖아요, 심지어 꽃집에도! 모든 건 장미 향보다는 비열한 술책의 냄새를 풍기죠. 그렇게 생각하지 않으세요?

알렉상드르 : 그러면 부인들, 독일 장미들을 몰아냅시다!*

---

* débocher(독일인들을 제거하다, 또는 독일인들을 몰아내다, 독일인들에게서 벗어나다)로 말장난을 한 것.

자, 여기 행동강령이 있어요!

언제나 똑같은 소리. 말소리, 웃음소리, 모카잔 속에서 찻숟가락이 달그락거리는 소리. 식당 안쪽에 앉은 에텔은 호기심 어린 눈으로 손님들을 한 사람 한 사람 바라보고 있었다. 조금 전까지만해도 그들의 목소리에 귀를 기울이면서 왠지 안전하다는 기분, 아니 좀더 정확히 말하자면 겨울잠을 자듯 나른하게 마비되는 것 같은 기분이 들었다. 모리셔스 사람들의 노래하는 듯한 억양은 아주 격렬한 대화조차 부드럽게 이어주었다. 모든 것은 고모들이 간간이 추임새처럼 끼워넣는 "어머나!" 같은 감탄사로 점철되었고, 그런 대화들은 안개 같은 순한 담배연기—쥐스틴은 목을 따갑게 하고 기침이 나는 독한 담배를 마침내 살롱에서 추방했다—에 둘러싸여 있었다. 그런데 그 평화롭던 기분은 어느새 사라지고 이제 에텔은 불안과 분노에 사로잡혔다. 그래서 자리에서 일어나 부엌으로 가 설거지를 하는 하녀 이다의 일손을 거들면서 그곳에 틀어박혔다. 어느 날 쥐스틴이 "네가 살롱 모임에 함께하는 걸 아버지가 얼마나 바라는지 너도 알지? 계속 눈으로 찾으시잖니"라고 주의를 주었을 때 에텔은 심통 맞게 대답했다. "알아요, 하지만 한심한 잡담이랑 험담들뿐인걸! 타이태닉 호가 침몰했을 때 그 배의 휴게실에서도 분명 여기 이 사람들과 똑같은 사람들이 똑같은 소리들을 떠들어대고 있었을 거예요!"

가족이라는 배가 점점 더 깊은 물속으로 가라앉음에 따라, 시끄러운 목소리들과 부조리하고 무가치한 대화들, 말들의 홍수가 한바탕 휩쓸고 가면 에텔은 그처럼 신랄한 말을 내뱉었다. 매일 오후 그 한심한 화제들에서 얼굴, 가슴, 그리고 집 안 벽지에 이르기까지 주변의 모든 것을 갉아먹는 독액이 분비된다는 듯이.

이제 사춘기에 접어든 에텔은 재치 있는 표현이나 멋진 말, 알렉상드르의 입에서 나오는 시적인 문장, 모리셔스 고모들의 변덕 등을 적어놓는 노트에 바보 같은 이야기와 험담, 고약한 말장난, 증오에 찬 사람들의 모습을 분노에 차 기록했다.

"루터, 루소, 칸트, 피히테. 네 명의 카캉젤리스트*."

"유대인, 프로테스탄트, 외국인 또는 혼혈인들의 국가, 프리메이슨의 세계."**

"유대인 레프라***죠."

"국제적인 유대인 은행가에게 착취당하는 정직한 프랑스인."

"카발리즘(유대 신비주의), 사탄의 지배." (SS친위대원인 교황 피우스 12세가 승인한 구즈노 데 무소 이론****)

"반생산적인 유대인." (프루동)

"유대인은 우리와 다르다 : 유대인의 코는 매부리코이고

---

* '네 에반젤리스트(복음전도자)'에 빗대어 만든 말로 '네 악의 복음전도자'라는 의미. 이들에 의해 야만적인 게르만족이 문명인이 되었으며, 따라서 이들의 잘못으로 악이 세상에 퍼진 것이라고 해석하는 학자들이 만들어낸 용어이다.

** 당시 프랑스에서는 새로운 애국주의적 우파들의 목소리가 커지기 시작했는데, 이들은 프로테스탄트, 유대인, 프리메이슨과 외국인들이 좌지우지하는 부패한 중앙정치에 대해 국수주의적 시각에서 강도 높게 비판했다.

*** 유대인 인구와 세력이 마치 전염병처럼 퍼져나가는 현상을 비유한 용어.

**** 유대인들이 문명국가들을 붕괴시키고 이스라엘이 지배하는 세상을 만들기 위해 프리메이슨 조직을 만들었다는 이론. 교황 피우스 12세는 자유주의에서 보수주의로 선회한 것으로 유명하다. 2차대전 당시 교황권을 유지하기 위해 나치에 동조하며 유대인 학살에 침묵한 행태를 비꼬아 피우스 12세를 SS친위대원이라고 비웃는 것이다.

손톱은 네모지고 평발에다 양쪽 팔 길이가 서로 다르다." (드뤼몽)

"유대인에게서는 악취가 난다."

"우리에게 치명적인 질병들에 유대인은 선천적으로 면역이 되어 있다."

"유대인의 뇌는 우리의 뇌와는 다르게 만들어져 있다."

"유대인에게 프랑스는 종신연금을 타 먹을 수 있는 낙원이다. 유대인은 오로지 돈밖에 모른다. 유대인의 천국은 지상에 있다." (모라스)

"유대인들은 수상술手相術과 마술과 굳게 맺어져 있다."

"우리의 위대한 정치인들의 이름은 장 제, 일명 이사야 에제키엘, 그리고 레옹 블룸, 일명 카르푼켈슈타인이다."*

"〈위마니테〉** 공동발행인들의 이름은 블룸, 로젠펠트, 헤르만, 모슈, 지롬스키, 베유 레날, 코엔 아드리아, 골즈차일드, 모디아노, 오펜하임, 히르쇼비츠, 슈바르첸트루버(시원하시겠습니다!***), 임레 교마이, 하우서이다."

---

* 장 제와 레옹 블룸 모두 유대계 사회주의 정치인들이다.

** 〈위마니테〉는 프랑스 공산당 기관지이며, 이후 거론된 이들은 모두 유대인이다.

*** 직역하자면 '재채기하는 사람'이라는 뜻으로, 여기서는 슈바르첸트루버라는 이름을 발음할 때 마찰음이 많아 재채기하는 것 같다는 의미로 한 말이다.

"영국인들은 독일인들보다 더 야만적이에요. 아일랜드를 보세요."

"올리에 모르드렐*이 그랬어요. 브르타뉴가 깜둥이들의 세상이 되도록 놔둬선 안 된다고."

"히틀러는 뉘른베르크에서 말했죠. 프랑스와 독일은 서로 미워하기보다는 서로 찬미할 이유를 더 많이 갖고 있다."

"그는 죄인들에게 미리 경고했어요. 유대인들과 볼셰비키 당원들은 절대로 용서받지 못할 거라고."

"샤를 모라스는 『철학자들의 산책로』에서 이렇게 말했죠. 셈족 유대인의 천재성은 성서 시대 이후로 사라졌다. 현재 프랑스공화국은 혼란에 빠져 있고, 이런 상황을 틈타 네 연합세력인 유대인, 프리메이슨, 프로테스탄트, 거류 외국인들이 국내에서 승승장구하고 있다."

"율리우스 슈트라이허**가 뉘른베르크에서 말했다죠. 유일한 해결책은 이스라엘의 자손들을 물리적으로 말살하는 것이다."

---

* 브르타뉴식 이름은 올리비에 모르드렐. 브르타뉴 민족주의자이자 나치 협력자였다.

** 나치 정치선동가. 히틀러의 절친한 친구로 1923년 신문사 〈데어 슈튀르머〉를 설립해 편집장으로 활동하면서 히틀러를 신격화하고 반유대주의를 설파했다.

그처럼 거센 파도가 휘몰아친 후에는 언제나 일시적인 소강 상태가 찾아온다는 것을 에텔은 잘 알고 있었다. 마치 발작 후에 괴로운 무기력 상태와 수치스러운 근육통만이 남은 것 같은 분위기. 그럴 때마다 고모들은 이런저런 이야기들을 꺼내봤지만, 아무리 말솜씨가 좋아도 그런 분위기를 전환하기는 아주 어려웠다. 그러면 사람들은 패션, 자동차, 스포츠 혹은 영화를 화제로 삼았다.

"푸조 402, 그러니까 레제르가 르노, 들라주, 탈보, 드디옹, 파나르, 호치키스 같은 차들, 심지어 그 유명한 롤스로이스의 자리마저 곧 빼앗을 거예요!"

—바그람*에 있는 메신 자동차 대리점 진열창에서 그 차를 봤는데, 정말 환상적이더군요!

—하지만 가격이! 가격 봤어요?

—세계 각국이 평가절하를 단행하고 있잖아요, 제일 먼저 미국, 그리고 이번 여름이면 여기서도!

—휴가중인 봉급쟁이와 그들이 쓴 챙 모자라니!

---

* 개선문에서 뻗어나오는 열두 대로 중 하나.

—그래도 그게 틀린 얘기는 아닌 것 같아요. 가난한 노동자들도 바다를 보러 갈 권리가 있잖아요! (쥐스틴)

—그 소식 들었어요? 눈으로 보는 라디오가 최근에 발명되었대요.

—베아트리스 브레티나 사라 베르나르가 우리 집까지 찾아와 우리한테 직접 말을 거는 건가요!*

—그렇답니다. 하지만 여러분, 아직 초기단계예요! 완전 걸음마 단계라고요!

—난 극장에 가는 게 더 좋아요. 〈위대한 환상〉** 봤어요?

—아뇨, 전쟁은 아직 일어나지 않았어요! 난 차라리 〈덕수프〉***에 나오는 막스 브러더스를 보러 가겠어요!"

바로 그 순간, 장군 부인이 틈을 놓치지 않고 주석을 단다. "만약 그게 제대로 작동된다 하더라도 난 극장에 가겠어요."

남자들 쪽에서는 친한 패거리가 형성되고 있었다. 슈맹이 불

---

* 프랑스의 전설적인 여배우들.

** 1937년 장 르누아르가 감독하고 장 가방이 출연한 프랑스 영화. 1차 세계대전 당시 독일의 포로수용소를 배경으로 인종과 계층, 국가를 초월한 휴머니즘을 다룬 영화로 전쟁의 아이러니를 보여준다.

*** 1933년 할리우드 슬랩스틱 코미디의 전성기를 상징하던 막스 브러더스가 출연한 미국 코미디 영화.

참한 덕에 분위기는 느슨했다. 에텔은 살롱이 이런 분위기일 때가 더 좋았다. 그녀는 부르릉거리는 소리를 듣고 있었다. 알렉상드르가 열광하는 비행기 모터 소리와 똑같은 소리. 날개와 프로펠러가 달린 비행체를 만들겠다는 그의 원대한 계획. 여전히 아버지는 그 계획을 생각하고 있을까? 에텔은 파산이 다가오고 있다는 걸 아는 사람이 자기뿐인지 궁금했다. 그녀는 키가 큰 아버지를 바라보았다. 파리의 겨울에도 결코 창백해지지 않는 늙은 모리셔스인의 얼굴, 빛나는 검은 머리칼, 정성 들여 다듬은 수염, 기다랗고 신경질적으로 보이는 예술가의 손가락.

"모든 것은 프로펠러에 달려 있어요. 내가 처음부터 말하던 게 바로 이겁니다. 동체가 아주 기가 막히죠. 바로 이걸로 영국에서 폴랑이 세계 최초 기록을 세웠고, 모란, 차베스도 신기록을 세웠어요. 그 시절에는 70마력 더블실린더 그넘Gnôme 엔진을 사용했죠, 하지만 내가 선호하는 건 라트마노프 프로펠러예요. 물론 아주 구형이긴 하죠. 나도 인정합니다. 그렇지만 크기는 작아도 힘이 엄청나거든요."

"그럼 목재 프로펠러가 좋다는 말씀이신가요?"

"물론입니다. 목재는 수리하기도 쉬워요, 게다가 훨씬 더 가볍고."

"그렇다면 브레게 사는 뭐죠?"

"거긴 군용기를 생산하고 있으니 이 경우와는 다르지요. 전투기에는 반드시 강철 프로펠러를 달아야 합니다."

알렉상드르는 담배를 피우며 청회색 눈으로 벌류트 펌프*를 골똘히 바라보고 있었다. 그가 한 거짓말들과 어머니에 대한 배신, 허풍 같은 온갖 잘못들을 생각하면 에텔은 아버지를 미워해야 마땅했다. 하지만 거리를 두고 낯선 사람을 대하듯 차가운 시선으로 바라볼 수가 없었다.

어쩌면 아버지가 파산 직전에 놓인 지금, 막 쓰러지려 하는 지금 그녀는 그 어느 때보다 더 큰 친밀함을 느끼는지도 몰랐다. 아버지를 바라보면서 에텔은 솔리망 씨가 조카사위에게 내린 냉정한 판단을 다시 떠올렸다. "아무짝에도 쓸모없는 것이 꼭 설익은 채로 썩어버린 과일 같구나, 널 낳은 것만 빼고!" 기적과도 같은 우연의 섭리로 탄생한 열매. 솔리망 씨는 에텔에게 자주 이렇게 말했다. "넌 내 행운의 부적, 내 작은 행운의 별이란다."

* 원심 펌프의 한 종류로, 안내날개가 없다.

"드르제비키*가 쓴 비행기 프로펠러에 관한 논문을 아시나요? 내겐 성서 같은 책이죠!"

남자들은 '공기보다 무거운 것'이라는 주제를 놓고 지칠 줄 모르고 얘기하고 있었다.

"전쟁이 일어난다면, 제 말 믿으세요, 이 비행기들이 가공할 위력을 발휘할 겁니다. 다른 모델들과는 확실히 다를 거예요. 하지만 프랑스에서는 그걸 이해하는 사람이 아무도 없는 것 같더군요!"

—그리고 비행선! 비행선을 잊으면 안 되죠! (알렉상드르)

—당신이 말하는 그 비행선들에 무슨 일이 일어났는지 우리가 봤다는 것만은 예외로 쳐야겠군요! (루아르)

—사고 말씀하시는 건가요? 비행기도 매일 추락하는걸요!

—그래요, 하지만 비행기는 비행선보다 격추시키기가 훨씬 더 힘들잖아요!

—아직 전쟁에서 교훈을 얻지 못했군요. 기억해보세요. 이십 년 전 많은 이들이 비행기를 이용한 고공폭격이 전쟁의 승

* 선구적인 비행기 개발자. 처음엔 잠수함에 관심을 가졌으나 이후 새들의 비행을 연구해 프로펠러 이론을 발전시켰다.

패를 좌우할 거라고 예언했지요. 하지만 이 나라 국방부는 그런 말에 콧방귀도 뀌지 않았어요!

—국방비를 방어선 구축에 전부 쏟아부었지요!*

—하지만 방어선이 아주 잘 만들어졌는걸요. 〈일뤼스트라시옹〉 지에 실린 기사 읽어보셨어요? 설사 당신이 말하는 그 비행기들이 방어선 위로 넘어온다 해도, 육군의 지원이 없으면 말짱 헛것이라고요. 보병대의 지상 공격이 반드시 필요할 거란 얘기죠! 육군을 물로 보지 마세요! (장군 부인)

—그럴 리가 있나요, 친애하는 장군 부인. 하지만 우리의 비행기들은 말이죠, 작은 날개가 달린 폭탄 사천 개를 실어나를 수 있고, 하루에 다섯 번씩 출격할 경우 육 개월에 백육십만 개 이상의 폭탄을 투하할 수 있습니다. 게다가 명중률을 일 퍼센트로 잡았을 때 약 이십만 명의 적군을 간단히 무력화할 수 있다고요. 한번 계산해보세요! (알렉상드르)

—육 개월에 이십만 명이라니 엄청나군요! 하지만 그게 다가 아닙니다. 공군은 최종병기예요. 공군의 파괴력은 상상할 수 없을 정도로 어마어마해서 아예 전쟁을 할 수 없게 만들어요. (루아르)

* 1차 세계대전 후 프랑스가 독일군의 공격을 저지하기 위하여 국경을 중심으로 구축한 대규모의 근대적 요새인 마지노선을 가리킨다.

—그렇죠, 에스파냐에서의 공군의 활약은 예외지만요.

—사회주의자들이 빨갱이 군대에 넘겨준 그 유명한 포테즈* 말이군요!

—게르니카에서 말이죠!

—그런데, 박람회에 전시된 피카소의 그림**은 봤어요?

—그 그림 이야기를 꺼내다니, 어머 고맙기도 하셔라! 너무 흉측했어요! 끔찍했다고요! (여자들의 목소리)

—꼭 비행기 폭격이라도 맞은 것 같은 그림이죠. 정말 흉측해요! 피카소가 말하려 한 게 바로 그건지도 몰라! (몇몇 사람들의 웃음소리)

긴장감이 다시 밀려오고 있었다. 에텔은 그 말들의 잔치, 감탄사의 콘서트를 들으면서 여느 때와 같이 역겨움을 느꼈다. 아무 말 없이 듣고 있는 사람은 그녀뿐인 듯했다. 아마도 나이 때문이었으리라. 살롱의 다른 사람들은 그렇게 잡담을 나누며 세월을 보냈고, 그들의 입에서 나오는 말은 단지 소음, 한낱 바람에 지나지 않았다. 실제로 그들은 현실과 동떨어진 이야기들을 하고 있었다. 아니, 어쩌면 그런 이야기들을 통해 현실을 잊으려는 건

* 프랑스 비행기 회사 포테즈에서 만든 전투기 이름.

** 1937년 파리 만국박람회 때 공개된 피카소의 그림 〈게르니카〉를 말한다.

지도 몰랐다.

"하지만 비행기나 기구, 비행선 같은 것들이 전쟁도구로만 쓰이는 건 아니에요! H. G. 웰스*가 쓴 〈예측〉이라는 기사 읽어봤나요?" (알렉상드르)

— 오래전에 죽은 사람이잖아요?

— 그 기사는 전쟁 전에 썼어요. 그 글에서 예언하기를, 앞으로 백 년이 채 못 되어 모든 장거리 여행에서 비행기가 기차와 배를 대신할 거라고 했어요.

— 당신 좋을 대로 말하는군요! 난 절대로 그 안에 발을 들여놓지 않을 거예요. 당신이 말하는 그 날아다니는 시가에는! (장군 부인)

— 비행기가 아직 그 정도로 발달하지 못한 건 사실이에요. (쥐스틴)

— 해결책은, 자동 비행이야. (알렉상드르)

— 끔찍해라! 조종사 없는 비행기를 말하는 거예요?

---

* SF소설로 유명한 영국 작가. 소설 『타임머신』에서 '타임머신'이라는 단어를 처음으로 사용했다. 『우주전쟁』 『투명인간』 같은 그의 작품들은 현대 SF영화에 지대한 영향을 미쳤다. 사회주의자이자 평화주의자였던 그는 점차 정치적이고 교훈적인 작품들을 썼고, 소설 이외에도 역사, 사회비평 등의 분야에서 많은 저서를 남겼다.

—아뇨, 비행기의 불안정성, 다시 말해 에어포켓*을 자동으로 바로잡는 시스템을 갖춰야 한다는 얘깁니다.

—어쨌든, 비행기가 전혀 발전시키지 못하고 있는 부분이 하나 있어요. 바로 하늘의 도로들이에요! 비행기들이 아무 곳이나 마구 날아다니고 있잖아요!

—아 그래요, 그 말을 들으니 뷔크 사건이 생각나네요. (몇몇 사람들의 웃음소리)

—아니, 뷔크가 아니에요. 하긴 당신같이 젊은 사람이 그 사건을 제대로 기억할 리 없겠지. 그 꾀바른 친구, 그 사람 이름이 뭐였더라? 뷔그?

—뷔르그예요. (장군 부인)

—그래, 뷔르그, 바로 그거야. 그는 비행장과 인접한 들판 위를 지나가는 모든 비행기에 대한 권리를 주장하면서 국제적인 단체를 창설했지요. 한마디로, 아무것도 모르는 순진한 농부들을 모아 사기를 친 거죠.

—그는 농민의 재산은 프리즘과 같다고 정의 내렸어요. 즉 농민 재산의 밑변은 밭이고, 그 밑변에서 선분들이 하늘로 올라가면서 프리즘 형태를 이룬다고 말이에요! 그래서 밭 위의

* 비행중인 비행기가 함정에 빠지듯 하강하는 지대. 기류 때문에 공기가 희박해져서 생겨난다.

하늘까지 자기 소유라는 얘기가 되는 거죠.

—그런데 그게 틀린 말인가요? 가령, 당신 집 위에 비행선 한 대가 항상 떠 있다가 어느 날 당신 집 정원으로 떨어진다고 가정해보세요. 그 비행선은 당신 소유 아닌가요? (쥐스틴)

—좋아요, 그렇다면 그 비행선이 당신에게 샴페인 한 병을 빚지고 있다고 치죠! (웃음소리들)

—하지만 웰스의 생각이 맞을 거예요. 아마도 그가 말한 세상이 올 때까지 우리가 살아 있지는 않겠지만요. 여하튼 나는 언젠가 파리 하늘에 비행기와 비행선의 수가 지금의 자동차 수만큼 많아질 거라고 장담합니다.

—그럼 집집마다 자가용 비행기를 갖고 있을 거라는 말인가요? 그거야말로 정말 끔찍한 재앙이겠군요!

—그래요. 만약 전쟁이 모든 걸 파괴하지만 않는다면! (쥐스틴)

—나는 말이죠, 평화는 바로 하늘에서부터 시작될 거라고 생각합니다. (탈롱)

—친구여, 하늘이 그대의 말을 들어주기를! (알렉상드르)

—또, 또! 또 전쟁 이야기! 다른 얘기는 하면 안 되는 거예요? (여자들이 동의하는 소리)

마치 모든 사람이 숨어버린 것 같았다. 에텔은 그 현기증, 예의 그 통증을 느꼈다. 열 살 무렵이었다. 어느 날 오후 학교에서 돌아왔는데 여느 때와 달리 거실이 텅 비어 있고 조용했다. 벨벳 커튼을 쳐서 어슴푸레한 거실의 빛 속에서, 그녀는 아버지가 식사 후 신문을 읽으며 조는 커다란 안락의자를 알아보았다. 그런데 거기 어렴풋하니, 커다란 잿빛 외투를 입은 사람의 형체가 보였다. 잠자는 사람의 머리 위에 간당간당 얹혀 있는 듯, 앞으로 약간 기울어진 회색 중절모. 에텔은 한마디 말도 없이 살금살금 앞으로 나아갔다. 커다란 안락의자는 커튼 사이로 스며들어오는 창백한 빛을 가리고 있었다. 형체는 자고 있는 듯 조금도 움직이지 않았다. 에텔은 숨을 죽였다. 그리고 더 가볍게 걸음을 옮기기 위해 살그머니 책가방을 바닥에 내려놓은 다음, 가방이 쓰러지지 않도록 가까운 소파 발치에 기대놓았다.

왜 집 안에서 아무 소리도 나지 않는 걸까? 잿빛 외투, 에텔은 그 옷을 알아보았다. 솔리망 씨의 옷이었다. 오래전부터, 그러니까 뤽상부르 공원으로 산책을 나가지 못하게 된 이후로 그는 그 외투를 입지 않았다. 안락의자에 앉아 있는 사람은 솔리망 씨가 아니었다. 너무 커다란 옷 안에서 둥둥 떠다니는 것처럼 보일 정도로 바짝 마른 그 사람은 안락의자에 푹 파묻힌 듯 앉아 있었다. 도대체 누가 감히 저 옷을 입고 저기 앉아 있는 걸까? 에텔은 몸을 앞으로 굽히며 다가갔다. 그리고 갑자기, 그 사람을 보았다. 아마도 햇빛이 구름 사이에서 모습을 드러내면서 그 얼굴을 환하게 비추었을 것이다. 깊게 주름이 팬 핏기 없는 잿빛 얼굴, 보라색 입술을 한 커다란 입, 그리고 커다랗게 벌어진 콧구멍, 콧등에 혹이라도 달린 듯 괴상하게 생긴 기다란 코. 중절모를 쓴 그 얼굴은 불그스레한 눈꺼풀 아래 동공 없는 텅 빈 눈을 찡그리며 그녀를 보고 있었다. 에텔은 비명을 지르며 복도로 뛰쳐나가 단숨에 자기 방까지 달려간 것을 기억했다. 팔다리의 모든 솜털이 곤두섰고 등줄기를 타고 한기가 내려갔다. 가슴이 터질 듯 쿵쿵댔다. 그녀는 숨도 가다듬지 못한 채 어머니의 품에 안겨 울었다. 그러고 나서 얼마 후, 어머니의 비난에 대답하는 아버지의 낮은 목소리가 들려왔다. 알렉상드르는 쥐스틴의 화를 가라앉히려 애쓰고 있었다. 에텔에게는 생소한 목소리, 슬프고 죄의식을 느끼는 목소리로. 에텔은 차라리 아버지가 화를 내면서 그 특유의 말투로 '이런 하느님 맙소사!' 라고 소리 지르거나, 버릇처럼 사용하는 '키 코즈 라' 니 '바타클랑' 이니 하는 크레올어를 쏟아낼 때가 더 낫다는 생각이 들었다. 그리고 바로 그때, 부모님 사이에 무슨 일이 일어나고 있는지 알아차리고 말았다.

어머니를 슬프게 하고 아버지를 불행하게 하는 그것, 그들이 매일 사소한 일로 벌이는 그 헛된 전쟁을.

에텔이 놀란 가슴을 진정시키고 거실로 돌아왔을 때 커다란 안락의자는 비어 있었다. 잿빛 외투와 중절모, 그리고 솔리망 씨의 왁스칠한 구두는 벽장에 정돈되어 있었는데, 그 가면, 눈 부위에 검은 구멍 두 개가 뚫린, 잘린 머리 같은 그 흉측한 가면은 사라지고 없었다.

곧 그녀는 그 정체불명의 침입자가 누구였는지 알아내려 했다. 그러나 알렉상드르에게 그 이야기를 하자 그는 기억이 나지 않는 척했다. "지점토로 만든 가면이라고? 아니, 난 모르겠는데……" 아마도 부끄러웠던 것이리라. 그게 아니라면 정말로 그 사건을 잊어버린 건지도 몰랐다.

하지만 그건 그일 수밖에 없었다. 살롱 모임이 없는 주중의 어느 날, 에텔이 학교에서 돌아올 시간에 그가 쥐스틴 몰래 짓궂은 장난을 준비하고 문 뒤에 숨어 있었던 것이다. 그런데 예상치 않게 에텔이 겁에 질려 울음을 터뜨리는 것을 보고는 서재로 도망가 아무것도 못 들은 척한 것이다. 아마도 미카렘*을 위해…… 아직 슈맹이 사업 때문에 매일같이 찾아오던 시절이었다. 혹시

---

* 사순절 셋째 주 목요일. 프랑스 파리 지역에서는 사순절이 시작되는 재의 수요일 전날인 오순절 화요일과 사순절 셋째 목요일에 카니발이 열린다.

슈맹이었던 건 아닐까? 아니, 그는 절대로 그런 장난을 칠 위인이 못 됐다.

오랜 세월이 흐른 후 에텔은 그의 목소리를 들었다. 그는 알렉상드르와 함께 거실에서 이야기를 나누고 있었다. 그가 무슨 말을 하고 있었을까? 에텔은 대화 내용을 정확히 이해하지는 못했다. 그는 어떤 이름을 발음하고는 덧붙였다. "진짜 샤일록*처럼 생겼어요. 두툼한 입술, 더부룩한 눈썹, 중앙으로 몰린 작은 두 눈, 주름진 이마, 숱 많은 곱슬머리, 그리고 코, 그 코! 맹금류의 부리, 독수리의 거대한 부리 같은!" 에텔은 진저리를 쳤다. 그는 그 가면 이야기를 하고 있었다! 어두운 거실 커다란 안락의자에 앉아 있던, 잿빛 외투를 입은 남자에 대해서. 그녀는 분노로 얼굴이 빨갛게 달아올랐고, 그래서 실례한다는 말도 없이 아무에게도 눈길을 주지 않고 거실에서 나왔다. 여러 해 전에 일어난 일이었지만 그 일만 생각하면 아직도 온몸이 떨렸다. 참수된 머리 같은, 일그러진 표정의 회색 지점토 가면, 기이한 악몽, 그리고 불현듯 그녀는 그것이 무엇을 의미하는지, 무엇을 나타내는지 깨달았다. 슈맹이 그녀와 그녀의 가족을 파괴하기 위해 집 안에 설치해놓은, 저주와 증오가 서린 입김.

* 『베니스의 상인』에 등장하는 악랄한 유대인 고리대금업자.

어느 날 오후 알렉상드르는 외출중이고(아르모리크 가의 건축공사가 막 시작된 참이었다) 쥐스틴은 장을 본 후 고모들 집에 들른 사이, 에텔은 샤일록의 머리를 찾아내기 위해 온 집 안을 이 잡듯이 뒤집어놓았다. 벽장이란 벽장은 모두, 어머니 방, 아버지 서재, 이다가 때때로 주말을 보내는 골방, 작은 방, 세탁실 가릴 것 없이 방 하나하나 빠뜨리지 않고 뒤졌다. 하지만 찾아낸 거라고는 어머니 장롱 속 풀 먹여 다린 시트 더미 아래 감추어놓은 리볼버 권총 한 자루뿐이었다.

한 시간이 넘도록 온 사방을 뒤지고, 버들가지를 엮어 만든 트렁크들의 내용물을 전부 꺼내고, 어릴 적 갖고 놀던 낡은 장난감들까지 모조리 살펴보았지만 헛수고였다(어른들이 그런 일상적인 물건들 속에 악몽을 감출 정도로 무분별하고 허술했겠는가).

쥐스틴은 예상보다 약간 일찍 돌아왔다. 그리고 난장판으로 변한 거실 한복판에 주저앉아 있는 에텔을 발견했다. 쥐스틴이 던지는 질문들에 에텔은 옛날처럼 어머니에게 찰싹 달라붙어 눈물로 대답했다. 어떻게 이런 상황이 벌어졌는지 마침내 그 이유를 알게 되자 쥐스틴은 열심히 설명했는데, 그건 그녀가 그때 일을 하나도 잊지 않았음을 증명했다. "가면, 아, 그 가면. 그래, 엄마가 즉시 쓰레기통에 처넣었단다. 장난이라고 하기엔 너무 고약했잖니. 정말 끔찍하고 못된 물건이었지. 바로 그날로 내다버렸단다. 가엾은 우리 딸, 그것 때문에 지금까지 괴로워하고 있을 거라고는 생각지도 못했구나. 우릴 용서해주렴!"

에텔은 울었고, 해방감을 느꼈다. 하지만 그건 착각에 지나지 않았다. 가면은 여전히 존재했다. 그것은 이미 시리즈로 제작되어 있었고, 다른 것들 역시 기괴하기는 마찬가지였다. 그것은 어둠 속에서, 중절모를 쓴 채, 텅 빈 눈으로 계속 노려보고 있었다. 영원히 피할 수도, 영원히 잊을 수도 없이.

그러고 나서 에텔은 자신이 그 일을 조금도 잊어버리지 않았음을 깨달았다. 더 말할 것도 없이 그녀는 지나치게 예민했다. 전쟁 중인 가정, 위기에 처한 집안의 외동딸이었으니까. 그앤 유머를 몰라, 알렉상드르는 그렇게 말했을 것이다. 별것도 아닌 일에 지나치게 민감한 반응을 보인 것이었다.

II

전락

Ritournelle de la faim

에텔은 제니아를 통해 그 소식을 들었다. 얼마 전부터 그들이 만나는 횟수는 뜸해져 있었다. 우정이 느슨해진 데는 별다른 이유가 없었다. 아마도 둘 다 상대에게 진력이 난 것이리라. 하지만 에텔은 우정에 싫증이 난 건 자신이 아닌 제니아라고 생각했다. 어려운 가정 형편 탓도 있었다. 신학기가 시작되었는데도 제니아의 모습은 보이지 않았다. 에텔은 짤막한 편지를 써서 보지라르 가 127번지로 보냈지만 답장은 계속 오지 않았다. 신학기를 맞이하기 전, 그해 여름은 유난히 더웠다. 방학 동안 브르타뉴에 가 있던 에텔은 자신처럼 방학을 맞아 페로 기렉*으로 온

* 브르타뉴에서 두번째로 큰 해수욕장이 있는 휴양지.

소년소녀들과 함께 몰려다니며 모험의 즐거움을 맛보았다. 자전거 하이킹, 밤 아홉시까지 해수욕하기, 댄스홀에서 춤추기, 모래 언덕에서 나눈 가벼운 연애, 초록 눈과 갈색 머리칼의 미소년 스테판, 해변 카페에서의 카드놀이. 다시 만나자고 약속했고, 주소까지 주고받았다. 파리로 돌아오자 에텔은 다시 갑갑함을 느꼈다. 자유롭게 숨 쉴 수 없는 느낌. 알렉상드르와 쥐스틴이 아무것도 아닌 일에, 하찮은 일에 갑작스럽게 질러대는 고함 소리, 이전 같았으면 그럴 때마다 에텔은 가슴이 쿵쾅거렸을 것이다. "아빠, 엄마, 그만해요, 제발!"이라고 말하면서 그들 사이로 뛰어들던 어린 시절이었다면. 마음을 가라앉히기 위해 그녀는 피아노 건반을 부서져라 두들겨댔다. 드뷔시의 〈케이크워크〉나 마주르카 같은 아주 시끄러운 음악들을 골라서. 아니면 쉭쉭거리는 낡은 축음기에 음반을 올려놓기도 했다. 거슈윈의 〈랩소디 인 블루〉, 드미트리 티옴킨, 그리고 디지 길레스피, 카운트 베이시, 에디 컨던, 빅스 바이더벡까지,* 런던에 있는 로랑 펠드가 프랑스엔 아직 알려지지 않은 것들이라며 그녀에게 가져다준 음반들이었다. 그것은 알렉상드르의 손님들이 끊임없이 늘어놓는 투

* 드미트리 티옴킨은 〈하이눈〉 〈알라모〉 등의 영화음악을 작곡한 우크라이나 출신의 영화음악가이자 프로듀서이고, 이하 다른 이들은 모두 20세기를 풍미한 재즈음악가들이다.

덜거림, 프랑스에 침범한 검둥이들과 외국인들이 머잖아 노트르담 대성당을 유대교회당이나 회교사원으로 바꿔놓을 거라는 불평들에 대한 로랑의 화답이 분명했다.

그리고 크리스마스가 되기 얼마 전, 에텔은 수업을 마치고 나오다 학교 앞에서 제니아와 마주쳤다. 그녀는 제니아의 달라진 모습에 어안이 벙벙했다. 제니아는 성숙한 여인으로 변모해 있었다. 짙푸른 투피스 차림에 작은 모자를 쓰고, 연필로 눈썹을 그리고 뺨에는 연지를 발랐고, 아름다운 금발머리는—비단 리본들을 매단 귀여운 컬들은 사라지고—뒤로 틀어올린 모습이었다. 두 사람은 예전처럼 발길 닿는 대로 거닐었다. 그러다 제니아가 불쑥 말했다. "이제 우린 네 할아버지 정원에는 갈 수 없게 됐구나." 에텔은 무슨 말인지 이해하지 못해 그녀를 보았다. "아직 모르고 있었니? 공사가 시작됐던데." 에텔은 추억이, 아주 먼 곳의 무언가가 되살아나는 것을 느꼈다. 하지만 이 년도 더 지난 일이었다. "응, 난 몰랐어." 에텔의 대답에 제니아는 굳은 표정으로 그녀를 보았다. "너네 엄마 아빠가 아무 말도 안 해주셨니? 그분들이 짓고 있는 건 아파트야. 공사는 여름 전에 벌써 시작됐어." 에텔이 동요한 건 바로 그 때문이었다. 추억은 나쁜 소식을 함께 가져왔다. 마치 세월이 그녀가 알지 못하는 사이에 불가피한 일을 꾸미면서 배신을 준비해온 것 같았다. 에텔은 가벼운 현기증을 느꼈다. 하지만 마음 깊은 곳에서는 그 배신에 자신이 동요하지 않았다는 것에 놀랐다. 그녀는 눈을 한 번 감았다 뜨고는 단호한 목소리로 말했다. "아, 아냐, 물론 다 알고 있었지. 내가 위임장에 서명할 때 아빠가 말씀해주셨거든. 그저 보러 갈 마음이 별로 없을 뿐이야." 제니아가 말했다. "아 그러니? 알았어." 그녀의 시선은 차가웠다. 아마도 그런 건 부자들의 일이라고 생각한 것 같았다. 자신과 가족들은 궁핍한 생활 속에서 다시 시작될 한 주를 어떻게 꾸려나갈지 주말마다 전전긍긍하는 게 일인데, 부자들은 어찌하면 더 큰 부자가 될까 궁리하는 게 일이라고.

예전처럼 그들은 뤽상부르 공원에 있는 썩은 못에 엉터리 배를 띄우며 노는 아이들을 구경하면서 산책한 후 헤어졌다. 날씨는 추웠고, 나무들은 잎사귀들이 다 져버려 헐벗은 모습이었다. 제니아가 말했다. "자, 그럼 난 이쪽으로 가야 해서."

에텔 역시 서둘러 헤어지고 싶었다. "나도 어서 돌아가야 해, 피아노 레슨이 있어서." 제니아가 갑자기 기억을 떠올렸다. 지난해 봄 그들은 오랫동안 그 이야기를 나누었다. "아 그렇지, 너 아직도 콩쿠르 준비하고 있니?" 그때 아르모리크 가의 정원 정자 아래에서 그들은 함께 콩쿠르 참가 계획을 세웠다. 에텔은 피아노 콩쿠르, 제니아는 성악 콩쿠르였다. 마치 오디션 준비를 하는 것처럼. 그녀들은 데보르드 발모르*의 시詩에 마스네가 곡을 붙인 연가를 연습하기까지 했다. 여름 이후로, 코탕탱 가 살롱에서 요란한 대화들이 오간 이후로, 아버지와 어머니 사이에 격렬하고도 빈번한 말다툼이 일어난 이후로, 모든 것이 아주 먼 옛일처럼 느껴졌다. 그리고 지금, 꿈의 폐허 위로 솟아오를 그 건물, 그 배신. 그들은 빠르게 작별의 키스를 나누었다. 에텔은 제니아에게서 낯선 향수 냄새를 맡았다. 하지만 이내 마음속으로 고쳐 말했다. 아니, 이건 향수가 아니라 제니아의 얼굴에서 나는 약간 자극적인 냄새, 뺨에 칠한 분 냄새야. 아니면 머리칼에서 나는 민트향 샴푸 냄새거나. 가난의 냄새, 인생에서 성공하는 데 반드시 필요한 악착스러움의 냄새. 에텔은 보지라르 가를 따라 빠르게 걸음을 옮기면서 생각했다. 그 명백한 사실이 머릿속에 떠오른 바로 그 순간, 제니아의 블라우스 아래 숨어 있던 딱딱한 코르셋 감촉으로 그 명백한 사실이 확인된 순간, 그녀는 두 눈에 눈물이 가득 차오르는 것을 느꼈다. 수치스러워서, 혹은 분해서였다. 어쨌든 쓰라린 눈물이었다.

에텔은 너무 초조한 나머지 몽파르나스로 가는 버스를 타지도 않았다. 그녀는 군중을 헤치고 장애물들을 피하고 정체된 차

* 프랑스 낭만주의 시대의 여성 시인.

들 사이를 교묘하게 빠져나가며 성큼성큼 걷기 시작했다. 브르타뉴의 검은 바위 해변에서 사방을 조심스레 살피며 몇 번 바위 위를 뛰어오르고 뛰어내리는지 계산하며 걷던 때처럼. 짐꾼들의 야유도, 성마른 운전자들의 경적 소리도 들리지 않았다.

에텔은 자신이 지금 어디로 가고 있는지 몰랐다. 연보라색 집과 아르모리크 가의 정원을 잊고 산 지 여러 달, 여러 해가 된 것 같았다. 그녀는 마음속으로 지나간 시간을 계산했다. 가을, 겨울. 제니아와 함께 벌레 먹은 벤치에 앉아 이야기를 나누었지. 정원 뒷벽의 붉은 포도덩굴, 그리고 빗물이 고여 있고 민달팽이들이 기어다니던 커다란 방수포. 백짓장처럼 창백하던 제니아의 얼굴, 러시아의 시골 아낙처럼 스카프로 감싼 그녀의 잿빛 머리, 그리고 비와 함께 미끄러지던 그 단어들, 그 감동들, 그 말들. 자신의 손 안에 느껴지던 작고 차가운 제니아의 손. 어느 날 제니아는 말했다. "네 손목은 꼭 남자애 같아, 너도 알고 있니?" "피아노를 쳐서 그래. 피아노를 치면 손목 근육을 많이 사용하기 때문에 어쩔 수 없이 굵어져." 에텔은 그렇게 대답했다. 자신의 커다란 손이 약간 부끄러웠다. 겨울 정원은 혹독하게 추웠고, 그녀의 손은 빨래하는 여자의 손처럼 빨갰다. 비가 뿌리고 하늘은 잔뜩 찌푸렸지만 더없이 감미로운 시간이었다. 솔리망 씨가 오래전에 심어놓은 커다란 나무들이 초록빛 안개로 그들을 보호해주는 듯했다. 그런 상태는 몇 시간이고 계속되었다. 아니, 시간이 더는 존재하지 않는 것 같았다.

그녀는 골목 입구에 멈춰섰다. 여느 때처럼 모든 것이 잔잔하고 고요했다. 솔리망 씨는 정적에 귀를 기울이라고 그녀에게 말했었다. "어떻게 파리 한복판에 이렇게 한적한 시골 같은 곳이 살아남을 수 있었는지 알 수가 없구나." 저녁이면 그는 오동나무 가지 사이에서 지저귀는 꾀꼬리 소리를 들려주었다.

그는 말했다. "네가 여기서 살게 되면, 저 새들의 노랫소리를 들려주기 위해 밤에 널 깨워주마. 그러려고 연못이 있는 넓은 안뜰을 만들려는 거란다. 안뜰에는 버찌나무들을 심을 거다, 새들은 버찌나무를 아주 좋아하거든." 이끼로 뒤덮인 높은 돌담은 골목 끝까지 길게 이어져 있었다. 그리고 돌담이 끝나는 곳에서부터 아틀리에와 창고들이 시작되었다. 백여 미터 떨어진 곳, 연기가 자욱한 도랑을 따라 철길이 나 있었다. 때때로 선로를 변경하는 시끄러운 소리가 들려왔다. 솔리망 씨는 기차 소리를 무척이나 좋아했다. 어쩌면 아주 먼 곳으로 떠나는 여행에 향수를 느꼈는지도 몰랐다. 그러고 나서 그는 역 주변은 권세 있는 부르주아 동네와 전혀 다르다고, 특히 예술가와 정치 망명객들이 많이 산다고 말해주었다. 그리고 전쟁 전에, 혁명 전에, 역 근처 한 카페에서 훗날 레닌이라는 이름으로 유명해진 일리치라는 사람과 종종 체스를 두었다는 이야기도 해주었다.*

그곳이 가까워지면서 에텔은 알아차렸다. 맞은편 카페 건물은 외관에 전혀 신경을 쓰지 않은 듯했다. 카페 주인은 크리스마스이브를 위해 카페 유리창에 호랑가시나무 리스 하나를 걸고, '즐거운 촉제'라고 그나마 틀린 철자로 커다랗게 써붙여놓기만 했다.

돌담은 십여 미터가 부서져 있었다. 옆쪽으로 난 작은 나무문은 여전히 그 자리에 있었지만, 무슨 충격 때문인지 상인방**이 무너져내려 문을 가로막은 채였다. 게다가 문은 나무딸기인지 인동덩굴 같은 것들에 뒤덮여 있었다. 돌담이 허물어진 부분은 나무판자들을 잇대어 막아놓은 상태였다. 판자 위쪽에 건축허가를 알리는 게시물이 붙어 있었지만 에텔은 읽고 싶지 않았다. 그녀는 판자 사이로 안을 들여다보았다. 정원 한가운데 커다란 구멍이 시커먼 입을 벌리고 있었다. 구덩이에는 더러운 빗물이 가

* 레닌은 1909년부터 1912년까지 파리 14구의 낡은 아파트에서 망명생활을 했다. 체스광이었던 그는 망명 시절에도 동지들과 함께 카페에 모여 자주 체스를 두었다고 한다.

** 창이나 문의 윗부분 벽의 하중을 받쳐주는 부재로, 창문 위 벽이나 문 위 상부에 가로질러 댄다.

득 고여 있었고, 구멍이 숭숭 뚫리고 하얀, 뼈처럼 보이는 바위들이 군데군데 모습을 드러내고 있었다. 그녀는 나무판자에 머리를 바싹 들이댄 채 한동안 그러고 있었다. 그 커다란 검은 구덩이는 그녀 안으로 들어와 몸속에 커다란 구멍을 뚫어놓았다. 어린아이처럼 실망한 에텔은 정원 안쪽을 좀더 자세히 보기 위해 판자 틈을 더 넓게 벌리려 애썼다. 저 안쪽에 연보라색 집을 지을 기둥들과 목재를 덮은 검은 방수포가 보였다. 그녀는 담담하게 그것을 바라보면서, 나무딸기 덩굴을 걷어낸 그 헐벗은 땅이 오그라들어 아주 작아진 것 같다고 생각했다. 나무들까지 모조리 사라지고 없었다. 남은 건 오직 한 그루, 솔리망 씨가 꾀꼬리를 위해 심어놓은 오동나무 한 그루뿐이었다. 둥치가 휘고 넓은 잎사귀들이 온통 이끼로 뒤덮인 그 나무는 정원 한구석 돌담에 기대어 가까스로 서 있는 것처럼 보였다. 이상하게도 전혀 화가 나지 않았다. 그저 그 참담한 광경 앞에서, 자신이 모르는 사이에 무슨 일이 일어났는지 불현듯 깨달았을 뿐. 아버지와 어머니 사이에 오간 말다툼, 밀담을 나누듯 소곤거리던 그 모습, 문이 쾅 닫히는 소리, 막연한 불안감. 봉디 씨의 공증사무소에서 나눈 이야기, 위임장에 한 서명. 그녀가 무언가를 보지 못하고 지나친 걸까? 아니, 이해하고 싶지도, 듣고 싶지도 않았던 걸까? 토막난 문장들이 에텔의 머릿속에 되살아났다. 한 건축가의 이름, 폴 팽뱅 씨, 이웃 남자 코나르의 불평. 하지만 당시에도 에텔은 코나르 씨가 그처럼 불평한 이유는 그 구역에서 목조건물을 짓는 게 어떤 위험을 야기하는지("더구나 그 구역의 토종 나무들에게!") 알면서도 공사를 강행하려 했던 종조부에게 제재를 가하기 위해서라는 걸 알고 있었다. 이 모든 기억들이 주위에서 빙글빙글 맴을 돌고, 머릿속에서 소용돌이쳐서 그만 실신할 것만 같았다. 그녀는 판자벽에 등을 기댔다. 건너편 교차로 근처, 크리스마스 장식을 한 샌드위치 카페가 그녀를 놀려대면서 오라고 손짓하는 것 같았다. 에텔은 자신도 모르는 사이에 그쪽으로 발걸음을 옮겼다. 이윽고 카페 건물에 다다른 그녀는 문을 밀었다. 그 카페 안은 한 번도 들여다본 적이 없었다. 제니아와 함께 그 앞을 지나가면서 문 너머로 어두운색의 내장재를 일별하고, 압생트와 아니스 냄새를 맡았을 뿐이었다. 그녀는 술에 취해 시뻘게진 카페 주인의 얼굴을 볼 거라고 예상했지만 그녀를 맞아준 건 보통 여자들보다 더 못생기지도 천박하지도 않은 여자였고, 에텔은 거의 안도감을 느꼈다. 여자는 그녀가 앉은 테이블로 말없이 다가왔다. "그로그* 한 잔 주세요." 에텔의 주문에 여자는 약간 주저했다. "아니, 아니, 괜찮아요, 집에서 늘 마시거든

* 물을 탄 술, 특히 럼주를 일컫는다.

요." 에텔이 말했다. 솔리망 씨가 죽은 이후로 그녀는 술을 마시지 않았다. 이따금 종조부와 함께 럼주 약간에 레몬즙과 설탕을 넣고 끓인 물을 타서 스푼으로 저으며 그들만의 음악을 듣는 것은 둘만의 작은 비밀이었다. 주문을 하고 나서 그녀는 담배에 불을 붙였다. 제니아를 만날 때면 손가방에 넣어가던 버지니아산 담배 '위켄드'였다.

그날 이후로 몇 주 동안, 여러 달 동안, 에텔은 내면 깊은 곳에 그 구덩이를 품고 있었다. 그것은 고통, 텅 빈 공허의 구덩이였다. 때로는 그것 때문에 균형을 잃었다. 거리를 걸을 때, 학교 쉬는 시간에 땅바닥은 그녀를 향해 일어섰고, 그럴 때면 벽이든 나무든 기둥이든, 몸을 기댈 곳을 찾아야 했다. 어느 날 아침 학교에 가기 위해 자리에서 일어나려는데, 마룻바닥이 뒤집히기 직전인 배의 갑판처럼 왼쪽으로 기우뚱했다. 어머니가 놀라서 달려왔고, 이어서 아버지가 왔다. 그들은 의사 귀즈망에게 전화를 걸었다. "별거 아닙니다. 단순한 현기증이에요. 귓속에 있는 달팽이관의 균형이 약간 어긋난 겁니다. 에텔 양 정도의 나이라면 크게 걱정하지 않아도 됩니다. 충분히 휴식을 취하기만 하면 금방 정상으로 되돌아오니까요." 그는 로더넘* 몇 방울을 처방해 주었다. 그리고 혈압을 높이기 위해 하녀 이다가 생강차를 탕약처럼 끓여다주었다. 그러고 나서 모든 것이 제자리로 돌아왔다. 하지만 그 구덩이는 여전히 거기 있었다. 며칠 밤을 연달아 에텔은 종조부의 무덤 앞에 서 있는 꿈을 꾸었다. 그녀는 구덩이 가장자리에 서 있었는데, 진흙투성이의 구덩이 밑바닥에 키 큰 종조부의 형체가 언뜻 보였다. 얼굴은 더없이 창백했지만, 수염과 머리칼은 마흔 살밖에 되지 않은 것처럼 검었다.

곧 균형감각은 조금씩 회복됐다. 이제 겨울도 막바지였다. 건축공사는 본격적으로 시작되고 있었다. 에텔은 미리 알았더라면 어떻게든 공사를 막았을 테지만, 기왕 이렇게 된 바에는 모든 것을 세세히 알고 몸으로 직접 부딪쳐 과단성 있게 문제들을 해결해야겠다고 생각했다. 그녀는 혼자 몽파르나스 대로에 있는 건축가 팽뱅의 사무실을 찾아가 설계도를 보여달라고 했다. 그녀는 아무런 특색 없는 칠층 건물의 도면이 그려진 커다란 투사지를 자세히 들여다보았다. "에텔 양, 보세요." 건축가는 발코니들의 난간 아래와 출입문 양쪽의 장식들을 가리켜 보였다. 목의 깃털을 한껏 부풀린 살진 비둘기처럼 의기양양해하는 모습이었다. "아버님께서는 에텔 양이 좀더, 에, 그러니까 좀더 자유분방하

* 알코올과 아편을 9대 1의 비율로 섞어 추출한 용액. 20세기 초까지 만병통치약으로 쓰였다.

고 젊은 감각의 건물 외관을 좋아할 거라고 생각하시더군요." 설계도의 별쇄본에는 마카롱 장식들과, 문의 상인방에는 아칸서스인 듯한 식물의 잎사귀들이 그려져 있었는데, 그 잎사귀들은 그리스로마 양식으로 묘사된 여인의 옆얼굴—쥐스틴이 분명했다—주위로 덩굴을 이루며 얽혀 있었다. 괴상하기 짝이 없었다. 에텔은 당돌하다 싶을 정도로 쌀쌀맞게 말했다. "아저씨는 이런 걸 자유분방하다고 생각하시나보죠? 이게 젊은 감각이라고 생각하시는 거예요?" 남자는 깜짝 놀란 표정으로 그녀를 보았다. "하지만 아버님이……" 에텔이 말을 잘랐다. "이 끔찍한 것들을 그려넣은 건 우리 아버지가 아니잖아요. 장식 같은 건 필요없어요. 우린 장식이 전혀 없는 건물을 원한다고요. 명심하세요." 에텔은 치밀어오르는 분노를 숨기기 위해 황급히 사무실을 빠져나왔다. 아르모리크 가의 정원에서 탄생할 건물에 조잡한 장식으로 장난질을 하려 들다니, 도저히 참을 수 없는 일이었다. 토할 것처럼 속이 메슥거렸다.

에텔은 거의 매일같이 건축사무소로, 시공업체인 샤르팡티에 레위니 사社로, 기초공사 전문업체인 피카 & 에테르 사로 돌아다녔다. 그녀는 견적을 의논하고, 오류나 억지스러운 부분들을 바로잡았다. 현관홀의 모자이크, 주물로 만든 엘리베이터 샤프트, 계단 옆의 유리창, 난간의 크리스털 장식구, 반아치형 창문, 화장 회반죽으로 만든 인조 대리석, 헝가리식 마룻바닥*, 정교한 문양을 새겨넣은 방문, 여인상 기둥이 있는 벽난로, 동銅 손잡이, 둥그스름하게 처리한 모서리, 보윈도식** 거실 창문, 격자무늬 천장, 식탁 위에서 요리를 데울 수 있는 방열기, 일하는 사람들이 드나드는 뒷계단, 상아로 만든 초인종, 고급 목재로 만든 우편함, 계단에 까는 붉은 카펫 등은 말할 것도 없고 건축가가 건물 분위기에 맞춰 지었다는 이름까지 모두 거부했다. 한껏 멋을 부린 고상한 이름 '라 테바이드'***, 에텔은 그 이름에 경멸 섞인 비웃음을 던졌다. "차라리 '아틀란티스'가 어때요?" 오히려 그녀는 관리인이 지낼 숙소를 더 크게 만들고 거기에 난방장치를 설치하게 했다.

그러고 나서 에텔은 계산에 달려들었다. 견적서들을 한 장 한 장 재검토하고, 담장은 빨간 외장벽돌 대신 규석으로 올리라고 요구했고, 열다섯 개의 격벽 중 여덟 개를 거부했고, 건물 정면에 외장재를 붙이거나 알록달록하게 도료를 칠하는 것에 반대했고, 특히 기초공사 비용을 낮추기 위해 샤르팡티에 레위니 사와

* 목재를 45도 각도로 엇비슷하게 잘라 이어붙인 마루.

** 활 모양으로 외벽 밖으로 돌출된 내닫이창.

*** 그리스신화에 나오는 도시 테바이의 프랑스식 이름.

피카 & 에테르 사와 함께 지반공사와 정화조 설치, 그리고 전층의 배관공사 등을 하나하나 꼼꼼히 따져나갔다. 그렇게 따지고 싸운 덕분에 마감공사를 제외한 건축비용을 1평방미터당 85,714프랑으로까지 끌어내려, 칠층 건물을 짓는 데 1,542,850프랑이라는 비용이 나왔다. 승강기와 마감공사 비용으로 약 7만 프랑이 추가되어야 했다. 일단 공사 비용이 정해지자, 그녀는 아버지와 함께 은행으로 가서 현금 2십만 프랑을 인출하고 십오 년 상환으로 융자를 얻었다. 처음 오 년 동안은 9만 9천 프랑, 육 년째부터는 9만 6천 프랑, 그리고 십일 년째부터는 88,570프랑씩을 매년 갚아나간다는 조건이었다.

에텔은 일종의 초조함을 느끼며 그 모든 일을 열성적으로 해냈다. 그녀 아버지의 말대로 그녀가 죽을 때까지, 아니 저세상에 가서도 정기적인 수입을 보장해줄 그 흉측하고 값비싼 건물이 속히 완공되어 솔리망 씨의 오래된 정원이 사라지기를 바라는 것처럼.

하지만 일이 알렉상드르의 예상대로 진척되지 않고 있다는 건 그녀 눈에 자명해 보였다. 여러 달이 지나면서 점점 더 많은 문제들이 발생했고, 결국 공사는 심각한 난관에 봉착하게 되었다. 기초공사도 채 끝나지 않은 상황이었다. 불안정한 지반, 석회암을 뚫고 들어가 기둥을 세우는 문제, 역류하는 물 등등, 새로운 문제들이 발생했다는 보고가 끊임없이 들어왔다. 코나르 씨의 위협은 말할 것도 없었다. 부지와 인접한 곳에 집을 가지고 있는 코나르 씨는, 공사 때문에 자기 집 벽이 갈라지는데다 견디기 힘든 소음과 구역질나는 냄새 때문에 도저히 살 수가 없다면서 마치 발파작업을 하거나 갱도 안에서 가스가 누출되기라도 한 양 소란을 피웠다. 그 사람 때문에 공사는 여러 차례 중단되어야 했고, 하마터면 건축허가가 취소될 뻔하기도 했다. 건축가 팽뱅이 나서서 상황을 임시로 수습하긴 했지만, 뇌물과 포도주들을 쏟아붓고 기초공사 내역을 변경해야 했다. 간단할 줄 알았던 지반공사도 말썽이었다. 석회암에 수직으로 구멍을 뚫어 콘크리트 기둥들을 박아넣어야 했는데, 한 주가 지날 때마다 그 깊이가 점점 깊어져서 6미터, 12미터, 그러다가 마침내 18미터가 되었다. 기둥들은 지하동굴들, 어쩌면 고대의 묘지일지도 모를 곳들을 관통하며 하염없이 밑으로 내려갔다. 종종 에텔은 그 공간들에 관한 은밀한 몽상에 잠겼고, 그럴 때면 언제나 저 땅속 세계에 살고 계시는 듯 종조부의 모습이 떠올랐다. 그녀 앞에 모습을 나타낸 솔리망 씨는 그 건물을 짓는다는 것, 종손녀 에텔이 소유권을 잃었다는 것, 그리고 인도에 관한 꿈의 상실되었다는 것에 분노했다. 맨 처음, 그러니까 기초공사가 막 시작되었을 무렵 처음으로 현장을 찾아갔을 때, 에텔은 샤르팡티에 레위니 사의 현장감독에게 물었다. "정원 안에 있던 자재들은 모두 어떻게 되었나요?" 남자는 무슨 소리를 하는지 모르겠다는 표정으로 잠시 기억을 더듬어보더니 대답했다. "아 네, 그 썩은 널빤지들이요? 쓰레기장에 전부 내다 버렸죠, 쓸 만한 게 하나도 없더라고요." 에텔이 어찌된 일이냐고 따지면서 더 자세히 말해보라고 하자, 남자는 어깨를 으쓱했다. "아가씨, 분명히 말하지만 재활용할 만한 건 하나도 없었어요. 방수포 밑에서 죄다 썩어 있었으니까요. 썩고 녹슬고, 심지어 돌들까지 너무 상태가 나빠서 건질 게 하나도 없었어요." 에텔은 그저 형식적으로 항의한 것이었다. 오히려 마음속 깊은 곳에서는 연보라색 집에 관련된 것이라면 별장 외관을 장식할 하찮은 돌조각 하나 없이 완벽하게 사라졌을 거라는 생각에 안도하고 있었다.

코탕탱 가의 점심식사는 여전히 계속되었지만, 사람들은 살롱 분위기가 예전 같지 않다는 걸 느꼈다. 손님들이 입단속을 하는데도 현재 진행중인 코탕탱 가의 재앙에 대한 소문은 계속 퍼져나가고 있었다. 친지, 고모, 조카들의 입을 통해 새어나간 게 틀림없었다. 브뤵 가가 번영을 누리고 있다는 착각 속에서 살아온 그들은 어느 순간부터 불길한 징조를, 불협화음을, 균열을 감지하기 시작했다. 이전까지는 폴린 고모, 밀루 고모, 빌렐민 고모, 혹은 식객인 탈롱까지도 백 프랑, 천 프랑씩 돈을 '빌려야' 할 일이 생기면 쥐스틴에게 손을 벌렸고, 그러면 쥐스틴은 남편에게 말해 돈을 빌려주게 했다. 하지만 이제는 알렉상드르에게 직접 궁한 소리를 하고 그 이유를 구구절절 설명하며 간청해야 했고, 결국엔 거절당했다. "지금은 그럴 형편이 못 돼요. 아주 골치 아픈 상황이라서요. 미안하지만 그 얘기는 다음 달에 다시 생각해보기로 하죠." 그들은 모든 것을 절약했다. 음식, 포도주, 외출, 심지어 담배까지. 점심식사에서 고기와 술은 찾아보기 힘들어졌고, 카레와 렌즈콩이 전부일 때가 많았다.

대화는 이전과 똑같은 주제들로 이어졌지만, 예전처럼 거리낌 없고 활기찬 분위기는 찾아볼 수 없었다. 최근에 에텔이 확인한 바로는 아주 신랄한 논쟁, 성마르기 짝이 없는 장광설도 결국엔 웃음소리로 흐지부지 끝났다. 폴린 고모, 밀루 고모는 진짜배기 모리셔스 여자들이었다. 독설을 내뿜으며 빈정댈 줄 알았고, '사람들의 화를 돋우는 주제'들을 꺼내는 데는 일가견이 있었다. 하지만 이제 그들의 농담은 이전과 같은 호응을 불러일으키지 못했다. 쥐스틴으로 말할 것 같으면, 우울한 기분을 여과 없이 그대로 드러냈다. 그녀는 손님들에게 커피를 따라 내놓는 것을 자신만의 특권이라고 생각하는 알렉상드르가 찻잔에 커피를 따르기도 전에 두통이니, 현기증이니, 피곤이니 하는 핑계로 식탁에서 일어나 방으로 가 틀어박혔다.

에텔은 그대로 머물러 있었다. 하지만 이젠 아버지 옆이 아닌 거실 안쪽 창가에 앉았다. 눈에 쉽게 띄지 않기 때문이었다. 그걸 가지고 알렉상드르는 종종 농담을 했다. 그러면서 동시에 곁눈질로 딸을 보았다. 멋진 표현을 말하거나 장광설을 마친 후에는 에텔의 동의를 구했고, 그녀의 얼굴에 미소가 떠오르는지 살폈다. 때때로 그는 아무 말도 하지 않았는데, 그 때문에 에텔은 더한층 마음이 괴로웠다. 그럴 때 그는 몽상에 잠긴 것 같았고, 에텔을 향하는 텅 빈 시선, 부유하는 듯한 그 청회색 눈동자는 조금 슬퍼 보이기도 했다. 그녀는 아버지를 안심시키기 위해 무슨 말이든 하고 싶었을 것이다.

에텔은 열여덟 살이었다. 아무런 경험도 체험도 없었다. 하지만 모든 것을 알았고, 이해했다. 그리고 철부지 아이들이나 다름없는 알렉상드르와 쥐스틴. 이기적이고 변덕이 심한 사춘기 아이들 같은 그들의 열정, 질투, 소심하고 좀스럽고 우스꽝스러운 행동, 문 아래로 슬쩍 밀어넣는 쪽지, 그 암시, 가시 돋친 말, 앙심 품은 말, 작은 복수, 작은 음모들……

어느 날 하굣길에—그녀는 졸업반이었고, 그후에는 미지의 세계가 열리고 자유의 문이 열릴 것이었다—소녀들은 결혼에 대해 이야기했다. 그들 중 비교적 예쁜 편인 플로랑스가 곧 결혼할 거라고 발표한 터였다. 결혼식 준비, 드레스, 목걸이, 반지, 그리고 뭔지 모를 온갖 것들. 에텔은 비웃고 싶은 욕구를 참을 수가 없었다. "네가 마치 경매에 낙찰된 물건인 것처럼 말하는구나." 그러고는 싸움이라도 걸 것처럼 덧붙였다. "난 절대로 결혼하지 않을 거야. 그까짓 거 해봤자 뭐해?" 그녀는 자신이 한 말에 대해 다른 아이들이 이러쿵저러쿵 떠들어댈 것이고 결국 소문이 퍼져나갈 것임을 알고 있었다. 하지만 개의치 않았다. "남자라면 얼마든지 있어. 그리고 굳이 누군가와 결혼해서 함께 살 필요는 없잖아." "그럼 자식들은?" 그 말에 에텔은 우세를 점했다는 것에 만족해서 되물었다. "아, 그래? 넌 아이들을 낳으려고 결혼하는 거니? 누군가 아이들을 빼앗아가겠다고 위협하며 널 붙잡아놓게 하려고? 아이를 낳는 게 도대체 누구지? 남자들은 아니야, 내가 아는 한은!"

때맞춰 그 소식이 날아온 건 결혼 이야기가 오가던 그 무렵이었다. 방학이 시작되기 얼마 전, 6월이었다. 날씨는 아주 온화했고, 구름들이 점점이 피어나는 하늘은 가벼웠다. 에텔은 영국에서 올 편지를 기다리고 있었다. 로랑 펠드는 공부를 모두 마쳤고, 이제 곧 돌아올 것이었다. 그러면 그들은 뱅센 숲으로 산책하러 갈 것이고, 그러고 나서 브르타뉴로 떠날 것이다. 그는 캥페르*에서 자전거를 빌려 작은 교회들을 둘러보고 밤이면 헛간에서 잠을 자는 장거리 일주를 하고 싶어했다.

그녀에게 날아온 것은 약혼을 알리는 편지였다. 쥐스틴은 그 편지를 뜯어보지 않았다. 어린아이가 쓴 것 같은 글씨만 보았을 뿐이었다. 편지를 건네받은 에텔은 그 자리에서 읽지 않고, 제니아가 이전에 보낸 편지봉투들과 비교해보러 갔다. 겉봉의 주소와 청첩장을 쓴 사람은 분명히 그녀, 제니아였다. 에텔은 테t자를 비스듬히 쓰고 대문자 아A를 별모양으로 만드는 제니아의 필체를 익히 알고 있었다.

에텔 브룅 양에게

E. V.**

제니아는 오로지 글씨를 예쁘게 쓰는 데만 정신이 팔려 있었다. 별다른 내용도 적혀 있지 않은 그 바보 같은 편지 때문에 에

---

* 브르타뉴 지방의 작은 도시.

** '동일시내우편'이라는 뜻.

텔은 마음이 몹시 괴로웠다. 제니아는 다니엘 도네르라는 남자와의 약혼을 알리는 것만으로는, 그녀가 살던 보지라르 가의 주소에 X 표를 긋고 대신 남자 쪽 주소인 솔페리노 빌라를 적어넣는 것만으로는 충분치 않은 듯했다. 제니아는 겉멋을 부리고 있었다.

에텔은 어깨를 으쓱했다. 그리고 그날 이후 그 일을 잊으려 애썼다. 그녀는 아르모리크 가의 공사현장에 매달렸다. 하루에 세 번이나 찾아가 마침내 기초공사가 완성되고 지면 위에 벽이 올라가기 시작하는 것을 지켜보았다. 도처에서 파업이 일어나고 혁명이 일어날 것 같은 어수선한 분위기에도 불구하고, 몇 달 전부터 공사가 재개되어 부지런히 진척되고 있었다. 에텔은 날아오는 먼지를 막기 위해 방수포를 씌워놓은 이웃집 코나르 나리의 담벼락을 볼 때마다 기분이 통쾌했다. 예전에 그 사람은 틈만 나면 솔리망 씨 앞으로 불만 사항을 적은 내용증명 우편물들을 보내왔었다. "오전 열시부터 오후 세시 사이에 당신 집 나무들 때문에 우리 집 과실수들이 햇빛을 받지 못한다는 사실을 확인했습니다. 당신에게 경고합니다. 일주일 내로……" 이제는 땅을 울려대는 소리 하나하나, 철근들이 삐걱거리는 소리 하나하나, 시멘트 가루가 일으키는 먼지구름 하나하나가 종조부의 적이었던 그 남자, 연보라색 집의 실현을 방해했던 그 남자의 물컹하고 차가운 살갗을 물어뜯는 복수의 수단이 되리라. 때가 너무 늦긴 했지만 그래도 달콤한 승리였다.

얼마 후 모든 것이 되돌아왔다. 현기증, 공허감. 에텔은 옷을 갈아입지도 저녁을 먹지도 않고 침대에 누워, 천장 불빛 아래 격자 창살들이 선명한 직사각형 창문을 바라보고 있었다. 사실 슬프진 않았다. 그런데도 마치 고장나 물이 새어나오는 배수관처럼 눈물이 뺨 위로 흘러내려 귀를 적셨다. 그녀는 몸속을 관통하는 구덩이가 다음 날이면 사라질 거라 기대하며 잠이 들었지만, 눈을 뜨고 보면 상처는 여전히 커다랗기만 했다.

그 구멍을 지닌 채로 살아갈 수 있다는 것, 그것은 분명 아주 놀라운 일이었다. 가고, 오고, 무언가 일을 하고, 산책을 하고, 피아노 레슨을 받고, 친구들을 만나고, 고모들 집에서 차를 마시고, 재봉틀로 폴리테크닉*의 연말 무도회에 입고 갈 푸른색 드레스를 박음질하고, 말하고, 약간 먹고, 몰래 술을 마시고(로랑이 아무도 모르게 선물한, 가는 가죽 끈으로 묶어놓은 나무상자 속의 녹칸도 스카치 한 병이 있었다), 신문을 읽고, 정치에 관심을 갖고, 뷔케베르크 수확 축제에서 독일 수상이 한 연설을 라디오로 들을 수 있었다. 고음으로 떨리는, 성마르고 비장하고 우스

* 파리 이공과 대학. 프랑스의 자존심으로 불리는 최고 명문 그랑제콜.

짱스럽고 위험한 목소리, 그 목소리는 이렇게 말하고 있었다. "자유는 독일을 아름다운 정원으로 만들어주었습니다!"

그러나 공허는 메워지지 않았고, 커다랗게 벌어진 상처는 아물지 않았고, 삶은 실체로 채워져 있지 않았다. 그렇게 한 해가 가고 다음 해, 그다음 해에도 삶은 여전히 텅 비어 있었고, 허공 속으로 달아나버렸다.

쥐스틴은 뭔가를 시도했던 게 분명했다. 어느 날 저녁, 그녀는 방 안으로 들어와 침대 가장자리에 걸터앉았다. 분명 오래전부터, 알렉상드르와 심한 부부싸움을 하던 에텔의 어린 시절 이후로는 하지 않던 행동이었다. 그 시절 그들은 매몰차고 거친 말들을 주고받았다. 욕설이 오가지는 않았지만 그는 화를 내고 그녀는 빈정거렸다. 그들이 던지는 말들은 다른 집처럼 치고받거나 접시와 책들이 이리저리 날아다니는 것보다 덜 잔인하지도 덜 모욕적이지도 않았다. 그럴 때마다 에텔은 소파에 얼어붙은 듯 앉아 있었다. 가슴은 거세게 두방망이질했고, 두 손은 떨렸다. 아무 말도 할 수가 없어 그저 한두 번 소리를 질렀을 뿐이었다. "이제 제발, 그만해!" 그럴 때면 쥐스틴은 오늘 밤처럼 딸의 방으로 들어와 아무 말 없이 침대 위에 앉아 있었다. 어쩌면 그녀는 어둠 속에서 울었는지도 몰랐다. 그리고 이제는, 모든 것이 끝났다. 그들은 더는 싸우지 않았다. 하지만 공허는 커졌고, 그들 사이에는 그 무엇으로도 메울 수 없을 구덩이가 패였다. 그리고 이번에는 제니아가 에텔을 배신했다. 그녀는 에텔을 떠나 아무 가치도 없는 사내, 그녀에게 전혀 어울리지 않는 남자와 약혼했다.

유년기에서 벗어나 어른이 되어야 했다. 삶에 뛰어들어야 했다. 그 모든 것에. 그런데 무엇을 위해? 그러니까, 더는 척하지 않기 위해. 삶의 주체가 되기 위해, 중요한 사람이 되기 위해. 강해지기 위해, 잊기 위해. 마침내 그녀는 마음을 가라앉혔다. 두 눈의 물기는 말라 있었다. 그녀는 바로 옆에서 들려오는 쥐스틴의 규칙적인 숨소리와 함께 서서히 잠이 들었다.

추락은 아무도 알아차리지 못하는 사이에 시작되었다. 하지만 에텔은 계속 망을 봐왔다. 이런 일이 일어나리라는 걸 알고 있었다. 솔리망 씨도 오래전에 예언했었다. 그것에 대해 넌지시 돌려 말할 때가 있었다. "내가 네 곁에 없더라도 정신 바짝 차려야 한다, 에텔." 에텔이 열한두 살 때였다. 그렇게 어린 아이가 이해할 수 있었을까? 그녀는 말했다. "할아버지는 언제나 제 곁에 계실 거잖아요. 그런데 왜 그런 말씀을 하세요?" 그는 심각한 표정이었다. 근심에 가득 차 있는 것 같기도 했다. "네가 미래에 대해 걱정할 게 아무것도 없었으면 정말 좋겠구나. 부족한 게 아무것도 없었으면 좋겠어." 그러고는 결단을 내리고 유언장을 쓰러 갔다. 그는 에텔에게 땅과 몽파르나스 대로의 아파트까지 모든 것을 물려주었다. 그는 무슨 일이 일어나더라도 그것들을 에텔이 확실히 물려받을 수 있을 거라고 확신했을 것이다. 그는 조카사위를 미워하지는 않았다. 단지 못 미더워할 뿐이었다. 재산을 탕진하고, 헛된 꿈에 사로잡혀 있고, 비행선 모형을 만들고 프로펠러를 실험하면서 인생을 낭비하는 알렉상드르 브룅의 살아가는 방식을, 특히 무능한 인간, 사기꾼, 협잡꾼에게 너무도 쉽게 넘어가는 그의 탁월한 재능을. "네 아버지가 요즘 어떤 일을 하고 있는지 너한테 말해주든? 아메리카 운하 건설 계획에 손을 대진 않았다든? 알제리 구라라투아 지역의 금광 개발은? 아니면 둘 다 한꺼번에 하고 있다든?" 하지만 그는 염탐 같은 행동을 후회하고는 즉시 사과했다. "이 할애비가 지금 한 말은 전부 잊어라. 다른 사람들한테서 그런 이야기를 듣더라도 그냥 무시해버려. 전부 어리석은 짓거리들이다. 너는 그런 것에 말려들어선 안 돼."

이제 에텔은 그 모든 어리석은 짓거리들의 목록을 만들 수 있을 정도였다. 문 뒤에서 엿들을 필요조차 없었다. 살롱의 대화에서 끊임없이 되풀이되는 화제들이었으니까. 처음에는 불가사의한 신도송처럼 지명과 회사 이름들이 등장하더니, 그에 대한 설명들이 뒤를 따랐다. 통킹 지역 개발, 프리토리아에 있는 다이아몬드 세공 공장, 상파울루의 부동산 투자, 카메룬과 오리노코 지역의 희귀종 수목, 포트사이드, 부에노스아이레스, 니제르 만곡부의 항만 건설. 그녀는 이것저것 묻고 싶었을 것이다. 관심 때문이 아니라 호기심 때문에. 알렉상드르는 열을 올리며 말했다. 그 이름들이 꿈의 열쇠인 양, 그것들이 현실에 존재하지 않는 양 발음했다. 그는 자신이 모험의 출발선상에 있다고 믿었다. 진보, 과학, 경제 번영이라는 미래를 신봉했다. 그는 프랑스인들은 소심하고 자기중심적이고 변덕이 심하다고 생각했다. 그리고 학업을 마친 후 파리에서 인생을 낭비한 자신을 자책했다. 그가 되찾고 싶어하는 건 모리셔스가 아니었다. 그 섬에서 그는 답답해했다. 솔리망 씨처럼 그 역시 "작은 땅덩어리에 속이 좁아터진 사람들"이라고 생각했다. 그는 멋진 인생을 위해 더 큰 무대를 원했다. 남아메리카, 남미의 대초원. 혹은 미국 서부, 캐나다 북부. 그의 영웅들은 존 리드, 잭 런던, 스탠리였다.* 그 앞에서 샤를

* 존 리드는 미국의 급진적 저널리스트로, 볼셰비키 혁명을 현장에서 체험해 저술한 르포르타주 『세계를 뒤흔든 열흘』의 저자다. 잭 런던은 사회주의적 대의와

드 푸코에 대해 말하는 것은 금물이었다.** "프랑스 군의 스파이, 음모가, 잘난 척하는 인간." 르메르시에 장군 부인은 그렇게 비난해댔지만, 모리셔스 고모들은 그녀가 뭐라고 떠들건 내버려두었다.

그때까지 알렉상드르는 온 사방에 돈을 뿌리거나 빌려주면서 유산을 낭비하고 있었다. 사업, 앞서 말한 그 투자들로 이득을 보는 건 오직 사기꾼들뿐이었다. 에텔은 그 가짜 친구들, 의심스러운 조언가들의 명단을 끝없이 늘어놓을 수 있었다. 종종 그들은 코탕탱 가 모임에 참석했는데, 시가 상자나 코냑 상자, 때로는 쥐스틴을 위해 꽃을 가져오기도 했다. 그리고 서류들에 서명을 하게 했다. 서류들은 산더미처럼 쌓여 있었고, 거기에는 하나같이 한몫 단단히 거머쥘 수 있다는 내용이 적혀 있었다. 뵈레, 셀리에, 펠레, 샬랑동, 포레스티에, 코냐르. 그들은 잇달아 나타났다가 사라졌다. 에텔이 그들의 소식을 물을 때마다 알렉상드르는 얼버무렸다. "그 사람? 사실 그 사람을 못 본 지 꽤 됐구나." 하지만 쥐스틴이 뭐라고 한마디라도 하면 벌컥 성을 냈다.

계급투쟁의 필요성을 역설한 미국의 소설가다. 스탠리는 미국의 탐험가이자 언론인이다.

** 프랑스의 가톨릭 선교사. 프랑스 군에서 장교로 복무하던 중 회의를 느껴 가톨릭 신부가 되었고, 가톨릭신자가 한 명도 없는 사하라 사막에서 복음을 전파하다가 토착민의 총에 맞아 사망했다.

"제기랄, 내가 하는 일이 그렇게 못마땅하면 고소하면 되잖아! 당신이 재산을 관리하고 싶으면 마음대로 해. 당장 서류들을 전부 넘겨줄 테니까!"

슈맹 이야기만 나오면 그는 당황했다. 얼마 전에 결국 일이 터졌다. 슈맹이 투자를 종용했던 사업들이 모두 사기였음이 드러난 것이다. 알제리의 구라라투아 광산 관련 서류, 튀니지의 스팍스 유전 관련 서류, 사하라 사막 횡단철도에 관한 서류 등 모두가 가짜였다. 슈맹의 꾐에 넘어가 손해를 본 피해자들은 그를 법정으로 끌고 가 피해보상을 받기 위한 단체를 만들었다. 쥐스틴은 알렉상드르에게 그 단체에 가입해 그들과 함께 슈맹을 고소하라고 화를 내며 성화를 해댔다. 수많은 싸움, 망설임, 헛된 분노 후에, 마침내 알렉상드르는 법정 출석에 동의했다.

그 사건 때문에 그는 몹시 괴로워했다. 어느 날 에텔은 아버지에게 그 이야기를 꺼냈다. 물론 자세한 내막을 몰라 넌지시 돌려 말하긴 했지만, 그제야 아버지가 그렇게 시름에 잠긴 이유를 알고는 어안이 벙벙해졌다. 알렉상드르는 친구에게 배신당하고 사기를 당해서가 아니라, 이제부터 그 사람이 일요일 모임에 참석하지 못하게 되어 슬퍼하고 있었다. "제발 아빠, 그 사람이 우리한테 무슨 짓을 했는지 생각 좀 해보세요! 그 사람 때문에 우린 파산할지도 몰라!"

알렉상드르는 역정을 냈다.

"파산이라니, 어떻게 그런 말을 할 수 있는 거냐! 그 불쌍한 친구는 우리보다 더 많은 걸 잃을 텐데!" 그는 잠시 침묵한 후에 엄숙하게 덧붙였다. "그는 자신의 명예를 잃을지도 모른다!" 그 말에 에텔이 대답했다. "그의 명예! 그 사람, 그 날강도 같은 인간한테 명예가 있다고 생각하는 사람은 아빠밖에 없어!" 알렉상드르는 자리에서 일어나 흡연실로 피신했다. "네가 그런 식으로 말하는 걸 더는 듣고 싶지 않구나."

거의 일 년을 끌던 예심이 끝나고 마침내 공판이 시작되었다. 증인들이 줄지어 법정에 출석했지만, 알렉상드르는 증언을 거부했다. 가족의 압력 때문에 다른 고소인들과 함께 고소장에 서명하는 것까지만 하겠다고 고집했다. 그의 표현대로 '슈맹에게 최소한의 형량만 내려줄 것'을 요구하면서. 슈맹이 피고인석에서 일어났다. 그리고 감정에 복받친 목소리로 최후진술문을 오랫동안 읽어내려갔다. 진술문에서 그는 "친애하는 친구들"에게 공손히 사과를 표하면서 자신의 의도는 순수했음을 강력 주장하고, 자신의 경솔함과 "사람을 너무 쉽게 믿는" 성격 때문에 뜻하지 않게 이런 결과가 발생했다는 것 외에는 다른 죄를 전혀 인정하지 않았다. 그는 각자에게 초래한 손해들을 배상하겠다고 약속하며 이렇게 말했다. "저는 그 손해들을 갚는 데 제 인생과 가족, 개인적인 행복을 희생해야만 합니다." 에텔은 곁눈질로 아버지를 살펴보고 있었다. 진술문의 서론은 효력을 발휘했다. 그 순간 알렉상드르가 안경알에 서린 김을 닦기 위해 다소곳이 안경을 벗었으니까. 웅성거림 속에서 판결은 내려졌고, 판결 내용을 모두가 명확히 이해할 수 있도록 판사가 판결문을 다시 읽어야 했다. 파리 아사스 가에 거주하는 장 필리프 슈맹 씨는 징역 육 개월이 선고되었지만, 피해자들에게 상당한 배상금과 소송비용을 지불해야 하는 만큼 집행유예에 처한다. 완전히 몰락했음에도 슈맹의 얼굴에는 절망이나 회개의 기미가 전혀 보이지 않았다. 알렉상드르는 출구에서 그를 기다렸다. 사람들 무리 속에서 그는 슈맹의 두 손을 잡으며 말했다. "선생, 나는 온 마음을 다해 선생을 지지합니다!" 에텔은 통속극의 한 장면을 보고 있는 것 같았다. 잠시 후 사람들의 무리가 슈맹을 둘러쌌다. 그리고 또다른 몇몇 피해자들이 서둘러 그를 추켜세우고 위로하면서 우정을 돈독히 했다. "그 사람이 아빠한테 한 짓을 생각해봐요!" 에텔이 말했다. 분노가 치밀어올랐고, 그 때문에 아버지에 대한 동정과 사랑은 모두 사라져버렸다. 결국 그가 이런 일을 당하는 건 어쩌면 당연한지도 몰랐다.

그 모든 것의 논리적인 결과는 파산이었다. 일 년 전부터 완공되지 못한 상태로 있던 '라 테바이드'는 매수인을 찾지 못하고 있었다. 원래 계획했던 임대사업도 불가능하게 되었다. 마치 짜맞춘 듯 바로 그즈음에 임대료 인상에 관한 지급유예령이 떨어졌기 때문이다. 그래서 공사비도 빠지지 않을 정도로 터무니없는 임대료로 세를 놓아야 했고, 거기에 더해 임대할 경우 세입자들이 들어와 있는 상태에서는 건물이 팔리지 않을 수도 있다는 위험도 감수해야 했다. 이제 알렉상드르는 인민전선, 파업노동자, 시위대들에 분노에 찬 비난을 퍼붓지도 않았다. 자신의 불운만을 탓했다. 아내의 지참금과 모리셔스에서 상속받은 재산은 건물을 짓고 이런저런 사기를 당하면서 급격히 줄어들다가 어느새 눈 녹듯 사라져버렸다. 에텔은 손실 규모가 어마어마하다는 것을 알게 되었다. 슈맹 씨가 혼자서 사기를 친 게 아니기 때문이었다. 수십 명의 투자자문들이 슈맹의 지휘 아래 코탕탱 가 살롱에 끊임없이 몰려들었다. 에텔은 당시 언뜻언뜻 본 그들의 모습을 기억하고 있었다. 검은 양복에 중절모를 쓴 그 신사들은 꼭 장의사 직원들처럼 보였다. 그들의 가죽가방과 서류들이라니, 그들은 헛된 약속을 하러 온 것이었다. 화지和紙, 버지니아 산 담배, 조선소, 유전, 광산, 소규모 비행장, 말레이시아 고무, 브라질 커피에 관한.

바로 그해에 에텔은 문학바칼로레아 시험을 준비하는 대신 서류들을 면밀히 검토했다. 슈맹 소송사건 이후 알렉상드르는 일관되게 유지해오던 잡아떼기 전략을 포기했다. 그가 서류를 보관해놓는 방에 에텔이 들어가는 것을 보고도 내버려두었을 뿐 아니라, 조언을 하기까지 했다. "모든 걸 네게 넘기마. 나는 이제 차분하게 판단할 수가 없구나. 이젠 지쳤다. 하지만 우리는 출구를 찾을 거야, 분명히 그렇게 될 거다. 모두 함께 이 위기에 맞서야 해, 진짜 가족처럼." 기타 등등.

퍽이나 안심되는 말이군, 에텔은 생각했다. 이미 사태의 원인을 찾아 거슬러 올라가보았던 그녀는 출구 따윈 없다는 걸 분명히 알고 있었다. 주식 매입, 투자, 그것들은 아무런 이익도 안겨주지 않았다. 그 수익자들은 세상 반대편 끝, 상상 속 장소들에 있었다. 그 증서들은 소용돌이무늬 같은 번쩍이는 장식들로 꾸민 아름다운 종이(아마도 화지가 분명할)에 인쇄되어 있었다. 수결手決이 되어 있고 회사 경영진의 서명이 씌어 있는 그 종이들에는 러시아 철도 주식이니 파나마 운하 주식 같은, 다른 시대에서 튀어나온 듯한 내용이 담겨 있었다. 쥐스틴의 서랍장 안은 그런 서류들로 가득 차 있었다. 때때로 전혀 생각도 못한 기상천외한 것들도 있었는데, 에텔은 그런 서류들을 보면 망상에 사로잡히거나 정신착란에 빠진 듯한 기분이 들었다.

슈맹과는 전혀 상관이 없는 두툼한 서류에는 이런 제목이 붙어 있었다. 클론다이크 보물 탐사단, 모리셔스 섬, 누벨 데쿠베르트.* 모두 옛날 이야기였다. 아버지의 무릎에 앉던 시절 에텔은 클론다이크라는 지명을 여러 차례 들었다. 여기서도 클론다이크, 저기도 클론다이크. 다른 이들은 아무도 관심을 갖지 않았지만, 알렉상드르가 그 굵은 목소리로, 화난 것처럼 들리기도 하는 예의 그 트레몰로 같은 억양으로 그곳에 내해 발하는 걸 들으면 그녀는 믿고 싶어졌다. 어느 날 에텔이 물었다. "클론다이크라는 게 뭐예요?" 그녀는 그 이름을 제대로 발음하지 못해 첫번째 음절에서부터 난관에 부딪쳤다. "크-을론-다이크." 알렉상드르는 목소리를 낮춰 다시 말했다. 그는 감동에 사로잡혀 그 장소를 둘러싼 비밀에 대해 이야기해주었다. 모리셔스 섬 북단, 끊임없이 바람이 불고 파도가 치는 외딴 곳, 에르브 섬, 샤 섬, 앙브르 섬에 대해.** 난파당한, 아미앵 평화조약 시절의 마지막 사나포선 중 하나였던 배. 골콘다의 황제 아우랑제브의 보물, 그가 딸의 몸값으로 지불해야 했던 산더미 같은 금, 루비, 토파즈, 에메랄드 같은 보석들. 그것들이 거기 땅 밑에, 용암 무더기 아래 어느 외진 골짜기에 숨겨져 있었다.*** 사람들이 그 사실을 어떻

---

* 클론다이크는 캐나다 북서단의 유콘 주에 있는 지방으로, 클론다이크 강 유역은 1896년 사금이 발견된 이후 골드러시 사태를 맞았다. 누벨 데쿠베르트는 모리셔스 섬에 있는 도시다.

** 모두 모리셔스에 있는 지명들로, 에르브는 허브, 샤는 고양이, 앙브르는 호박(琥珀)이라는 뜻이다.

게 알았는데요? 에텔은 대답을 기다려야 했다. 감히 그런 건 묻지 말았어야 했거나. 그리고 진자와 슈브뢸의 색상환, 레헤르 안테나에 관한 이야기가 있었다.**** 그 저주받은 사나포선의 선장이 무덤 너머에서 말해주었단다. 어느 날 밤 레오니다가 모리셔스 섬 북부에 있는 마푸 마을에서 열었던 모임에서. 레오니다가 누군데요? 에텔은 약간은 요정 같고, 약간은 마녀 같은 여자일 거라고 상상했다. 레오니다 베B란다. 알렉상드르가 대답했다. 마치 그녀의 성性조차 비밀에 부쳐야 한다는 듯이. 그 여자는 원탁에 앉아 죽은 이들의 영혼을 불러내 대화를 나눴지, 쥐스틴이 비웃듯 말했다. 아니야, 그게 아니었어. 레오니다는 망자들이 들려주는 이야기를 받아적었다고. 에텔은 관련 서류를 꼼꼼하게 살펴보다가 그 종이, 진짜 마법의 주문처럼 불가해한 글귀가 적

*** 골콘다는 지금은 폐허가 되었지만 누구나 지나가기만 해도 부자가 되었다는 전설이 서린 인도 동남부의 마을이다. 아우랑제브는 인도 무굴제국의 제6대 황제로, 권력욕이 강해 형제들을 모두 죽이고 아버지를 타지마할 궁이 마주 보이는 아그라 성에 가둔 것으로 유명하다.

**** '진자'는 장 베르나르 레옹 푸코가 1851년 파리 팡테옹의 돔에 설치한 '푸코의 진자'를 말한다. 슈브뢸의 색상환이란 프랑스의 화학자 슈브뢸이 만든 원색과 중간색의 색상환으로, 그는 두 가지 색이 살짝 포개지거나 매우 가깝게 병치된 것이 멀리서 보면 다른 색깔로 보이는 효과를 낸다는 것을 발견했다. 이는 신인상주의 화가들의 점묘화법의 토대가 되었다. 레헤르 안테나는 에너지를 측정하는 도구로, 필적학, 보석감정학, 건축공학 등에도 사용된다.

힌 페이지를 발견했다. 펜글씨가 씌어진 그 종이에는 여기저기 잉크 튄 자국들이 남아 있었다. 꼬불꼬불하고 가느다란 글씨체, 빽빽하게 적힌 단어들, 밑줄이 그어져 있거나 줄을 북북 그어 지운 단어들. 수수께끼 같은 그 단어들을 처음 보았을 때, 그녀는 독일어일 거라고 생각하다 이내 고쳐 생각했다. 아냐, 독일어보다는 네덜란드어일 거야. 그 네덜란드 사나포선 선장, 모리셔스의 먼바다를 가로지르며 순항한 마지막 인물, 옥스뮐데이란, 아난퍼르, 디스테이 할마리흐, 사렘, 사렘. 우스꽝스럽고 창피하리만큼 괴상했고, 이제껏 읽은 것 중에서 가장 끔찍할 정도로 바보 같았다. 하지만 그러는 동시에 그 단어들을 아주 힘들여 해독하는 바로 그 순간, 그녀는 공포인지 즐거움인지 알 수 없는 희미한 전율을 느꼈다. 그녀는 낡고 구겨진 종이 위로 몸을 기울인 채 그대로 있었다. 그것이 자기 가족의 불운, 자신들이 겪고 있는 불행의 열쇠이자 그들을 저주하는 부적이라는 생각에서 벗어날 수가 없었다. 교령 원탁 앞에 앉아 갈고리 같은 손가락들을 종이 위에 올려놓고, 눈이 뒤집혀 흰자위를 허옇게 드러낸 채 글을 쓰는 레오니다. 틀림없이 닫힌 덧문들 위로 바닷바람이 몰아치고 있었으리라. 마푸 마을의 나뭇가지들 사이로 불던 바람, 모리셔스 섬의 검은 바위들 위에 그 네덜란드 선박을 패대기쳐 산산조각 내던 바람, 그리고 저주받은 보물이 있는 장소를 표시해놓은 돌무더기. 그리고 클론다이크라는 그 지명, 아이였던 그녀를 매혹한 그 음절들, 아무 의미도 없이 그저 연기와 그을음과 비참만을 의미하던, 꾸며낸 언어. 클론다이크, 존재하지 않고 결코 존재한 적도 없는 곳.

반드시 모든 것을 처분해야 했다. 쥐스틴은 불평에 익숙지 않았다. 그녀는 속마음을 드러내지 않았다. 어쩌다 한숨만 내쉴 뿐. "휴, 사는 게 뭔지. 너무 힘들어." 그저 이렇게 말하기만 했다. "인생이 꼭 무거운 자루 같구나." 그 자루 안에는 무엇이 들어 있었을까? 어린 시절부터 에텔은 알고 있었다. 그 자루 안에 들어 있는 돌 하나하나를 소상히 알고 있었다. 여가수 모드, 결코 끝나지 않을 그 관계, 알렉상드르와 쥐스틴 사이를 멀어지게 하고 그 무엇으로도 회복시킬 수 없게 한 구멍 같은 그것. 어쨌든 그들은 여전히 함께 살고 있었다. 거짓말들은 잊히지 않고, 그들이 서로에게 입힌 상처의 흔적들도 지워지지 않을 테지만, 그럼에도 결혼이라는 뗏목은 계속 흘러갈 것이었다…… 에텔은 제니아처럼 욕설을 내뱉는 자신에게 깜짝 놀랐다. 젠장맞을! 제기랄, 제기랄, 망할 놈의 뗏목, 망할 놈의 장광설, 망할 놈의 정情. 그들은 늙었다. 타일 깔린 복도에서 넘어진 후 제대로 거동도 못해 밤이고 낮이고 침대에 누워 숨을 몰아쉬며 코를 고는 알렉상드르, 마치 죽은 사람처럼 수염에 뒤덮인 창백하기 그지

없는 그 얼굴.

배신들. 대충대충 여기저기 벌여놓은 사업들. 물 쓰듯 써댄 돈. 지참금, 제당공장들을 매각한 돈, 알마, 로네, 리슈 앙 오. 에텔이 어린 시절부터 들었던 지명들이었다.* 문제의 서류들에서 그녀는 다음과 같은 그림을 발견했다.

---

* 모두 모리셔스의 지명들인 동시에 알렉상드르 집안이 운영해온 제당공장의 이름이다.

** 라틴어로 '젖을 먹여 키우는 어머니'라는 뜻. 알마라는 제당공장이 식구들을 먹여 살린다는 의미를 품고 있다.

에텔은 마음이 괴로운 가운데서도 그 그림을 보는 순간 저도 모르게 웃음이 났다. 알마, 자신의 거대한 배에서 뿜어나오는 방귀 때문에 저울쟁반이 적자 쪽으로 기우는 와중에도 굶주린 자식들에게 기꺼이 젖을 물리는 전설적인 여인. 알렉상드르가 원한에 사무친 심정으로 그린 캐리커처였다. 이제 모리셔스에서 물려받은 집안 재산에서 남은 거라고는 그게 전부였다!

그 시절 그들은 어떻게 살아남았을까? 모두가 파산했고, 많은 이들이 궁핍 속에서 죽었다. 늙은 고모들은 가진 게 하나도 없었다. 결혼도 하지 않고 남동생과 언니들이 베푸는 자선으로 평생을 살았던 밀루 고모는 특히나 그랬다. 나머지 고모들이라고 별로 나을 것도 없었다. 그들 역시 잃었다. 게임에서 판돈을 잃고, 결혼에 실패했다. 그것도 행복하게, 끝없는 욕망으로!

여름이 오기 얼마 전이었다. 에텔은 그때를 기억할 것이다. 날씨는 이상하리만치 우중충했고, 도시는 잠에 빠져 있는 듯했다. 사고 이후로 어느 정도 기력을 회복한 알렉상드르는 다시 외출을 하기 시작했다. 화려했던 시절에 입던 회색 양복에 조끼까지 깔끔하게 차려입고, 수염은 가위로 다듬고, 단정하게 빗어넘긴 검은 머리에 모자를 쓰고, 그는 사업을 하러 갔다.

"도대체 아빠는 아직도 뭘 바라고 저러는 거야? 새 광맥이라도 발견하겠다는 거야?" 에텔은 비웃듯이 말했다. "그런 식으로 말하지 마라." 쥐스틴이 나무랐다. "아버지는 모든 걸 팔아야 한다는 상황에 몹시 충격을 받으셨어." 에텔은 남편을 따르고 이해하고 참고 견디기만 하는 어머니의 태도를 용납할 수 없었다. "바로 그게 문제야, 충격만 받았다는 거! 그렇다고 아빠가 뭘 어떻게 하겠어? 우린 이제 어디로 가야 해? 이제 어떻게 살아?" 마음에도 없는 소리였다. 질문들이 목구멍 속에서 기어올라오고 있었다. 그 질문들은 그녀의 가슴 안쪽에서 서로 떼밀며 횡격막을 조였다. 7월이 되기 전 파리의 무기력한 분위기가 그녀를 짓누르고 구역질을 일으켰다. 아스피린 정제처럼 창백한 그 태양, 칙칙한 그 강. 관자놀이를 바이스로 조여대는 하늘. 그녀는 수첩에 어쭙잖은 시를 썼다. "센 강에 그 알약을 던지다, 파리의 두통을 치유하기 위해."

제니아, 그녀는 어디에 있었을까? 여러 달 전부터 그녀에게서는 소식이 없었다. 다니엘과의 결혼은 성사되지 않았다. 에텔은 그럴 거라고 확신했다. 남자의 집에서 주저하고 있었다. 그 집 부모는 당연히 잘난 아들에 비싼 가격을 쳐줘야 한다고 생각했다. 남자도 그것을 원했을까? 그는 제니아가 얼마나 독특하고 아름답고 멋진 여자인지 알고 있었을까? 자신은 그녀의 신발끈을 묶거나 그 청회색 눈동자를 바라볼 자격조차 없다는 걸, 그는 알고 있을까?

에텔은 현기증이 나서 쥐스틴의 팔을 잡았다. "가요! 직접 찾아가야 해! 이대로 두 손 놓고 구경만 하고 있을 수는 없어! 부딪쳐서 싸워야 해!"

그녀는 경험도 없이 오로지 젊음에서 오는 자신감과 패기만으로 전장에 나가는 대책 없는 병사가 된 기분이었다. 쥐스틴은 얼굴을 찌푸리며 싫은 기색을 보였다. 하지만 마침내 굴복했고, 솔리망 씨의 장례식 때 썼던 바이올렛 장식이 달린 모자를 쓰고는 딸에게 팔을 내주었다. 하지만 그녀가 에텔을 데려가는 게 아니라, 에텔이 그녀를 끌고 가는 거였다. 모녀는 봉디 씨의 사무실로 들어갔다. 상속받은 전 재산을 두 눈 뜨고 빼앗겼던 그 무대를 다시 보는 순간, 에텔의 마음속에 싸늘한 분노가 되살아났다. 어쨌든 공증인도 알렉상드르 못지않게 책임이 있지 않은가?

"무슨 일로 찾아오셨는지?" 그는 여전했다. 만사가 귀찮다는 표정, 풀 먹인 종이 같은 안색. 알렉상드르는 어떻게 저런 사람을 신뢰할 수 있었을까? 에텔은 어머니가 말할 틈도 주지 않았다. "우리가 지금 어떤 상황인지는 잘 알고 계시겠죠? 제 아버지가 모든 걸 잃었다는 건 알고 계시죠? 이제 남은 건 우리가 살고 있는 아파트, 그리고 드쿠 양에게 세를 주고 있는 아틀리에가 전부예요. 자, 우리한테 해줄 수 있는 게 뭔가요?"

봉디 씨는 서류들을 살펴보는 척했다. 다갈색으로 염색한 콧수염은 매끈하게 다듬어져 있었지만 콧구멍에서 길게 삐져나온 회색 코털이 보기 흉하게 뒤섞여 있었다. "아가씨는 아버님께서 모든 걸 잃었다고 말씀하셨습니다만. 알렉상드르 씨는 그렇게 말씀하지 않았어요, 저한테는 말입니다. 그분은, 그러니까 우리는 현재 그 건물을 매입하겠다고 나선 사람과 협상중입니다. 그리고 제가 아가씨에게 장담하건대……"

"아뇨, 아뇨. 제가 원하는 건 그런 게 아니에요." 가슴이 미친 듯이 뛰고 있었지만 에텔은 침착하게 말하려 애썼다. "아버지에게 필요한 건 그런 약속이나 호언장담 따위가 아니에요. 제 아버지에게는, 일단 모든 게 해결되고 빚을 전부 갚고 나면 당신이 코탕탱 가의 집에서 계속 살 수 있을 거라는 확신이 필요합니다."

봉디 씨로서는 생각지도 못한 일격이었다. 공증인으로 일해온 이래 열아홉 살 여자애가 불쑥 따지러 온 이런 상황은 한 번도 겪어보지 못했을 것이다. 자신은 모든 걸 법대로 처리했을 뿐이라고 생각하는 듯했다. 그는 문서를 위조해 돈을 빼돌린 것도 사기를 친 것도 아니었다. 솔리망 씨로부터 상속받은 재산에 대한 권리를 후견인인 알렉상드르에게 이전한 것은 완전히 합법이었다. 하지만 현실은 그렇지 않았다. 그는 쥐스틴의 망연자실한 얼굴과 에텔의 강렬하고도 절박한 시선에서 분명히 그것을 읽었다. 파산, 미래에 대한 불안, 알렉상드르의 병, 그 두 여인이 거기서 헤어날 능력이 없다는 것. 그는 서류철을 다시 덮었다. 그들에게 측은한 생각이 들었거나 양심의 가책을 느낀 듯했다.

"브룅 양, 제가 도와드릴 수 있는 일이 무엇인지 알아보겠습니다. 은행과 협상을 해볼 생각인데, 너무 늦은 게 아니었으면 좋겠군요. 하지만 너무 큰 기대는 하지 마십시오. 아버님께 조언을 해드릴 수는 있지만, 그분께서 한 일들을 없었던 것으로 되돌릴 수는 없으니까요."

"아버지가 건강 때문에 정상적인 판단을 할 수 없었다고 하더라도요?"

봉디 씨는 쥐스틴보다 먼저 그 말뜻을 이해했다.

"아, 네, 아버님께 일어난 일들을 고려해볼 때, 그분의 후견인 자격으로 언제든 투자금 반환을 요구하실 수 있을 겁니다. 그러려면 의사의 소견서가 필요할 겁니다, 그러니까……"

"그건 절대로 안 돼!" 쥐스틴은 비명을 억눌렀다. "그건 생각도 할 수 없는 일이에요. 남편의 명예를 위해 그런 수치스러운 짓은 절대로 용납할 수 없어요."

모녀는 공증사무소에서 나와 집으로 향했다. 이제 에텔은 어머니에게 팔을 내주지 않았다. 그녀는 신발 뒷굽으로 인도를 울리며 빠르게 걸었다. 몽파르나스 대로는 혼잡하고 소란스러웠다. 카페테라스들에는 벌써부터 사람들이 몰려들어 맥주잔을 기울이고 있었고, 승용차와 소형 화물차들이 맨Maine 거리 교차로에서 혼잡하게 뒤얽혀 있었다. 에텔은 속도를 늦추지 않고 계속 걸었다. 숨을 헐떡이며 종종걸음으로 뒤쫓아오는 어머니의 희미한 숨소리를 들으니 약간 애처로운 생각이 들었다. 숨을 들이쉴 때마다 모자에 달린 바이올렛 장식이 쥐스틴의 코에 들러붙을 게 분명했다. 이 모든 사람들, 에텔은 생각했다. 무심하게 지나치는 이 사람들, 저마다 자신의 공기방울 속에, 자신의 껍질 속에 들어가 있는 사람들. 한가로이 거니는 사람들, 바빠 보이는 사람들. 심각한 사람들, 싸구려 회색 작업복을 입은 사람들, 예술가들. 대로大路에서 벌어지는 코미디. 진심으로 남을 걱정해주는 사람은 아무도 없었다. 길을 잃을 수도 있는 도시, 그곳에선 누군가를 시야에서 놓쳐버린다면, 학교 체육시간에서처럼 힘껏 달려 그 사람을 떨쳐버린다면 다시는 그를 만나지 못할 수도 있었다!

문득 제니아가 생각났다. 그녀의 모습은 단번에 되살아났다. 소식이 끊기자 오히려 그녀에 대한 그리움은 더욱 깊어진 것 같았다. 제니아, 파리 어딘가에서 나름의 인생을 살아가고 있을. 샤비로프 일가는 주소도 남기지 않고 이사를 가버렸다. 에텔은 조프루아 마리 가의 봉제공장을 떠올렸지만, 그곳으로 다시 찾아가볼 용기는 나지 않았다. 묘안을 내어 어느 카페 안에 몸을 숨기고 제니아나 그녀의 언니 마리나가 지나가는 걸 엿볼 수도 있을 것이다. 하지만 카페 주인의 야릇한 시선이나, 그 위험한 동네에서 여자를 낚으려고 어슬렁거리는 남자들의 음흉한 눈길을 생각만 해도 오싹해졌다. 제니아는 그녀의 친구였다. 유일한 친구. 가장 가까운 친구, 그녀의 삶에 영향을 미친 친구. 그리고, 그 혼잡한 인도를 걸으면서, 시멘트 바닥에 구두 뒤축을 세게 부딪치며 앞장서 걸어가면서 그녀가 흉내내는 사람도 바로 제니아였다. 결심을 하던 제니아. 살기 위해 필사적이던 제니아. 모든 것을 웃어넘기고 무시할 줄 알던 제니아, 먼 곳에서 온 제니아, 비참한 삶에서 벗어나겠다고, 성공하고야 말겠다고 결심했던 제니아.

행복의 물결, 일종의 취기가 몰려왔다. 에텔은 걸음을 늦췄다. 아니, 길을 찾는 것처럼 잠시 인도 가장자리에 멈춰서기까지 했다. 쥐스틴이 숨을 헐떡이며 다가와 딸의 팔에 매달렸다. "너무 빨리 걸어서 따라갈 수가 없구나." 그녀는 가벼워서, 작은 새만큼도 무게가 나가지 않았다.

에텔은 깨달았다. 그리고 어머니를 바라보았다. 그녀는 도시 반대편에 있는 제니아에게 말하고 있었다. 우리는 스스로 자신의 역사를 선택하지 않아. 너의 역사는 네가 일부러 찾아 나서지 않아도 네게 이미 주어졌어. 그리고 너는 그것을 거부해서는 안 되고 거부할 수도 없어.

물론 그 모든 것은 소용없는 일이었다. 마치 운명의 각본이 미리 짜여 있기라도 한 것처럼, 쥐스틴과 알렉상드르를 얽어맨 보이지 않는 끈은 그들을 불행 쪽으로, 밑바닥으로 끌어당기고 있었다. 그다음 날 봉디 씨에게서 전화가 왔다. 경매로 넘어가는 것을 유예시키는 데 성공했고, 토지와 완공되지 않은 건물을 넘겨준다는 조건하에 빚을 승계하겠다고 나서는 사람을 찾았다는 것이었다. 알렉상드르는 코탕탱 가의 집과 예술가의 아틀리에에 대한 소유권을 유지할 수 있게 되었다. 마침내 끔찍한 악몽을 머릿속에서 지운 것만 같았다. 쥐스틴은 아름다운 드레스를 입고, 머리를 손질하고, 분을 바르고, 향수를 뿌리고 남편이 돌아오기를 기다렸다. 그녀는 차와 옥수수케이크를 준비했고, 에텔은 어머니를 도와 다과상을 차렸다. 좀 너무하는데, 에텔은 생각했다, 이타카로 돌아오는 율리시스의 귀환이 따로 없군. 아무튼 이렇게까지 하다니 우스꽝스러운 연극 같아. 저녁 무렵 알렉상드르가 기진맥진한 모습으로 돌아왔다. 무더운 날씨 때문에 탈진한 그는 소파에 무너지듯 주저앉았다. 다기 같은 건 거들떠보지도 않았다. "이제 살았어." 그가 말했다. "모든 게 끝났어. 이제 빚은 없어. 우린 새로운 삶을 시작할 거야." 에텔은 어머니를 보았다. 쥐스틴은 아직도 상황을 이해하지 못하고 있었다. 그녀는 질문들을 퍼부었고, 목소리는 점점 높아지고 있었다. 이제 상황은 희극이 되어가고 있었다. 하나의 오페라, 아니 그보다는 오페레타였다. 에텔의 머릿속에 음악이, 가볍고 조금 부서진 한 곡의 간주곡이 떠올랐다. "왜? 왜?" 그리고 알렉상드르의 굵은 목소리, 그의 느릿한 모리셔스 억양이 묻어나는 "그럼 달리 어떻게 할 수 있었겠어?" 같은 말들. 그는 살롱 모임에서 말하듯 모리셔스 사투리로 묻고 있었다. "달리 어떻게 할 수 있었겠어?" 열 때문에 그의 안색은 거무죽죽해졌다. 사고 이후로 그는 수염 염색을 하지 않아 양 뺨 아래에 하얀 실오라기 같은 것들이 돋아나 있었다.

새로운 삶! 알렉상드르는 파리 뒤토 가 29번지에 소재한 자동차회사 '위르밴'에 집과 아틀리에를 포함한 모든 것을 팔아넘겼다. 할 수만 있었다면 가구들과 피아노, 심지어 플랑드랭*의 작

* 프랑스의 신고전주의 화가. 앵그르의 제자였으며, 주로 종교와 고전의 장면들을 소재로 그림을 그려 종교화가이자 궁중화가로 널리 알려졌다.

품으로 추정되는 〈형제들에 의해 팔려간 요셉〉까지 처분했을 것이다. 그는 온종일 서명을 하는 데 시간을 보냈다. 모든 서류에는 소용돌이무늬에 둘러싸인 알렉상드르라는 이름이 그 모습도 찬란하게 수결되어 있었다. 서류들은 하나같이 말하고 있었다. 이제는 아무것도 없다고, 이제 남은 건 아무것도 없다고, 울기 위한 쥐스틴의 두 눈밖에는.

그럴 생각이 아니었는데도 에텔은 빈정거리고 있었다. 클론다이크 보물 탐사단을 택시회사가 사들였다니, 여기에는 어떤 교훈이 있는 게 분명하군요! 알렉상드르는 모녀의 고함과 항의에도 아랑곳하지 않았다. 한순간이나마 그는 예전의 거만함을 되찾았다. 콧수염이 더부룩한 모습으로 눈을 번득이면서 고개를 빳빳이 들었다.

그러고 나서 그는 담배를 피우기 위해 자기만의 골방으로 가 틀어박혔다. 병이 생긴 이후로 의사가 담배를 피우지 못하게 했지만 이제 그런 건 의미가 없었다. 그는 담배가 필요했다. 그에게 연기는 현실을 가리는 차폐물 구실을 해주었다. 살날이 얼마나 남아 있느냐는 중요하지 않았다. 곧 떠나야 할 터였다, 아니면 죽거나. 그 두 가지는 별로 다르지 않았다.

에텔은 아버지가 저 뒤, 저 먼 곳, 당신이 유년을 보낸 섬, 모든 게 영원할 것처럼 보였던 알마의 그 경이로운 영지를 향해 뒷

걸음질하고 있다는 걸 알고 있었다. 그녀도 쥐스틴도 그 꿈에는 접근할 수 없었다. 그곳은 어쩌면 클론다이크의 보물이 숨겨져 있는 비밀의 장소, 다른 누구도 들어갈 수 없는 장소였으리라.

르 풀뒤

에텔은 하늘에 떠 있는 기분이었다. 그녀는 구름을 좋아했다. 모래언덕의 모래 속에 누워 빠른 속도로 가볍고 자유로이 흘러가는 구름들을 쳐다보면서, 그 구름들이 그곳에 다다르기까지 거쳐온 우주공간과, 드넓게 펼쳐진 바다와 물결들의 들판에 관한 몽상에 잠겨 있었다. 그리 높지 않은 곳에 떠 있는 구름들은 작은 흰 공들처럼 때때로 서로 부딪치며 모여들었다가 다시 흩어지면서 미끄러지듯 흘러갔다. 움직임이 불규칙하고 눈에 띄게 모양이 다른 것들도 있었는데, 그런 구름들은 다른 것들보다 더 빠르게 흘러가면서 둥근 솜뭉치처럼, 민들레 홀씨처럼, 혹은 갈대 머리 모양으로 흩어졌다. 구름 아래 땅이 현기증을 불러일으키며 느리게 빙글빙글 돌았다. 해변으로 밀려오는 파도들은 평평한 바다를 거칠게 밀어붙이고 사정없이 세상을 뒤집어엎는 모터와도 같았다. 이윽고 거대한 회백색 구름 하나가 모습을 드러내더니 이내 태양과 포개졌다. 그 순간 에텔은 한 마리 고래를 보았다. 머리는 거대했고, 머리에서 멀리 떨어진 몸 끝의 꼬리는 아주 작았다. 모래언덕의 모래가 에텔의 몸을 감싸 부드럽게 조였고, 그녀는 점점 더 깊이 파묻혔다. 채찍 같은 바람이 얼굴과 팔다리를 수없이 후려쳐 생채기를 냈다. 태어나 그곳에서 한 번도 떠난 적이 없는 것처럼 느껴졌다. 모래언덕 꼭대기, 결코 바닷물에 닿은 적이 없는 건조한 흰 모래 속, 그 경계에 엉겅퀴 같은 날카로운 식물들이 자라고 타마리스크나무*의 붉은 씨앗들이 점점이 박혀 있는, 그녀만의 장소에서.

에텔이 열두 살 되던 해 여름. 그 여름 그녀는 난생처음으로 한 소년과 사랑에 빠졌다. 당시 열대여섯 살이었던 소년의 이름을 그녀는 아직도 기억했다. 소년이 다가와 혀끝으로 입술을 열고 들어왔을 때 그녀는 몸을 떨며 휘청거렸다. 오늘처럼 구름이 지나갔고, 그녀는 열기를 느꼈다. 하늘에서, 자신의 몸 안에서,

* 염분도가 높은 사막, 바닷가, 산악지대 및 반건조지대에서 서식하는 낙엽목으로, 붉은 기가 도는 작은 꽃들이 무리지어 핀다. 사막지대에서는 방풍림으로, 프랑스에서는 바닷가의 보호막으로 이용된다.

불에 덴 것 같은 열기가 피어올랐다가 스러졌다. 낯설고 불안한 무엇이었다.

그녀는 한 무리의 젊은이들과 함께 계획을 세웠다. 시골길을 따라 이 마을에서 저 마을로, 이 도시에서 저 도시로 자전거를 타고 여행하면서, 날이 좋으면 해변에서 잠을 자고 비가 오면 헛간 같은 곳을 찾아 밤을 보내기로 했다. 베그 메유나 르 풀뒤* 부근 별장들에서 방학을 보내고 있던 소년소녀들이었다. 에텔은 부모님와 함께 리우 부인의 하숙집에서 지내고 있었다. 바로 그 해 여름, 에텔은 로랑 펠드와 처음으로 이야기를 나눴다. 그는 바닷가 별장을 빌려 고모와 누이와 함께 지내고 있었다. 처음에 에텔은 그를 숫기 없는 남자, 수줍음을 많이 타는 어수룩하고 순진한 남자라고 생각했다. 종종 그는 아무것도 아닌 일로 얼굴이 빨개졌다. 에텔이 제니아와의 깊은 우정을 체험한 것도 바로 그 해였다. 그런데 로랑 펠드는 모든 면에서 제니아와는 정반대였다. 그는 부자였고, 웃거나 울지 않고 진지했다.

그후 만남이 이어지면서 두 사람 사이에 조금씩 사랑이 싹텄다. 격정적이고 강렬한 빛을 발하는 그런 대단한 사랑은 아니었

* 베그 메유와 르 풀뒤 모두 브르타뉴 지방의 아름다운 휴양지다. 특히 르 풀뒤는 프랑스의 타히티로 불릴 만큼 아름다운 곳으로, 고갱이 머물면서 그림을 그린 곳으로도 유명하다.

다. 다니엘 도네르와 제니아의 약혼처럼 드라마틱한 요소는 전혀 없었다. 망명을 와서 비참하게 살아가는 러시아 귀족 집안 처녀가 유머감각도 없고 말수도 없이 뚱한데다 의심만 많은 뚱뚱한 청년에게 곧 몸을 맡길 것이고, 그 대가로 남자는 여자에게 사업가 집안이라는 안정적이고 존경받는 신분과 루앙 지역 부르주아지의 안락한 생활을 보장하는, 알쏭달쏭한 계약 같은 드라마틱한 요소. 그랬다, 그런 것과는 전혀 달랐다. 로랑 펠드는 에텔에게 푹 빠져 있었다. 지난여름 이후 그는 일주일에 한 통씩, 어떤 때는 두 통씩이나 편지를 보냈다. 이중 편지봉투의 겉면에는 언제나 똑같은 글자들이 정성스럽게 씌어 있었다.

에텔 브룅 양
30번지, 코탕탱 가, 30
파리 15구

그리고 조지 6세의 초상화가 인쇄된 우표에는 언제나 변함없이 '채링 크로스 역' 소인이 찍혀 있었다.

에텔은 편지봉투를 열고 시큼한 땀 냄새가 밴 종이 냄새를 들이마셨다. 그녀의 시선은 반듯하고 고른 글씨와, 정치와 문학 그리고 재즈에 대해 말하면서 결코 감정은 드러내지 않는 로랑의 단문들을 훑어내려갔다. 때때로 편지를 읽지 않기도 했다. 편지를 꺼내 냄새만 맡고는, 개봉하지 않은 양 그대로 접어 봉투 속에 다시 밀어넣는 것으로 만족했다. 에텔은 자신이 로랑을 사랑하는 것보다 그가 자신을 더 사랑하는 게 기뻤다. 그럴 때면 제니아가 버릇처럼 하던 말이 떠올랐다. "난 내가 사랑하는 것보다 나를 더 많이 사랑해주는 남자를 만나고 싶어." 제니아는 그렇게 말했다.

이제 로랑은 바로 에텔 앞에 서 있었다. 그는 영국 육군에서 지급한 빳빳한 군복을 입은 모습으로 뉴헤이븐에서 출발한 배에서 내렸다. 군모, 군용 외투, 카키색 바지, 그리고 구두약으로 반들반들하게 닦은 검정 구두까지, 모든 것이 새것이었다. 에텔은 약간 놀리는 듯한 미소를 지으려다 참았다. 그가, 언제나 그렇듯 군인이 아니라 시테에 있는 사무실로 출근하는 변호사 같은 빳빳한 모습으로, 바닷바람 때문에 빨개진 얼굴에 햇볕에 탄 자국이 그대로 남은 콧등에 머리는 빡빡 깎은 채 자그마한 검은 가죽가방을 들고 팔 아래는 우산까지 끼고 서 있었던 것이다.

로랑은 에텔과 같은 하숙집에 방을 잡았다. 그들은 코낭 정비소에서 빌린 자전거를 타고 한적한 오솔길을 따라 해변까지 달리거나 언덕을 가로지르고, 농가에 들러 커다란 흑빵과 라드(돼지기름)를 먹거나 비스트로에서 크레이프를 먹었다. 그리고 밀물에 뛰어들어 해수욕을 하고 얼음처럼 차가운 라이타 강물에 몸을 헹구었다. 그들에게서는 해초와 개흙 냄새가 났고, 샌들과 속옷 안으로 잿빛 모래가 들어왔고, 소금기 때문에 머리칼은 찰싹 달라붙었다. 로랑은 코, 어깨, 다리, 발등의 껍질이 벗겨졌다. 그와 함께 해변에 누워 있을 때면 에텔은 일어난 피부 껍질들을 떼어내 바람에 날리며 놀았다. 날이 어두워지면 그들은 기진맥진해서 머리카락이 마구 헝클어진 몰골로 하숙집으로 돌아왔다. 그리고 로랑이 예의상 브룅 가족과 함께 식사를 하며 알렉상드르의 이야기를 듣는 동안, 에텔은 지붕 밑 다락방으로 곧장 올라가 옷도 갈아입지 않고 침대에 몸을 던지고는, 슬레이트 지붕에 이는 바람소리를 들을 새도 없이 곧바로 잠에 빠져들었다.

에텔의 내면에는 일종의 분노가 도사리고 있었다. 열병으로 인한 오한 같은 그것은, 흥분에 들뜨게 하는 동시에 구역질을 불러일으켰고, 억누를 수도 이해할 수도 없는 것이었다. 누구에게도 할 수 없는 이야기였다. 제니아한테라면 말했을지도 몰랐다. 그녀가 여기 있었더라면. 하지만 제니아는 비웃었을 것이다. 네가 사는 게 너무 편해서 그러는 거야. 돈도 너무 많고, 뭐든 너무 많이 갖고 있잖아. 그래서 자신이 뭘 원하는지도 모르는 거야.

이 세상은 빼앗느냐 뺏앗기느냐, 둘 중 하나야. 어떤 인생을 사느냐는 너 자신한테 달려 있어. 그런 거야.

아니면 아무 말도 하지 않았을지도 모른다. 제니아는 인정머리 없는 이기주의자였기 때문에, 자신이 모르는 것들은 아주 간단히 이 세상에 존재하지 않는 것으로 치부했다.

세상이 정말로 병든 것일까? 이 떨림, 이 구역질은 아주 멀리서, 아주 먼 옛날에서부터 비롯된 것이었다. 르 풀뒤의 모래언덕에서 보내는 이 여름, 에텔은 연인과 만날 시간을 기다리면서 자신의 인생을 완전히 뒤덮었던 너울 같은 불행의 뿌리와 잔뿌리와 엽맥과 모세관을 헤아려보았다. 그것들은 머릿속으로 만들어낸 상상의 산물이 아니었다. 자잘한 배신이자 마음속에 자리잡은 일상적인 침묵, 그리고 공허였다. 때때로 그것은 지나치게 모욕적인 말들, 감정의 폭력이었는데, 한밤중에 갑자기 쥐스틴의 목소리가 높아졌다가 방울 소리 같은 흐느낌으로 부서지면, 뱃속 깊은 곳에서 올라오는 묵직한 소리로 대꾸하는 알렉상드르의 노호하는 목소리가 들려왔다. 그러고 나서 문이 쾅 닫히는 소리, 복도에서 멀어져가는 발소리, 다시 문이 쾅 닫히는 소리, 길에 울려퍼지다 이윽고 깊은 밤 속으로 사라지는 발소리. 기다리고, 돌아오리라 기대하고, 복도에서 들려오는 조심스러운 발소리를 감지할 새도 없이 잠이 드는 에텔. 그녀는 졸음에 취해, 담배 연기 때문에 무거운 숨을 내쉬고 있었다.

살롱에서 오가는 허세로 가득 찬 무의미한 대화, 그 모든 목소리, 모리셔스 여자들의 흥얼거림, 사프란으로 색을 낸 카레와 새큼한 차트네 찌꺼기 위로 떠도는 바닐라 설탕 냄새와 계피 향. 공허, 거만하고도 부당한 그 공허, 그녀의 집안사람들이 현실을 부정하고 영원히 사라진 일족의 이름들을, 어쩌면 실재한 적도 없는 이들의 이름들을 지어 내놓는 그 방식. 모리셔스의 하급 귀족 신분이 만들어낸 그 기발하고 요란한 이름들, 에텔은 브룅 가의 역사 속에서 많게든 적게든 그 이름들에 연결되어 있었다(하지만 적어도 브룅 가 사람들은 '드de'*를 붙이는 것만은 탐탁지 않게 여겼다). 오페레타에나 나올 법한 우스꽝스러운 이름들, 종마 사육장에서 우연히 마주친 암말들과 씨말들의 이름들.

레자르샹보, 베니에르, 드 제르실리, 드 그라몽, 드 그랑프레, 데스파르, 레 로뱅 드 투아르, 레 드 쉬르빌, 드 스테르, 드 생달푸르, 드 생놀프, 레 피숑 드 방브, 레 클레리 뒤 자르, 퐁탈랑베르, 레 셀츠 드 스테를링, 크라옹 드 라 모트, 데드바르 드 종빌, 크레아슈 뒤 르제, 드 술트, 드 생슈, 다르모르.**

---

* 귀족의 성 앞에 붙이는 소유격 관사.

** 모두 되는대로 갖다붙인 우스꽝스러운 성들로, 처음의 두 성을 제외하고 모든 성에 귀족임을 나타내는 소유격 관사 de가 들어가 있다.

이미 지난해 9월 23일과 24일, 북쪽 국경에서 집단 이주가 시작되었다는 소식이 들려왔다.* 마차와 손수레를 끌고 도로로 몰려나온 사람들. 그들을 덮치고 나무들을 도로 위에 때려눕힌 폭풍우. 때 이른 겨울 추위, 재정의 붕괴, 대출금을 재빨리 회수한 뒤 문을 닫은 은행들. 그리고 은행가들은 스위스로, 영국으로, 아르헨티나로 황급히 달아났다.

진공관 라디오에서 지지직거리며 들려오는 목소리, 점점 높아져가는, 힘이 넘치는 쉿소리. 그 목소리가 허공에 던지는 문장들, 그 소리와 함께 일제히 높아지는 주변 함성들, 자갈 해변에 들이치는 바닷물 소리, 뾰족하게 솟은 암초들에 부딪쳐 부서지는 파도 소리. 저기 어딘가에, 뮌헨에서, 빈에서, 베를린에서 군중이 아우성치는 소리. 혹은 벨디브 경기장에 모여 있던 라 로크, 모라스, 도데의 신봉자들, '동맹'을 열렬히 환대하고 공산주의자들을 야유했던 사람들.** 그리고 코탕탱 가 살롱의 여자들,

* 1940년 6월 파리가 독일군에 점령당하자 페탱 장군은 히틀러와 평화조약을 맺고 프랑스 북부를 독일에 양도하는 조건으로 비시정권을 세웠고, 독일로 넘어간 프랑스 북부의 주민들은 피난을 떠났다.

** 벨디브 경기장은 센 강변에 있던 동계 자전거경기장의 약칭으로, 최대 규모로 프랑스 내 유대인을 검거했을 때 유대인들을 임시 수용했던 장소다. 라 로크, 모라스, 도데 모두 반유대주의자들이자 독일에 부역했던 프랑스 파시스트들이

미친 듯이 흥분한 그들은 들뜬 목소리로 말했다. "여러분, 정말이지 놀라운 능력, 놀라운 재능, 놀라운 힘, 감동적인 의지 아닌가요. 우리가 왜 이토록 그에게 열광하는지 사람들은 이해하지 못하지만, 사실 우리한텐 그 사람밖에 없어요. 사라졌다고 믿었던 옛 망령들로부터 우리를 구해주고, 레닌과 음흉한 눈을 한 그 아시아인***으로부터 우리를 보호해줄 사람은 바로 그예요. 스탈린을 무찌르고 야만인들로부터 우리를 보호해줄 사람은 바로 그 사람이라고요."

에텔은 뜨거운 모래 속에 몸을 묻고, 구름 아래로 소나무 숲이 나아가는 것을 물끄러미 보고 있었다. 어느 오후 저물녘, 박쥐들이 작은 날벌레들을 쫓아 모래언덕 가까운 지면에 닿을 듯 빙빙 원무를 추기 시작했을 때, 대기는 고요하고 썰물이 빠져나간 자리에 파도가 찰박거릴 때, 에텔과 로랑은 헤엄은 치지 않고 그저 부드러운 파도에 몸을 싣고 오래오래 해수욕을 즐겼다. 해변은 더없이 고요했고, 수킬로미터까지 인적이 없었다. 따끔거리는 소나무 잎 카펫 위에서 그들은 젖은 수영복을 벗지도 않고 사랑을 나눴다. 아니, 사랑을 했다기보다는 시늉을 했다는 편이 맞으

다. '동맹'은 당시의 민족주의 동맹들을 가리키는데, 이런 동맹들은 대개 반드레퓌스파로 함께 활동했던 우익들과 연계되어 있었다.

*** 그루지야 출신인 스탈린을 가리킨다.

리라. 하얀 수영복 속의 움푹 팬 에텔의 성기에 맞댄, 검은 천 안에서 딱딱해진 로랑의 성기. 그것은 처음에는 천천히, 느릿느릿 진행되다가 점점 더 빨라지는 춤이었다. 서늘한 대기 속에서 떨리는 그들의 살갗에 바닷물처럼 짭짤한 작은 땀방울이 송골송골 맺혔다. 에텔은 얼굴을 젖혀 하늘을 향한 채 두 눈을 감았고, 로랑은 눈을 커다랗게 뜨고 약간 인상을 쓴 채 등과 팔의 근육을 팽팽하게 긴장시켜 자신의 몸을 받치고 반半 아치형 자세를 취했다. 그들은 심장이 단속적으로 두근거리는 소리를, 폐가 헐떡거리는 소리를 들었다. 에텔이 먼저, 그리고 이어서 로랑이 오르가슴에 도달했다. 로랑은 이내 에텔의 몸에서 내려와, 뜨거운 별 모양이 천천히 번져가는 자신의 수영복 위에 손을 올려놓은 채 그녀 옆에 누웠다.

로랑은 말없이 숨을 가다듬었다. 그는 곧 사과할 게 분명했다, 언제나처럼 서툴게, 부끄러워하다시피 하면서. 하지만 에텔은 그럴 틈을 주지 않았다. 몸을 굴려 로랑의 몸 위로 올라가 자신의 온 무게로 그를 짓눌렀다. 그녀의 이 사이에서 모래가 서걱거렸고, 얼굴은 검은 해초더미 같은 머리칼에 완전히 가려져 있었다. 그녀는 그의 입을 다물게 하기 위해 키스했다. 아무 말도 할 필요가 없었다, 그 어떤 말도, 단 한마디도 발음할 필요가 없었다. 무엇보다 사랑해라든가 그 비슷한 말은 절대로 안 됐다.

저녁이면 그들은 빨갛게 익은 얼굴에 머리는 헝클어진 채, 모래 오솔길을 따라 자전거를 타고 거센 바람에 맞서 있는 힘을 다해 페달을 밟아 리우 하숙집으로 돌아왔다. 그들은 서둘러 저녁을 먹었다. 식탁에 모인 사람들의 잡담에 귀 기울이지 않고, 항상 똑같은 관중 앞에서 거드름을 피워대는 알렉상드르의 목소리를 한 귀로 흘려보냈다. 오직 쥐스틴만이 곁눈질로, 약간은 슬픈 눈빛으로 오래도록 그들을 바라보았다. 그 시선은 그녀가 두 사람의 관계를 이미 알고 있다고 말하고 있었다. 그리고 그들은 잠자리에 들었다. 각자 자신의 좁은 침대에서 새 시트를 덮고, 등과 다리에 달라붙은 뜨거운 모래 알갱이들, 그들의 배꼽 안에 단단하게 엉겨붙은 작은 모래 덩어리는 그대로 내버려둔 채.

로랑은 영국으로 떠났다. 파리 북역의 플랫폼에서, 그는 군모를 말아 견장 사이에 끼워넣고 더위 때문에 군복 상의 깃은 살짝 벌려놓은 모습으로 작은 여행가방을 들고 서 있었다. 햇빛과 바다에 탄 피부는 여전히 짙은 금빛이었다. 에텔은 그 젊은이의 가슴에 뺨을 갖다 댔다. 그러나 플랫폼의 시끄러운 소음 때문에 그의 가슴이 뛰는 소리를 들을 수가 없었다.

이제 곧 현실에 뛰어들어야 했다. 모든 것이 갑자기 빠른 속도로 진행되는 것 같았다. 마치 크랭크 핸들을 맹렬히 돌린 영화처럼 드문드문 건너뛰는 장면들, 우스꽝스럽고 단속적인 움직임들, 달리고, 눈알을 굴리고, 얼굴을 찌푸리는 사람들. 브르타뉴에서 돌아오자 경매가 시작되었다. 거실은 마치 장례식을 치른 후처럼 보였다. 한데 모아놓은 가구들, 물건들을 덮어놓은 방수포, 경매 참석자들이 피아노에 조예가 깊기라도 하다는 듯 건반을 두드려볼 수 있도록 뚜껑을 열어놓은 에라르 피아노. 갑자기 화가 치밀어오른 에텔은 등을 꼿꼿이 펴고 피아노 의자에 앉아 숨을 깊이 들이마셨다. 처음에는 다소 뻣뻣하게 연주를 시작했지만, 이윽고 몸속으로 서서히 밀려들어오는 열기가 느껴졌다. 그녀는 쇼팽의 〈야상곡〉을 연주했다. 미끄러지는 듯한 선율이 열린 발코니 창을 통해 흘러나가, 가을 날씨에 벌써 누르스름하게 바랜 정원을 가득 채웠다. 에텔은 생전처음 피아노를 연주하는 기분이었다. 그런 강렬한 힘을 느껴보기는 처음이었다. 바람에 밤나무 잎사귀들이 어지러이 나부꼈고, 떨어지는 잎새들은 〈야상곡〉의 악절들과 뒤섞였다. 음 하나가 연주될 때마다 잎사귀가 한 장 한 장 떨어졌고…… 그것은 음악, 젊음, 사랑에 보내는 작별인사, 로랑, 제니아, 솔리망 씨, 연보라색 집, 그녀가 알고 있던 그 모든 것에 보내는 작별인사였다. 이제 곧 아무것도 남지 않을 것이다. 연주를 다 마치고 에텔은 마치 보석상자를 닫듯 피아노 뚜껑을 탕 소리 나게 닫았고, 그 순간 낡은 피아노는 모든 현을 동시에 떨면서 장중하면서도 혼란스러운, 오묘한 소리를 냈다. 신음, 아니 그보다는 고통스러운 냉소 같아, 에텔은 생각했다. 쥐스틴은 울어서 붉게 충혈된 눈으로 딸 옆에 서 있었다. 그래, 분명 울어야 할 순간이긴 하지, 에텔은 중얼거렸다. 하지만 그 말들이 실제로 그녀의 입 밖으로 나오지는 않았다. 그래, 울어야 할 순간이야, 하지만 울더라도 오늘이 아니라 어제 울었어야지, 어제라면 아직 손을 써볼 수도 있었을 테니까.

음악의 순간이 지나고, 관례에 따라 거래가 다시 시작되었다. 고물장수, 골동품상, 운송업자, 넝마주이, 모두 모여 있었다. 고모들도 작은 생쥐들처럼 슬그머니 몰려와 기웃거리며 이것저것 만지작거렸다. 중국 화병 한 쌍, 바카라 크리스털 과일 접시, 동인도회사에서 수입한 당초무늬 접시, 추가 달린 작은 괘종시계, 솔리망 씨의 책상 위에 놓여 있던 청동 그레이하운드 문진. 쥐스틴과 알렉상드르는 넋이 나가 사람들이 무슨 물건들을 어떻게 나누어갖든 내버려두었다. "좋은 시절을 추억하기 위한 기념품이잖니", 고모들은 그렇게 변명했다. 에텔은 곱지 않은 시선으로 그들을 지켜보았다. 하기야 그 집달리 나리, 재산목록을 작성하기 위해 법원에서 파견한 집달관도 짐짓 상냥한 목소리로 "걱정

마세요, 아가씨. 무조건 아가씨에게 유리하도록 목록을 작성해 드릴 테니까"라면서 빨간 찻숟가락 세트를 눈썹 하나 까딱 않고 주머니에 넣지 않았던가.

쥐스틴이 빼앗기지 않으려 발버둥쳤던 물건은 오직 하나, 이폴리트 플랑드랭의 작품으로 추정되는 몹시 흉측하고 커다란 그림 〈형제들에 의해 팔려간 요셉〉뿐이었다. 외할머니에게서 선물받은 그림이었고, 그래서 재산목록에서 제외된 물건이었다. 그걸 떼어내려는 순간 쥐스틴이 그 앞에 팔짱을 끼고 사뭇 결연한 눈으로 버티고 있어서, 운송업체 직원들은 감히 다가갈 수가 없었다. 그 그림은 팔리지 않고 남은 물건들, 아무도 거들떠보지 않는 잡동사니 더미에 합쳐져 복도에 처박혔다. 하지만 당시 그 누구도, 특히나 쥐스틴은 짐작조차 못 했을 터였다. 그 물건들을 실은 화물차량이 교량을 지나던 중 수세에 몰려 급강하한 독일군 폭격기의 공격을 받고 교량과 함께 폭파되리라고는. 그래서 요셉이 약탈당하고 도둑맞고 영원히 사라지게 되리라고는! 요셉이 형제들에 의해 팔려갔듯, 그 그림도 폭탄 세례에 배가 갈라진 차량을 서둘러 약탈한 용감한 사람들에 의해 어디론가 팔려갔다.

III

침묵

Ritournelle de la faim

6월, 파리의 공기중에 떠도는 침묵. 흥분의 도가니가 끓어오른 후 무성하게 떠도는 소문들, 그리고 그 도시에 마구잡이로 떨어진 폭탄들, 뒤이어 울려퍼지는 공습 사이렌, 가족들이 숨어 있는 지하실에 들끓는 소란, 코크스탄으로 숯검댕이가 되어 지상으로 귀환한 아이들, 지하철 통로 속의 질주—특히 입을 통해 나오는 소리, 그 구구한 해설이며 시시껄렁한 잡담, 예측, 메르 엘 케비르 사태* 당시 이른바 외무부 장관이라는 보두앵이 "영국은 우리와 영국을 이어주던 마지막 끈을 잘라버렸다"라고 부

* 1940년 프랑스 해군의 전력이 독일에 넘어가는 것을 막기 위해 처칠이 알제리의 메르 엘 케비르에 정박하고 있던 프랑스 대서양함대를 공격하고 영국 영토에 주둔하고 있던 프랑스 함대에 대해 무장해제를 단행한 사건.

르짖은 후 언론에서 이러쿵저러쿵 떠들어대는 이야기들. 그리고 오리올, 망델, 달라디에, 장 제와 함께 펠부아쟁에 투옥되어 있는 포마레와 블룸에 관한 대화들.* 르메르시에 장군 부인은 〈그랭구아르〉 지를 인용해 논평했다. "한심하기 짝이 없는 내각이라니까요!"

파리에 떠도는 침묵, 그리고 방치된 정원에 폭포수처럼 내리는 감미롭고 부드러운 비. 6월 12일부터 알렉상드르는 한마디도 하지 않았다. 이제는 라디오조차 듣지 않았다. 쉿쉿거리는 목소리로 떠들어대는 그 거짓말들. 우리 프랑스군은 뫼즈 전선에서 적군의 공격을 거침없이 격퇴하고 있습니다, 우리 프랑스군은 절대 마른 강을 넘겨주지 않을 것입니다. 하지만 그렇게 떠들고 있는 바로 그 순간 이미 독일군은 파리 전방에서 야영을 하고 있었고, 그들의 장갑차와 전차들이 파리 시내의 차도들과 몽파르나스, 생제르맹, 샹젤리제 대로를 뒤흔들며 누비고 있었다!

집 안은 마치 폭풍이 휩쓸고 지나간 지대 같았다. 벽에는 액자가 걸려 있던 자국들, 바닥에는 피아노와 속옷 장과 신新고딕 양식의 서랍장과 알렉상드르의 책상 등이 놓여 있던 흔적들. 여기

* 독일 점령기에 레지스탕스 활동을 하거나 좌파 정치활동을 한 학자와 정치가들.

저기 굴러다니는 종이 두루마리들과 전선 묶음, 가져가겠다는 사람이 없어 남은 채색유리 세공 샹들리에, 옷가지와 신발, 식기, 주방용품 등과 함께 뽀얀 먼지를 뒤집어쓴 종이상자들이 뒹굴고 있었다. 사람들은 무엇을 기다리는지도 모른 채 기다렸다. 아마도 정상적인 생활로 돌아갈 날을 기다리는 것이리라. 위기는 지나갔고, 그후로 아무 일도 일어나지 않고 있으니까. 그것은 진짜 전쟁도 아니었다. 모든 것이 시작하기도 전에 끝나버렸으니까. 불확실하고 어수선한 뉴스들, 퓌러의 목소리, 텅 빈 벽들 사이에서 쩌렁쩌렁 울리면서 증폭되는 그 목소리, 여름 하늘에서 노호하는 듯한 폭풍우 같은 그 목소리.

이제 일요일 점심 모임은 열리지 않았다. 자주 드나들던 사람들도 특별한 이유 없이 차례차례 살롱에서 모습을 감췄다. 어쩌다 찾아온 사람들은 도대체 어디에 앉아야 할지 몰라 난감해했다. 남아 있는 의자라고는 쥐스틴의 움푹 꺼진 커다란 안락의자 하나뿐이었다. 너무 오래돼 색이 바래고 이음새들이 헐거워져 접착제로 붙이고 철사로 동여매놓은, 고물장수조차 원하지 않았던 의자였다.

마지막까지 찾아온 사람들 가운데 클로디우스 탈롱이 있었다. 그의 옷깃에는 삼색 법랑을 입히고 크롬 도금을 한 L.V.F.* 금속 배지가 보란 듯이 꽂혀 있었다. 그는 거드름을 피우며 말했다. L. V. F.는 유대인들의 극장 출입을 금해야 한다고 주장하고 있었다! 탈롱은 의용대장 카자비앙카의 선언문을 엄숙하게 낭독했다. "독일 국민은 과거 적이었던 프랑스가 오늘날 동지가 될 수 있으리라는 생각에 열광하고 있다." 에텔은 욕지기가 치밀었다. 한적한 거리들을 아무리 걸어보아도 탈롱의 그 빈정거리는 코맹맹이 소리가 머릿속에 끊임없이 울려퍼졌다. "골덴베르크, 바이스코프, 레비, 코트, 타부이(여성), 제로, 〈여기는 런던! 프랑스인들이 프랑스인들에게 말하노라〉**!" 그리고 15구 구청 벽에는 프랑스공화국 관보에 실린 '법령'이 게시되어 있었다.

제1항 : 양친이 유대인인 자, 네 조부모 중 세 명이 유대인인 자, 조부모 중 둘 또는 양친 중 하나가 유대인인 자가 유대인과 결혼한 경우 유대인으로 간주한다. 제2항 : 유대인은 다음과 같은 공직에 종사하거나 권한을 가질 수 없다: 1) 국가원수, 정부 각료, 국가자문위원회

---

* 프랑스 자유의용군단(Légion des Volontaires Français)의 약자. 비시정부가 대독 협력정책의 일환으로 1942년 7월에 창설한 프랑스 의용대.

** 1940년 런던으로 망명한 드골 장군의 주도로 성립된 망명정부 '자유프랑스'가 송출한 라디오 방송. 비시 프랑스를 독일의 괴뢰정권으로 규정한 '자유프랑스'는 런던으로 망명한 드골이 BBC의 프랑스어 방송에서 프랑스인들에게 대독 항전을 호소하는 라디오 연설에서 한 데서 시작되었다. 1944년 연합군의 승리와 함께 종방했다.

위원, 레지옹도뇌르 위원회 위원, 프랑스 대법원의 구성원, 프랑스 광업 및 교량, 도로 건설사업단 위원, 지방법원의 구성원, 치안판사 2) 외교관, 도지사, 군수, 내무부 소속 경찰공무원 3) 보호령에 파견되는 고관, 식민지 총독과 행정관 4) 교육계 5) 육해공군 장교 6) 행정 관리직 공무원과 공기업 직원. 유대인들은 특히 다음과 같은 직종에 종사할 수 없다: 신문, 잡지(단, 과학잡지는 제외)의 주필 또는 경영자, 영화제작자, 연출가, 시나리오 작가. 영화관이나 극장 대표. 본 법령은 프랑스 본토뿐 아니라 알제리를 비롯한 식민지들에도 적용된다.

서명 : 페탱, 라발, 알리베르, 다를랑, 됭치제르, 블랭.

그후 어느 날 또다른 법령이 게시되었다.

유대인 인구조사에 관한 6월 2일자 법령.

유대인으로 규정된 모든 사람은 한 달 이내로 도청에 출두하여 직업 및 호적을 서면 진술하고 개인의 모든 재산목록을 작성한다. 상기 사항을 위반할 경우 모조건 금고형에 처한다. 이 법령은 프랑스 본토뿐 아니라 알제리, 시리아, 레바논 같은 식민지들에도 동일하게 적용된다.

다음과 같은 법령도 발표됐다.

6월 17일자 법령 :

유대인 인종에 속하는 모든 사람에게 다음과 같은 직업에 종사하는 것을 금한다: 은행가, 보험업무 대행인, 광고, 금융, 증권거래소 중개인, 곡물상, 화상畵商, 골동품상, 삼림개발업자, 도박장 운영자, 신문 또는 라디오 뉴스 기자, 출판 관계 직종.

서명: 페탱, 다를랑, 바텔레미(법무부 장관), 르이되(산업부 서기관), 제롬 카르코피노(교육부 서기관).

〈그랭구아르〉 지에 다음과 같은 이름들이 실렸다.

폰 라트의 암살자 헤르셸 그린슈판*. 안슐루스**를 야기하고 에스파냐 피난민들에게 국경을 열어주었을 뿐 아니라 에스파냐 빨갱이들에게 비행기를 제공한 범죄를 저지른 죄인들인 로에브와 블룸.

---

* 파리 주재 독일대사관 공사로 부임한 에른스트 폰 라트를 살해한 독일계 유대인 청년. 당시 그린슈판은 17세였다.

** 1938년 나치 독일에 의해 이루어진 독일-오스트리아의 합병.

앙리 베로*가 언급한 이름들은 다음과 같았다. 장 제, 일명 이사야 에제키엘, 레옹 블룸, 일명 카르푼켈슈타인. 〈프랑스 관보〉에 알파벳순으로 게재된 유대인 기업 사장들의 이름, 그것은 끝없이 이어지는 치욕스러운 명단이었다.

악세브라드

아슈텐키엠

아브라몹스키

아스트로비츠

베르제 지델

블룸킨트

브라운

카헨

샤포슈니크

코른

다비드

페인

* 1922년 공쿠르 상을 수상한 프랑스의 소설가이자 저널리스트. 극단적으로 영국을 싫어했고 반유대주의 성향도 있었다. 대독 협력죄로 1944년 사형선고를 받았지만 드골이 금고형으로 낮췄고, 1950년에 건강상의 이유로 석방되었다.

파테르만

핀키엘슈타인

폰크스

프리드만

갈라즈카

에텔은 바람을 맞으며 명단을 읽어내려가면서 본능적으로 로랑 펠드라는 이름을 찾았다. 그 비열한 명단에 그의 이름이 올라가 있을지도 모른다는 듯이, 그들이 그를 찾아내 그가 있는 곳, 영불해협 너머에 있는 그의 은신처가 발각되었을지도 모른다는 듯이, 에텔의 가슴속에 숨겨둔 그의 비밀이 귀에 거슬리는 탈롱의 목소리에 의해 누설되었거나, 혀를 쯧쯧 차면서 고개를 젓는 르메르시에 장군 부인의 빈정거리는 태도에 의해 만천하에 폭로되었을 수도 있다는 듯이. 르메르시에 장군 부인은 벨디브에서 열린 L. V. F. 대집회에 참석한 후 흥분해서 돌아와 2만 파리 시민들과 함께 세계적 볼셰비즘에 맞선 대전투에서 독일군, 핀란드군, 루마니아군을 적극 지지한다고 선언하지 않았던가! 알렉상드르는 고개를 떨궜지만 쥐스틴은 분개했고, 그 여자를 다 망가져 흉측해진 살롱 문까지 몰고 가 쫓아냈다. 아직도 뭔가 구해낼 게 있다는 듯이, 명예든 기억이든, 뭐든 간에!

모든 것은 비장했고, 약간은 우스꽝스러웠고, 명백히 악의에 차 있었다. 에텔은 이제 너무 늦었다고, 가족을 떠나기는 틀렸다고 생각했다. 세상 반대편 끝을 향해, 캐나다를 향해 떠나고 싶었는데. 마리아 샵들렌*의 꿈을 향해, 춥고 순수한 나라, 하늘 아래 흰 눈이 반짝이고 숲이 끝없이 펼쳐진, 로랑과 다시 만나 새로운 인생을 시작할 그곳을 향해. 에텔과 로랑은 해변에서 그 꿈에 대해 이야기했다. 전쟁이 끝나면 꼭 그렇게 하자고 약속했다. 이미 구체적인 계획까지 세워놓았다. 거기에서 그는 국제변호사 사무실에서 일하고, 그녀는 사립 고등학교에서 시를 가르치기로.

하지만 이제 너무 늦었다. 현실의 거센 바람이 곧 휩쓸어가버릴 이 조난 뗏목의 가장자리에서. 이미 떠날 채비를 마치고 꾸려놓은 트렁크들, 끈으로 묶은 종이상자들, 일관성 없는 상황의 흐름에 따라 해빙처럼 떠다니는 물건들, 이 잔해들의 한가운데서. 허위 보도, 기만적인 공식성명, 프로파간다로 가득한 기사들, 이방인들에 대한 증오와 스파이들에 대한 경계심, 편협한 험담, 허

* 1914년 프랑스어 일간지 〈르 탕〉에 연재되어 선풍적인 인기를 끈 캐나다 작가 루이 에몽의 소설 제목이자 주인공의 이름. 프랑스 출신의 캐나다 이민자 집안의 처녀 마리아 샵들렌이 어머니와 사랑하는 이를 잃고 미국에서 온 부자 청년과 순박한 프랑스계 캐나다 청년 사이에서 갈등하다 마침내 프랑스계 캐나다인과 결혼함으로써 자신의 정체성을 지킨다는 내용이다.

기와 공허, 부재한 사랑과 자존심의 혼돈 속에서.

1942년

추위가 가시지 않은 3월, 그들은 공습에 대비해 위장망과 철조망, 모래주머니 바리케이드를 친 오스테를리츠 역에서 이삿짐을 실었다. 알렉상드르는 오지 않았다. 그는 괴로움에 짓눌린 듯, 하나밖에 남지 않은 안락의자에 말없이 앉아 있었다. 파산 후 그는 오래전부터 삶에 의미를 부여해주던 사소한 모든 것들을 포기했다. 몽파르나스의 별 볼일 없는 떠돌이 화가들이 즐겨 찾는 비스트로에서 혼자 먹는 점심식사, 보지라르 가에서 모리셔스 사람들과 함께 마시는 커피, 샹젤리제에서의 산책("거기서 어슬렁거리는 온갖 비열한 작자들과 함께 독일 놈들의 근무교대식을 구경하시려고, 대단도 하셔라." 쥐스틴은 그렇게 논평했다). 〈그랭구아르〉 지 정기구독도 취소했다. 구독할 돈도 없었지만, 『학살당해 마땅한 것들』에 관해 막상스가 쓴 기사 때문이기도 했다.* 마르셀 주앙도가 르네 슈보브에 관해 쓴 독설, 그 짤막한 문장 때문에 〈주 시 파르투〉의 정기구독도 취소했다.** "나는 성모마리아가 로지에 가***의 유대 계집이라는 주장을 받아들일 수 없다." 그는 이제 라디오 뉴스도 듣지 않았다. 그저 쥐스틴이 배급표로 타오는 담배를 피우면서 시간을 보낼 뿐이었다. 그리고 습관처럼 기침을 했다. 어쩌면 아무 생각도 하지 않는 것도 같았다.

에텔은 아버지의 옆모습을 바라보았다. 매부리코, 넓은 이마, 정성 들여 다듬은 콧수염, 그 나이 남자 치고는 비정상적이리만치 숱 많은 검은 머리를 뒤로 넘긴 모습. 그녀는 스물다섯 살의 아버지를, 빈털터리지만 패기 넘치고 매력적이었던, 프랑스에서

---

* 『밤의 끝으로의 여행』으로 유명한 루이 페르디낭 셀린은 반유대 작가로도 유명했다. 셀린은 『학살당해 마땅한 것들』(1937), 『시체파』(1938), 『진퇴양난』(1941) 같은 악명 높은 작품들을 통해 반유대 감정을 표현했는데, 그의 표적에는 유대인뿐 아니라 프랑스인도 포함됐다. 막상스는 비시 정부에 우호적인 작가이자 저널리스트이다.

** 마르셀 주앙도는 프랑스의 소설가로 열렬한 가톨릭주의자이자 동성애자라는 아이러니한 성향을 지녔으며 반유대주의자이기도 했다. 주앙도는 유대계이지만 가톨릭으로 개종하고 반유대 성향의 작품을 쓴 르네 슈보브에게 개종해도 유대인은 유대인일 뿐이라고 일갈했다. 〈주 시 파르투〉는 친나치 성향의 잡지다.

*** 파리의 유대인 거주지.

새 삶을 시작하기 위해 난생처음으로 모리셔스 섬을 떠난 아버지를 상상했다. 그 영광, 그 젊음에서 그를 갈라놓은 모든 것들, 이제 곧 텅 빈 이 방에서 쫓겨날 신세가 되기까지 한 해 한 해 그에게서 빠져 달아나 사라져버린 그 모든 것들.

나서서 모든 것을 진두지휘한 사람은 쥐스틴이었다. 그녀는 기차역 안을 이리저리 뛰어다니며 짐꾼들에게 끊임없이 지시를 내리고 팁을 줬다. 이쪽으로, 유리는 저 안쪽 두 서랍장 사이에요. 그리고 그릇을 넣은 상자들, 분해한 장롱, 궤짝들, 세월에 누렇게 바랜 아마포 시트 더미, 옷가지들, 그리고 에텔이 어릴 적에 갖고 놀던 장난감들을 넣어둔 커다란 궤짝이 남았다. 그 안에는 얼굴 부분이 도자기로 된 인형들, 소꿉장난, 노란 난쟁이 카드게임, 빙고게임, 도미노게임, 디아볼로게임, 요요, 귀여운 소리를 내며 튀어오르는 벼룩, 만화경, 루도게임, 개구리낚시게임, 미니 크로케게임, 그리고 에텔이 어렸을 때 무척이나 무서워하던 파스불게임이 들어 있었다. 어린 에텔이 낡은 헝겊 오자미를 삼키려고 커다랗게 입을 벌린 마분지 식인귀를 너무 무서워하는 바람에 지하실에 꽁꽁 숨겨두어야 했던 게임이었다. "그런 것들을 니스까지 가져가서 뭐하려고?" 그 잡동사니들을 싣는 동안 에텔이 형식적으로 물었다. "그럼 내 손자들은 뭘 가지고 노니?" 쥐스틴의 대답에 에텔은 짜증이 치밀었다. "손자들? 내 자식들을 말하는 거야?"

어떻게 이런 상황에서 그런 말이 나온단 말인가? 온 세상 사람들이 자신들의 가구와 헌옷가지에 눈독을 들이고 있다는 듯 겁에 질려 그것들을 지키는 데 정신없이 혈안이 된 사람들로 북적대는 이 플랫폼에서, 정신이 좀 오락가락하는 르메르시에 장군 부인이 아직 코탕탱 가를 방문하던 시절에 말하던 대로 피에 굶주린 러시아 군대가 곧 둑을 무너뜨리고 유럽으로 쳐들어올지도 모르는 이 판국에.

요 몇 년 동안 휘발유 살 돈이 없어 차고에 처박혀 있던 드디옹 부통이 밖으로 나왔을 때, 그 몰골은 마치 노아의 홍수 이전에 존재했던 동물 같았다. 비쩍 마른 기다란 다리 위에 얹힌, 얼룩덜룩 녹이 슨 노랗고 검은 몸체. 이번 대장정을 위해 쥐스틴은 방수처리된 천에 벨벳으로 안을 대어 커다란 덮개를 만들었다(현관의 붉은 벨벳 커튼에서 나온 직물과 납 덕분이었다). 비바람으로부터 차축을 보호하기 위해서였다. 철물점 주인이 자동차 지붕에 구멍을 뚫고 쇠파이프를 용접해 프레임을 세우고, 그 위에 판판한 나무판자를 얹어 이동식 좌판 지붕처럼 만들어주었다. 기차 화물차량에 싣지 못한 것들을 전부 거기 실을 작정이었다. 매트리스, 둘둘 만 카펫, 벽걸이 천들, 그리고 저 뒤쪽에 포개어 쌓아놓은 낡은 정원용 등나무 소파들. 쥐스틴은 물품 입시

세*를 내던 시절처럼 그 소파들 사이사이에 타월이니 수건이니 식탁보 같은 리넨 제품들과 시트, 냅킨, 비누, 그리고 헝겊 속에 숨긴 감자 자루들까지 모조리 쑤셔넣을 방법을 찾아냈다. 처량해, 우스꽝스러우면서도 좀 창피해, 에텔은 생각했다. 얼마 전에 운전면허를 딴 에텔이 자연스럽게 그 무개마차의 마차꾼이 되었다(알렉상드르는 자동차가 처음 등장했을 때부터 운전을 했는데도 면허시험을 칠 때마다 떨어졌다).

에텔은 가족을 파리의 함정들에서 탈출시켜줄 참깨**를 찾아 쥐스틴과 함께 파리 15구청으로 갔다. 우아하고 깔끔하고 정중한 독일 장교와 검은 가죽재킷을 입은 그의 통역관. 교활하게 생긴데다 약간 불량스러워 보이는 그 젊은 남자는 에텔의 몸매와 밤색 외투 아래로 드러난 다리를 훔쳐보는 듯 면담 내내 그녀를 흘끔거렸다.

도로를 이용한 여행허가서:

하임샤풍스 베슈테티궁

---

* 지방자치정부나 시 당국 등 지방행정 단위에서 그 지역으로 반입되는 특정한 재화에 부과하는 세금.

** 『아라비안나이트』의 '열려라 참깨'에서 나온 표현.

데어 플뢰흐팅 두르히 슈트라센페어케어*

뤼사크 레 샤토** 시청에서 직인을 받을 것.

봉하지 않은 봉투 속에는 먼저 뤼사크 시청에서, 그리고 나흘 후에는 카스텔노 르 레 시청에서 확인 도장을 받아야 하는 50리터짜리 휘발유 전표들이 들어 있었다.

물론 거짓말을 해야 했다. 그 젊은이가 알렉상드르의 신분증을 이제 겨우 글을 익힌 아이처럼 유심히 살펴보고는 '모리셔스 섬 모카 시 출생'이라는 문장을 한자 한자 더듬더듬 읽더니, 이런 이방인들 때문에 도로가 혼잡해졌다고 마음 상하는 비난을 퍼부어댔을 때…… 에텔은 그의 말을 잘랐다. "병석에 누워 계신 노인 때문에 그래요. 그분 때문에 기후가 따뜻한 남쪽으로 꼭 가야 해요. 그러지 않으면 돌아가실 거예요." 쥐스틴은 고개조차 돌리지 않았다. '병석에 누워 계신 노인', 바로 그녀의 남편이었다.

남쪽으로 내려가는 것, 그건 휴가 여행일 수도 있었으리라. 지

* 도로교통량을 통한 난민 거주지 조성 실태 확인.

** 프랑스 남부 푸아투 샤랑트 지방에 위치한 도시.

중해 연안에서, 미모사나무와 레몬나무들에 둘러싸여서, 툴롱 연안의 움푹한 바위 만에서, 알롱 만 혹은 이예르 해변에서, 라 방두에서 보내는 부활절 주간. 로랑과 그녀는 자주 그 이야길 했었다. 향기로운 사랑 여행에 대해, 그러니까 지극히 달콤한 밀월여행에 비할 만한 것은 없다고.

이제 쭉 뻗은 도로들은 텅 비어 있었다. 길들은 푸르른 밀밭, 목장, 고사리가 자라나는 비탈길 같은 근사한 고장들을 가로질렀다. 부드럽고 작은 구름들이 드문드문 떠 있는 가벼운 하늘, 지평선을 향해 갈수록 희뿌애지는 푸른색. 에텔은 운전을 하면서 노래를 불렀다. 아무 노래나 생각나는 대로. 〈라 트라비아타〉 〈람메르무어의 루치아〉 〈황제 티투스의 자비〉.* "수염 왕이 나가신다, 취한 왕이 나가신다." 그러고 나서 레퍼토리가 바닥나면 〈고요한 밤 거룩한 밤〉 〈징글벨〉, 그리고 심지어 〈오 타넨바움〉까지. 이제부터 독일인으로 살 것인데 그러려면 그 언어로 말하는 연습을 해야 하니까! 매순간 그녀를 질식시킬 듯 위협해대는 자동차 엔진의 요란한 소음이나, 뒷좌석의 짐 보따리들 위에 쓰러져 혼수상태에 빠진 알렉상드르의 코고는 소리를 잊기 위한 그녀만의 요령이었다. 쥐스틴은 자신감을 되찾았다. 그녀는 에

* 〈람메르무어의 루치아〉는 도니제티가 작곡한 서정비극 오페라이고, 〈황제 티투스의 자비〉는 2막으로 구성된 모차르트의 오페라세리아이다.

텔에게 합류해 함께 노래를 불렀다. 어쩌면 이제는 유명해진, 알렉상드르가 입에 달고 살던 그 말이 마음속에 자리 잡은 건지도 몰랐다. 새로운 삶이 시작된다!

도로를 따라 달리는 동안 그녀는 전쟁의 잔해들을 보았을까? 이름이나 어떤 슬로건 따위가 씌어 있는 반쯤 허물어진 벽들, 들판에 움푹 팬 시커먼 구덩이들, 까맣게 탄 자동차의 잔해, 바퀴가 빠져 달아난 짐수레, 벌겋게 그을린 담벼락에 가까스로 버티고 서 있는 말의 뼈대와 훤히 이빨을 드러낸 채 참새와 갈까마귀들을 향해 냉소 짓는 말의 두개골, 그녀는 그런 것들을 보았을까? 됭케르크와 베르됭과 샬롱의 폐허들, 오를레앙과 푸아티에의 무너져내린 다리들에 비하면 사실 대수롭지 않은 것들이었다. 하지만 여기 끝없이 이어지는 도로를 따라 펼쳐진 그 잔해들은 사진이 아니었다. 〈파테 주르날〉*에 나오는 지글거리는 영상이 아니었다. 거짓말을 하고 진실에 생채기를 내는 목소리는 없었다. 기이하고 불안하기까지 한 것은 오히려 그 지나친 정적, 더없이 아름다운 들판, 새파란 하늘, 창백한 평화, 아니, 좀더 사실적으로 표현하자면 아찔한 현기증을 불러일으키는 패전의 공허함이었다.

---

* 프랑스의 유명한 뉴스영화 시리즈 가운데 하나. 1908년 프랑스와 영국에서 처음 상영되었다.

뤼사크 레 샤토에서 별안간 맞닥뜨린 현실. 철조망을 친 좁은 통로를 지나가려고 꼬리에 꼬리를 문 자동차, 트럭, 시외버스, 무개마차, 손수레들의 행렬. 하사관 한 명과 헌병 두 명이 내리는 지시들, 구경거리를 좋아하는 사람들, 비탄에 젖은 과부들, 감기에 걸린 아이들, 온종일 기다려서 1미터 1미터 앞으로 나아가고, 소중한 연료를 낭비하지 않기 위해 드디옹을 밀면서 보내는 하루. 마을 입구의 여관, 카페, 다른 곳과 다를 게 없는 광장, 사거리, 마치 브라질에 온 것 같은 착각을 불러일으키는 종탑이 있는 성당. 알렉상드르는 기운을 되찾았다. "누가 그랬는지 기억은 안 나는데, 아무튼 저건 메로빙거 왕조 여자들의 유골을 넣어둔 석관들이라지 아마. 그 여자들은 엄청나게 큰 거인들이었던 모양이야!" 에텔이 빈정댔다. "한번 가서 구경이나 해볼까요?" 정말이지 알렉상드르는 못 말릴 사람이었다. 시궁창에 빠져서도 차릴 예의는 다 차리고 재난을 당한 와중에도 재치 있는 말을 해야 직성이 풀리는 위인. 그녀는 모리셔스 섬의 그 굉장한 나리들, 우아하기 그지없고 기품 넘치고, 복종하지 않는 노예들은 지체 없이 오금을 자르게 하고 유색인 여자들의 뱃속에 자기

씨를 거리낌 없이 뿌려대던 저 옛날의 식민 지주들을 떠올렸다.

하지만 오늘날 그런 건 중요하지 않았다. 지금 그들은 남쪽으로 가는 중이었고, 어쩌면 다시는 돌아오지 않을지도 몰랐다. 에텔은 씁쓸함을 느꼈다. 들판 한가운데로 곧게 뻗은 텅 빈 도로를 따라가는 동안 보이는 모든 것들은 뿌리뽑혀 있거나 파헤쳐져 있었고, 무너지거나 뒤엎어지거나 돌처럼 굳어 있었다. 에텔은 자신이 지금 스무 살이고, 한 번도 젊었던 적이 없음을 깨달았다. 언젠가 제니아는 그렇게 말한 적이 있었다. "넌 언제까지고 노처녀일 것만 같은 분위기야!" 그러고는 늘 하듯이 단단한 두 주먹으로 에텔을 툭툭 쳤다. "그렇다고 울지는 말고! 이건 내가 주는 생일선물이야!"

도로를 따라 똑바로 나아간다, 유행이 지난 보석과 좀먹은 모피를 두른, 한때는 이름깨나 날렸던 고급 창녀처럼 지난날의 광휘를 과시하는 4인승 무개차 벨 에포크*를 타고. 독일 놈들보다 낫다는 걸 보여주기 위해 의연하게 자세를 똑바로 하고, 모자를 쓰고 장갑을 낀 채 앉아 있는 쥐스틴. 그리고 늙은 식민지 이주자처럼 얼굴은 거무죽죽하고, 더부룩한 검은 머리칼 때문에 어떻게 보면 인도인 같기도 한 알렉상드르. 드디옹 안에 모두 실릴

* 드디옹 부통이 벨 에포크, 즉 19세기 말에서 20세기 초 프랑스가 문화 예술 방면에서 번영을 누렸던 황금기에 등장한 모델이기 때문에 비유적으로 표현한 말.

수 있다는 게 믿기지 않는 기괴하고 거추장스러운 짐들. 그중에서도 특히 모리셔스에서 가져온, 속에 칼이 든 지팡이 수집품들. 알렉상드르가 그 지팡이들만은 절대로 처분하지 못하게 해서 지금 그것들은 고운 그물과 해양 매듭에 묶인 채 차 천장에 대롱대롱 매달려 있었다. 그는 '공기보다 가벼운 것'의 추진에 혁명을 일으킬 게 틀림없는, 어느 고급가구 장인이 그의 도면대로 제작해준 커다란 나무 프로펠러 모형을 아내 몰래 가져오는 데 성공했을까? 마지막 순간 쥐스탱이 헐값에 엔진을 처분하지 못했더라면 어떻게 되었을까("검문을 받다가 이게 발견되면 우린 분명 간첩으로 몰려 톡톡히 대가를 치르게 될 거야. 스파이 공포증이 이렇게 극심한데 조금이라도 의심받을 짓은 안 하는 게 좋아!")?

베지에*를 지난 후로는 계속 고장, 고장이었다. 휘발유에 이물질이 섞여 있었다. 에텔은 기화기를 열고 노즐 안에 입김을 불어넣은 후 크랭크암을 망가뜨리지 않도록 조심조심 크랭크핸들을 돌리거나, 썩은 물웅덩이 근처에 차를 세우고 헝겊으로 라디에이터 마개를 풀고는 그 무인도, 꽃이 만발한 사막, 시체들이 쌓여 있을 것만 같은 죽음의 들판, 도둑과 살인자들이 숨어 있는

* 프랑스 남서부 랑그도크 지방에 있는, 교통·상업의 중심지.

광야의 가장자리에 위치한 그 작은 소나무 숲속을 달리는 내내 실린더 헤드의 접합부에서 나던 삐걱삐걱 소리, 쉬쉬 소리, 휘파람 소리, 크랭크암의 망치질 소리, 드디옹을 향해, 그리고 분명히 그 차의 탑승자들을 향해 째깍거리는 죽음의 시계의 초침 소리에 신경을 곤두세우고 귀를 기울여야 했다.

여인숙들, 옛날 같았으면 쥐스틴이 비웃었을 떠돌이 장사꾼들, 외판원들이나 묵는 작은 호텔들—휴가중인 월급쟁이들을 위한 궁전들!—안에서는 매일 밤 똑같은 소문이 떠돌았다. "이쪽으로 가지 마세요, 저쪽으로는 가지 마세요, 비엔* 다리는 피하세요, 거기 폭약이 설치되어 있다나봐요, 도로에서 수녀들과 말을 섞지 마세요, 어떤 신부와 수녀가 체포되었는데 스파이들이었대요. 아가씨, 절대로 길을 물어보지 말아요, 그랬다간 길을 잘못 들 거예요. 그리고 아차! 하는 순간 운이 나쁘면 죽임을 당해 우물 속에 처박힐지도 몰라요. 독일놈들은 모로코인들이 독일에서 한 일에 대해 앙갚음하고 있는 거예요, 심지어 아이들이 있는 가족에게까지. 어쩌면 그건 함정일 수 있어요!"

---

* 론 강 좌안에 있는 작은 도시.

여행을 무사히 마칠 수 있도록 도와줄 필수품은 네 번 접은 한 장의 종이였는데, 거기에는 파란 글씨의 독일어로 다음과 같이 적혀 있었다.

증명서

프라우 에텔 마리 브룅
허가차량 번호: 145 DU 2
허용지역 : 파리에서 니스까지
인원 : 부인의 가족
주둔군 사령관
파리 12구, 1942년
서명: 중위 에른스트 브롤

그리고 날개를 펼친 채 고개를 왼쪽으로 돌리고 왕관과 철십자를 발톱으로 움켜쥔 독수리 관인官印이 찍혀 있었다.

검은 제복에 모자는 쓰지 않은, 우아하고 절도 있는 남자. 그녀는 남자가 마르그랭 가 여학교의 철학 선생을 닮았다고 생각했다. 살짝 김이 서린 안경 너머의 시선과 뺨에 보조개가 패는

엷은 미소까지. 남자는 '아우스바이스(증명서)'를 정성스레 작성했다. 그러고 나서 세상에서 가장 증오스러운 서명을 위협적으로 들이대는 그 잔혹한 맹금류와 하나의 축을 중심으로 낫을 모아놓은 것 같은 갈고리 십자가가 풍기는 위압감을 완화하려는 듯, 왼쪽으로 기울어진 예쁜 글씨로 종이 좌측 하단에 감탄부호가 달린 단어 하나를 덧붙였다.

플뤼흐틀링에!

그래서, 순진하게도 에텔은 그가 그녀 가족에게 행운을 빌어주는 거라고 생각했다. 오랜 시간이 흐른 후 독일어 사전을 찾으면서 그녀는 그 친절한 남자, 열성당원이 쓴 단어의 의미를 알게 될 것이다. 그것은 그녀 가족이 무엇인지를, 온갖 잡동사니를 가득 쑤셔넣은 고물 자동차 안 짐 사이에 끼어 있는 그 보헤미안 가족이 어떤 사람들인지 간단하게 한 단어로 요약한 것이었음을.

피난민!

허기,

낯설면서도 지속적이고 한결같고, 거의 친숙하기까지 한 어떤 감각. 결코 끝나지 않을 것 같았던 어느 해 겨울 같은.

잿빛, 음울함. 니스, 모리셔스 고모들이 한 말에 따르면 그곳은 열락의 장소였다. 새파란 바다, 종려나무, 태양, 석고 카니발*, 꽃과 레몬의 각축전**, 벨벳처럼 부드러운 하늘 아래 잔잔한 밤, 그리고 고모들이 주테 프롬나드***에서 바라보며 감탄하던, 조

* 중세부터 전해내려오는 니스의 전통축제. 매년 2월에 열리며 기마행진, 가장행렬, 꽃마차 경연대회 등이 펼쳐진다. 축제의 마지막에는 화형식이 거행되고 변장한 군중이 석고가루, 색종이 조각, 밀가루, 계란 등을 던지며 즐긴다.

** 니스 옆에 위치한 망통에서 매년 2월에 열리는 유명한 레몬 축제.

*** 1891년에 건축된 니스의 카지노. 원래 잔교만 있던 자리에 세워진 이 카지노 건물은 유명한 산책로 '프롬나드 데 장글레(영국인 산책로)' 옆에 있다.

명으로 환히 밝힌 그 곡선. 종종 폴린 고모가 "나의 다이아몬드 강"이라고 말하던 곳이었다.

목적지에 도착했을 때, 새로운 모험에 뛰어드는 듯 에텔의 가슴은 두근거렸다. 수평선은 북동풍에 깨끗이 씻겨 있었고, 높은 산꼭대기들은 흰 눈에 덮여 있었고, 하얀 자갈이 깔린 해변에서는 해수욕을 나온 여자들이 스웨덴 체조를 하고, 금빛으로 살을 태운 금발 아이들이 발가벗고 물놀이를 하고 있었다.

그리고 이탈리아 사람들이 있었다! 그들은 굉장히 젊었고, 사랑스러웠고, 닭털로 장식한 모자에 초록색 군복을 입었는데도 군인 같아 보이지 않았다. 그들은 한시도 여자들에게서 눈을 떼지 않았다! 그리고 프랑스어로 말할 때는 에르R를 굴려서 발음했고, 브라스밴드에서 음악을 연주하고 수채화를 그렸다!

에텔은 며칠 동안 라자레 구역의 작은 만에서 하루 종일 해바라기를 하며 보냈다. 어지럼증 때문에 햇빛을 쬐어주어야 했다. 그녀는 해파리들이 부유하는 차가운 바다 속에서 오래오래 헤엄친 다음 해변으로 올라와, 햇볕이 피부 위 소금기를 머금은 물방울들을 하나하나 말려줄 때까지 기다렸다. 인기척이 없는 곳이었다. 가끔 아이들을 데리고 가는 여자들이나 몇몇 노인들 외에는. 하루 종일 사람 모습은 거의 보이지 않았다. 수평선은 텅 비어 있었고 배 한 척, 새 한 마리 보이지 않았다.

한번은 덜컥 겁이 난 적도 있었다. 그녀를 향해 다가오면서 천천히 모습을 드러낸 오십대 남자. 그녀는 남자 쪽으로 눈길을 주지 않고 즉시 몸을 일으켜 자리를 떠났다. 또 한번은 바위 위로 올라가는데 젊은이 둘이 나타나더니 길을 막아섰다. 그녀는 바다로 뛰어들어 가능한 한 멀리 헤엄쳐간 다음, 양식장 옆의 방파제 위로 올라왔다. 나중에 옷가지와 소지품을 찾으러 아까 그 만으로 돌아가야 했다. 쥐스틴에게는 얘기하지 않았다. 자기 몸은 스스로 지켜야 한다고 생각해서였다. 전쟁중에 살아가는 그녀만의 방식이었다.

그녀의 살갗은 뜨겁게 달구어진 것처럼 갈색으로 그을렸고, 머리칼은 금빛으로 물들었다. 그녀는 손가락으로 허벅지를 쓸어내리며 매끈한 감촉을 느끼면서 또렷하고 작은, 쪼글쪼글한 줄무늬들을 손끝으로 따라가는 것을 좋아했다.

돈이 떨어져가고 있었다. 겨울이 시작되면서 쥐스틴은 집달관들의 탐욕스러운 눈길에서 가까스로 구해낸 물건들을 팔아서 모은 돈을 쓰기 시작했다. 난로에 넣을 코크스와 톱밥, 그리고 전기 공급이 중단될 때를 대비해 램프에 넣을 석유가 필요했다. 그들의 집은 이름 없는 낡은 건물 맨 꼭대기 층의 항구가 내려다보이는 곳으로, 전망만은 감탄할 만했지만 차가운 공기가 아연

지붕을 뚫고 들어오고, 지붕 경사면에 난 창문들로는 외풍이 들이쳤다. 임대료에 관한 지불유예령 때문에(어쨌든 지금은 전쟁 중이 아닌가?) 집주인들은 고장난 곳들을 수리해주지 않았고, 빗물은 부엌과 화장실 안으로 폭포가 되어 떨어졌다. 쥐스틴은 빗물받이 홈통이 있는 곳들에 길고 폭이 좁은 그릇들을 갖다놓았고, 발코니 난간에 걸어놓은 화분들에 샐러드용 채소와 당근 따위를 길러보겠다고 나섰다. 알렉상드르는 하루치씩 배급 받아 오는 담배에 햇볕에 말린 당근 잎을 섞어 피웠다. 그러면 버지니아 담배처럼 약간 달콤한 맛이 난다고 주장하면서.

차츰 일상적인 일들이 중요한 자리를 차지해갔다. 그것은 마치 동전 한 닢, 작은 핀, 담배꽁초 따위를 찾느라 땅에서 눈을 떼지 않고 다니는 것과도 같았다. 거리나 건물 안마당들에서는 곰팡내와 탄내가 났다. 에텔은 비축해두고 먹을 식료품과 야채, 약간의 땔감을 실은 자전거를 밀면서 가파른 언덕길을 되올라갔다. 담을 따라 걷는 그녀의 코에 지하실의 악취, 지하실 환기창들에서 풍겨나오는 퀴퀴한 냄새가 진동했다. 코탕탱 가에 살던 시절, 포도주 병을 가지러 가거나 등나무 바구니에 감자를 담아 오기 위해 하녀의 손을 꼭 붙잡고 지하실로 내려갈 때처럼 몸이 떨려왔다.

점점 더 멀리, 점점 더 일찍 나가야 했다. 시장에 나온 물건들은 하나같이 비쌌다. 사람들은 무엇이든 돈을 받고 팔았다. 에텔은 대개 무청, 호박잎, 양배추 겉잎 등을 샀다. 모리셔스 여자라는 것(적어도 혈통상으로는), '마르고즈'*(쓴맛이 나서 식용으로 부적합한)가 많이 나는 지역 출신이라는 것에는 한 가지 이점이 있었으니, 사프란과 카레 가루, 그리고 토끼 따위가 먹는 음식에 이미 길들여져 있다는 것이었다.

정오 무렵만 되어도 남은 게 별로 없었다. 텅 빈 좌판들 사이로 그림자 같은 노인들과 거지나 다름없는 가난한 여자들이 어슬렁거리면서 바닥에 떨어진 찌꺼기들을 막대기 끝으로 슬쩍 들어올려 자루 속에 재빨리 쑤셔넣었다. 상한 채소, 썩은 과일, 시퍼렇게 곰팡이가 슨 구근 채소, 부스러기, 껍질 따위들을. 부인용 숄이나 모포를 뒤집어쓰고 땅바닥에 고개를 처박다시피 몸을 굽힌 채 지독하리만치 침묵을 지키는 그들. 너무 길게 손톱이 자란 꾀죄죄한 손, 뾰족한 얼굴, 매부리코, 주걱턱…… 자전거 바퀴가 잔해들 사이로 나아갈 때면 크랭크 장치가 에텔의 장딴지를 때렸다. 녹슨 벨을 힘들여 울려댈 필요조차 없었다. 그녀가 지나가면 그림자들은 알아서 길을 비켜주었고, 멈춰서서는 고개를 돌린 채 곁눈질로 그녀를 훔쳐보았다. 그런데 그 그림자들 중

* 우리말로는 '여주'라고 부른다. 인도와 아프리카의 음식문화가 접목된 크레올 요리인 '마르고즈 프리카세'는 모리셔스 섬의 전통 음식이다.

하나, 거동이 불편하고 수척한 노파가 갑자기 고개를 들었다. 그 순간 에텔은 눈가를 시커멓게 칠한 모드의 눈과 붉은 볼연지를 바른 뺨을 본 것 같아 충격에 휩싸였다. 자전거를 밀면서 시장 출구 쪽으로 정신없이 달아나는 동안, 그녀의 가슴은 걷잡을 수 없이 두방망이질하고 있었다. 시장에서 빠져나온 그녀는 있는 힘을 다해 페달을 밟아 그 오래된 도시의 미로를 뚫고 달아났다. 노파의 얼굴, 매부리코, 숯처럼 시꺼멓게 둘레를 칠한 눈 속의 잿빛 홍채, 루주 자국이 번져 있는 주름진 입술, 그리고 무엇보다도 그 표정, 탐욕과 슬픔이 아로새겨져 있던 그 표정이 머릿속에서 떠나지 않았다. 동시에 그녀는 반쯤은 자신에게 확신을 불어넣기 위해 되뇌었다. 아냐, 그녀가 아니었어, 그 여자는 모드가 아니야, 그 여자는 배고픔 때문에 서서히 죽어가는 오갈 데 없는 노파일 뿐이야.

그녀는 쥐스틴에게 시장에서 모드를 만났다는 얘기를 하지 않았다. 가족의 적, 그 여자 때문에 일어난 분란, 알렉상드르가 파산하기 시작한 순간 그곳에 있었던 여자, 어떻게 그 여자가 목숨을 부지하기 위해 썩은 채소를 주워모으던 그 거지 여인이 될 수 있단 말인가?

에텔은 곰곰이 생각했다. 어찌 보면 당연한 일이었다. 모두가 지난날의 교만함으로 벌을 받는 듯 고통받고 버림받고 배신당했다. 변덕스러운 사람들, 그 '예술가들', 모리배, 협잡꾼, 사기꾼들. 그리고 스스로가 도덕적으로나 지적으로 우월하다고 오만한 주장을 펼쳤던 왕정주의자, 푸리에주의자*, 인종주의자, 절대주의자, 신비주의자, 강신술 신봉자, 스베덴보리주의자, 클로드 드 생 마르탱주의자, 마르티네스 드 파스쿠알리주의자,** 고비노주의자, 리바롤주의자, 모라스주의자,*** 카멜로 뒤 루아****, 모르

---

* 프랑스의 사회이론가 샤를 푸리에가 주장한 공상적 사회주의를 추종하는 사람들.

** 스베덴보리주의자는 스웨덴의 과학자이자 그리스도교 신비주의자인 스베덴보리의 사상을 추종하는 사람들. 클로드 드 생 마르탱주의자는 18세기를 지배한 합리주의 철학에 맞서서 조명주의(照明主義) 철학운동을 이끈 프랑스의 신비주의 철학자 생 마르탱을 추종하는 사람들. 마르티네스 드 파스쿠알리주의자는 스베덴보리와 같은 노선을 따르며 '엘레티 코헨회'를 창설한 신비주의 철학자 파스쿠알리를 추종하는 사람들.

*** 고비노주의자는 인종결정론에 대한 이론으로 후일 서유럽에서 인종주의 이론과 실천의 발전에 큰 영향을 미친 사회사상가 아르튀르 고비노를 추종하는 사람들. 리바롤주의자는 프랑스 혁명기에 왕정과 전통주의를 지지하는 저작물들을 발표한 풍자가이자 자칭 귀족인 리바롤을 추종하는 사람들. 모라스주의자는 군주정 독재를 이상으로 하는 국수주의, 반유대주의, 반민주주의를 주창하고 비시 정부에 협력한 샤를 모라스를 추종하는 사람들.

**** '왕의 신문팔이'라는 뜻으로, 샤를 모라스의 〈악시옹 프랑세즈〉 산하 청년 단체의 회원들.

드렐주의자*, 평화주의자, 뮌헨협정 지지자, 대독 협력 지지자, 영국 혐오자, 켈트 광, 과두정치주의자, 연정체제주의자, 무정부주의자, 제국주의자, 카굴라르**, 극우단체 동맹원들. 최근 몇 년간 그들은 최고 지위를 독차지했고, 연단에 올라 으스대며 반유대인, 반흑인, 반아랍인을 주제로 쉴 새 없이 연실을 해냈고, 허풍을 떨었고, 정의의 심판자라도 되는 양 허세를 부렸다. 알렉상드르 브룅처럼 특권을 잃을까 두려워 떠는 모든 사람들은 '바로 그날'을, 볼셰비키 혁명을, 무정부주의자들의 음모를 기다리고 있었다. 샤를 모라스의 석방을 환호하며 벨디브에 모였던 환영 인파들, 달라디에에 대항한 '동맹'을 격려하던 사람들, 라로크가 명확한 해명을 회피하자 분노의 표정을 지었던 사람들***, 공산주의자들의 말살을 촉구하는 교황 피우스 11세와 히틀러를 찬양했던 사람들. 응웬아이쿠옥(호치민)이 인도차이나의 자유

* 브르타뉴의 자치권을 주장한다는 표면적인 명분을 내세우면서 나치 독일에 협력한 작가 올리비에 모르드렐의 사상을 추종하는 사람들.

** '두건을 두른 사람'이라는 뜻으로, 반유대주의 단체.

*** 프랑스의 극우주의자 라로크가 창당한, 극우단체 '불십자가단'의 후신인 프랑스 사회당(현재 프랑스의 사회당과는 무관하다)은 점점 더 온건한 입장을 취하며 프랑스 국익에 촛점을 맞춰 큰 지지를 얻었다. 그러나 유대 기업으로부터 정치자금을 받았다는 의혹이 일었을 때 라로크는 명확한 해명을 하지 않아 분노를 샀다.

를 요구했을 때 그를 사형에 처해야 한다고 주장했던 사람들, 안남(베트남)의 독립을 요구하던 응웬타이혹*의 공개처형에 박수갈채를 보냈던 사람들, 폴 샤크**, 장 피에르 막상스와 루이 페르디낭 셀린의 책을 읽고, 신문에서 카르브의 풍자만화를 보면서 웃었던 모든 사람들. "서둘러! 프랑스는 이제 나라 없는 자들을 위한 나라가 아니라고!" 일곱 개의 가지가 달린 촛대를 위협적으로 흔들어대는 뉴욕의 자유의 여신상, 그리고 그 아래 붙어 있는 〈엉클 셈!〉***이라는 제목.

이제 그들의 세계는 무너지고 바스러져서 하나의 지류로 축소되었다. 이제 그들이 그림자처럼 떠돌 차례였다. 이 끝나지 않을 것 같은 겨울에 아무런 희망도 없이, 흙과 석탄과 쇠로 연명하듯, 야채 껍질들과 곰팡이 슨 뿌리채소 말고는 먹을 것이라곤 없이.

그들이 바라던 새로운 세상은 오지 않았다. 그들은 자신들이

---

* 민족주의 정당인 베트남 국민당의 지도자. 1930년 옌바이 봉기를 주도했으나 프랑스의 무자비한 보복 조치로 동료 12명과 함께 처형당했다.

** 파시즘에 사로잡혀 샤를 모라스와 나치사상을 지지하고, 특히 영국을 혐오한 것으로 유명한 프랑스의 작가.

*** 자유와 평등을 상징하는 자유의 여신상과 함께 미국의 양대 상징물의 하나이자 미국 정부를 상징하는 남성상인 '엉클 샘'을 엉클 셈, 즉 셈족(유대인)으로 바꾸어 표기한 것.

귀족의 후예이자 선택받은 종족, 원하는 대로 세상을 쥐락펴락 했던 위대한 모리셔스 거물들과 주인들의 후손이라고 믿었다. 그런데 현실이 그들의 눈을 가까스로 뜨게 해준 것이다. 그들은 자신들이 만들어낸 가공의 성姓에 대한 대가를 치르며 '이등 종족'의 후예가 되었다. 하지만 아직도 완전히 깨닫지는 못했다. 무슨 일이 일어나고 있는지 전혀 알지 못했다.

그들이 여전히 무엇을 기다리고 있었던가? 몇몇은 기다렸을 것이다. 그랑 포르 전투 이후로 증오의 대상이 된 영국인들, 카프말뢰뢰에 상륙해 헝겊으로 말굽을 감싸고 마푸 섬의 옥수수밭을 달려 프랑스군 후위를 기습해 모리셔스의 수도 포트루이스로 쳐들어간 배신자들, 프랑스 함대에 일말의 기회조차 주지 않고 전멸시킨 메르 엘 케비르의 교활한 영국인들, 됭케르크에 고립되자 싸우기를 포기했던 영국인들, 그 영국인들이 마침내 왕좌에서 떨어져 프랑스에게 강요했었던 것처럼 머리를 조아리기를, 그리고 이번에는 그들이 불길한 거미가 그려진 검고 붉은 기旗의 치욕을 맛보기를!

조금씩 조금씩 세계는 좁아지고 있었다. 예전에 그들은 군림하고 싶어했다. 목적을 이루기 위해서라면 어떤 비열한 행위도 마다 않을 준비가 되어 있었다. 하지만 이제 그들은 깨달았다.

점령자가 그들과 다른 이들 사이에 아무런 차별도 두지 않고 모두 같은 부류로 취급하리라는 것을, 이제까지 그들이 경멸해왔던 자들, 그들에게 봉사하기 위해 태어난 가난뱅이들과 이름 없는 자들과 불운한 자들과 똑같이, 그들 자신도 억압당하고 격리되고 구타당하리라는 것을.

오히려 그런 상황을 교묘하게 이용해 실속을 차리는 이들도 있었다. 에텔은 좌절을 맛본 후 전보다 훨씬 더 신랄하게 남을 비방하는 르메르시에 장군 부인에게서 그런 이야기를 들은 적이 있었다. 그중에서도 교활한 슈맹은 독일 편에 붙어 공증인 공부를 시작했고, 몰수되어 경매에 붙여진 유대인들의 재산목록을 자신의 장부에 올리기에 여념이 없다고 했다. 그보다 더 고약한 인간들도 있었다. 탈롱, 그 야비한 탈롱이 그랬다. 그는 새로운 지배자들에게 빨판상어처럼 들러붙어 유대인들에게서 빼앗은 임대건물들과 기업들을 관리하는 자칭 경영인이 되었고, 라브로, 샹피옹이라는 이들과 함께 루빈슈타인과 바인베르크에게서 몰수한 재산을 관리하기 위해 카퓌신 대로 9번지에 관리사무실을 개설한 데 이어 몽마르트르 거리에도 사무실을 열었고, 에이브라함 로의 재산을 관리하기 위해 비로플레에 또다른 지부를 열었다. 그들을 생각하면 에텔의 가슴속에는 차가운 분노가 일었다. 그들은 조금도 변하지 않았다. 오히려 동시대를 살아가는 이들이 피난가고 도산하고 강제수용소로 끌려가는 비극이 일어나는 와중에도 그들은 머리털 하나 다치기는커녕, 오히려 그 비극을 이용해 열배, 백배로 힘을 불려나갔다.

그녀가 그들을 원망했을까? 늑대 아가리 속에 기꺼이 몸을 던지고, 자기 반성이라고는 모르고, 그 시대의 거짓말이라면 무조건 믿고 보고, 저희가 진정 우월하고 남들과는 다른 종족으로 태어났다는 운명을 믿는 그 망령 같은 인간들을? 아마도 그들을 증오할 시간조차 없었을 것이다.

니스, 오합지졸들의 도시, 브루엄 경 시절*에는 영국인들의 무대였다가 러시아 황후와 마리 바슈키르체프 시절에는 러시아인들의 무대였던 도시,** 태양과 시멘트질의 계곡에서 불어오는 매서운 바람에 무방비로 노출되는 무심하고 잔인한 도시. 그리고 아스팔트에 달라붙은 검은 그림자 같은 그 거주자들. 매력적인 함정이라니까, 에텔은 중얼거렸다.

그녀의 머릿속에 『피크위크 보고서』***의 한 장章이 떠올랐

* 노예제도 폐지에 앞장선 영국의 정치가. 1830년대에 프랑스 코트다쥐르에 매료되어 칸과 니스에 별장을 지어 체류했고, 그의 영향을 받아 많은 영국인들이 그곳으로 와 바로크식 별장들을 지었다.

** 니스에 정착한 러시아 이주민들은 1860년에 러시아의 마지막 황후 알렉산드라 표도르브나의 후원하에 니스에 러시아정교 회당을 건축했다. 마리 바슈키르체프는 프랑스로 망명한 러시아 작가이자 화가, 음악가이다.

다. 채무자 감옥에 수감된 가짜 귀족들과 진짜 식객들이 여전히 도시에서 자유롭게 살 듯 그 안을 돌아다니며 감방 난간에서 대화를 주고받고, 사업을 하는 이야기였다.

거리는 하나둘 폐쇄되었고, 유흥가는 문을 닫기 시작했고, 사랑의 샘이 있는 공원들은 출입이 금지되어 이제는 길고양이들의 사냥터가 되었다. 샹브룅 공원, 스미트 빌라, 비지에 빌라, 네슬레 성, 스코피에 성, 아테네, 그리고 웅장하고 고색창연한 특급 호텔들, 르 륄, 르 네그레스코, 르 스플랑디드, 르 웨스트민스터, 르 플라자, 그리고 알렉상드르와 쥐스틴이 그 옛날 호사를 누리던 시절 드나들던, 케이블철도가 연결되어 있는 에르미타주. 그곳의 공원을 보면서 필시 알렉상드르는 모리셔스 섬 모카 고향집 근처, 종려나무들이 우거져 있던 미개척지를 떠올렸으리라.

건물 한 층을 통째로 사용하고 있던 이탈리아 장교들은 어느 날 몰려온 독일군들에게 쫓겨났다. 지배 종족 내에도 서열은 존재했다. 한번은 모녀가 함께 시내 중심가를 걷고 있는데 쥐스틴

*** 찰스 디킨스의 처녀작. 피크위크 클럽의 회장인 피크위크 씨를 중심으로 네 회원이 발길 닿는 대로 여행하면서 그 견문을 보고하는 이야기다. 가난하고 고통받는 민중에 대한 애정과 사회의 불의와 그릇된 제도에 대한 분노가 잘 드러난 작품으로, 영국 소설사상 가장 생기 있고 독창적인 해학소설로 꼽힌다.

이 걸음을 멈추더니, 어느 쪽인가를 가리켜 보였다. 거리 끝 시미에 언덕 허리에 매달린 듯 겨울햇빛 아래 도발적으로 빛나는 커다란 하얀 건물이었다. "우리 신혼여행에서 남은 건 저것뿐이구나." 그녀는 한숨을 내쉬었다. 에텔은 빈정거리고 싶은 것을 간신히 억눌렀다. "이 세상 어중이떠중이들이 다 몰려드는 저 소란스러운 곳에서 나를 가진 거라고?"

공원, 미모사 언덕, 해변엔 원통형의 철조망 울타리가 빙 둘러쳐졌다. 바다는 시멘트 블록들로 접근이 차단되었다. 얼마 전 에텔은 평상시 바위에서 다이빙하기 전에 파도가 밀려오는 풍경을 감상하던 갑 위에 올라갔다가, 군인들이 시멘트로 무언가를 만드는 모습을 보았다. 레일 위에서 회전하는 대포를 올려놓을, 일종의 포좌였다. 신학교 건물은 모든 창문이 판자에 막힌 채, 사제복을 입은 신부들이 아닌 군인들과 회복기 환자들에게 점령당했다. 여기저기 장벽들이 세워지고 지붕들은 위장막에 덮였다. 올리브 농장들은 지뢰밭으로 변했고, 2개 국어로 표기된 해골 그림 표지판은 행인들을 위협했다. 오후 여섯시부터 야간 통행 금지가 시작되었다. 이느 늦은 저녁 에텔이 집으로 돌아와 건물 계단을 올라가는데, 총성과 함께 총탄이 6층 원형 창문을 뚫고 날아와 벽에 박혔다. 그날 이후로 에텔은 계단을 내려갈 때마다 그 구멍 속에 손가락을 집어넣어, 자기를 죽일 뻔했던 쇳덩이의 끄트머리를 만져보고 싶은 욕구를 억누를 수가 없었다.

도시의 모든 지붕 위로 사이렌이 울리기 시작하면 지하실로 대피해 경보가 해제될 때까지 촛불 하나에 의지하면서 기다려야 했다. 처음에 쥐스틴은 남편을 지하실로 끌고 갈 수 있었다. 하지만 얼마 후부터 그는 양 팔걸이를 움켜잡으며 소파에 눌러앉아버렸다. "가고 싶으면 어서 가라고, 난 쥐새끼처럼 땅 밑에 숨느니 지상에서 죽는 게 더 좋으니까!"

사람들은 영국군과 미군의 포탄에 죽지 않았다. 대신 먹지 못해, 숨쉬지 못해, 자유롭지 못해, 꿈을 꾸지 못해 서서히, 서서히 죽어가고 있었다. 바다, 그것은 종려나무들 사이로, 붉은 지붕들 위로 아득히 보이는 한줄기 푸른 선에 지나지 않았다. 에텔은 몇 시간이나 부모님 방 창문을 통해 바다를 바라보았다. 마치 무언가를 기다리는 것처럼. 이제는 무용해진 타워크레인이 기울어진 모습 그대로 꼼짝도 않은 채 창고 지붕들 사이로 삐죽 솟아올라 있었다. 배들은 항구 입구에서 침몰했고, 이제 등대는 밤마다 불을 밝히지 않았다. 시장 좌판에는 물건이 없었다. 거의 아무것도. 똑같은 그림자들이 시장의 좁은 통로들을 떠돌기를 계속했지만 이제는 채소 껍질과 곰팡이 슨 뿌리채소마저 돈을 주고 사야 했다. 공원에서는 길고양이들이 서로를 잡아먹었다. 비둘기들은 사라졌다. 쥐스틴이 빗물받이 홈통 위에 올려놓은 덫은 이제 쥐들을 유인하는 데에나 소용될 뿐이었다.

에텔이 모드를 다시 본 것은 벼랑에 선 어느 건물 지하에서였다. 모드를 못 본 지 육 년, 에텔에게는 영원 같은 세월이었다. 육 년이면 청소년 시절까지 거슬러올라가야 하는 까마득한 세월이었다. 모드가 어디에 사는지 에텔에게 알려준 건 쥐스틴이었다. 필라티에프라는 러시아 노인 소유의 건물이었는데, 걸핏하면 역정을 내는 그 영감은 이층에 살았고, 일층과 지하실을 무일푼 신세지만 고상한 척하는 제 연배의 노인들에게 세를 놓았다. 필라티에프는 한 사람에 방 하나씩을 세주고 부엌과 욕실은 공동으로 사용하게 했다. 그 건물은 휑하고 불편한데다, 겨울에는 말할 수 없이 춥고 여름에는 숨이 턱턱 막혔다. 하지만 모드는 에텔에 대한 자신의 감정을 대변하는 예의 그 억지 미소로 에텔을 맞이했다. 결국 그녀는 한때 사랑했던 남자, 잘나가던 시절 사랑했던 남자의 딸에게 복잡 미묘한 감정을 느끼는지도 몰랐다. 심지어 문을 열자마자 대뜸 에텔에게 입을 맞추기까지 했다. 마치 날마다 그녀가 찾아오기만을 애타게 기다리고 있었다는 듯. 에텔은 그런 입맞춤이 조금도 기껍지 않았다. 그래서 본능적으로 그 푸석푸석한 시든 피부에 닿지 않으려고, 눈과 입 주위의 자글자글한 주름에 낀 채 말라붙은 분 냄새를 맡지 않으려고, 기름기가 번들거리는 루주—모드는 루주가 잘 지워지지 않도록 기름을 덧발랐는데, 전쟁 전에 사람들은 그녀의 끔찍한 가난을 언급할 때면 그것을 예로 들길 좋아했다—의 끈적거리는 감촉을 느끼지 않으려고 애썼다.

천장이 낮은 방은 어두컴컴한데다 고양이 오줌 냄새와 가난에 찌든 냄새로 진동했다. 그런 냄새가 나는 건 당연했다, 정말로 고양이들이 있었으니까. 온 사방에서 고양이들이 뛰어다녔다. 가구들 아래로 미끄러져 들어가고, 서랍장 위로 뛰어오르고, 음이 맞지 않는 낡은 피아노 다리 사이로 달아나는 재빠른 그림자들. "미민, 라마, 폴레트! 여기 누가 왔는지 와서 보렴. 이리 나와서 너희 모습을 보여줘. 이 아가씨는 에텔이란다. 에텔은 너희를 잡아먹지 않을 거야!" 그녀는 변명했다. "저 녀석들은 저 바깥 공원에서 뛰어노는 게 더 좋을 텐데 말이야. 날씨가 화창하잖니. 그건 그렇고, 뭐 마시련? 해부용으로 팔아먹으려고 저 녀석들을 잡아가는 야만인들이 있더라고. 벌써 내 고양이들을 두 마리나 죽였다니까. 내가 깜빡 잊고 문단속을 못 했거든." 그녀는 목소리를 낮췄다. "난 그 작자를 알아, 그런 비열한 짓을 하는 더러운 놈을. 하지만 아무 말도 할 수가 없어. 알다시피 모든 게 미쳐 돌아가는 시대니까." 그녀는 변한 게 하나도 없었다, 살짝 돈 건 같으면서도 유쾌하고 활기찬 여자. 이제는 지나가버린 시절에서 살아남은 여자. 그런데도 너무 쾌활해서 그녀를 보고 있노라면 그 시절이 정말로 끝났나 싶을 정도였다. 이 누추한 집과 이 잿빛 도시에서 멀리 떨어진 수평선 너머 저 어딘가, 이를테면 모스타가넴* 같은 곳에서 남자들과 여자들은 여전히 옛날 이야기를 하면서 케이크워크와 폴카 춤곡에 흥겨워하고, 예전과 똑같은 축제가 끝없이 열리고, 붉은 막이 올라가고 〈볼레로〉의 초연이 막 시작되고 있을 것만 같았다! 그녀에게는 아무 잘못 없어, 에텔은 생각했다. 모드에겐 순수함 같은 무언가, 온갖 엉뚱한 짓거리와 지난 실수들을 사면해주는 생의 의지 같은 무언가가 있었다.

에텔은 습관처럼 시보드냐 빌라에 들르게 되었다. 처음에 그곳을 찾아간 것은 약간의 동정심과 호기심에서였다. 그러다 그 집의 이름이 무척 아름답다는 생각이 들었다. '오늘', 제니아를, 현재의 순간 순간을 만끽하면서 헛된 기대나 환상 없이, 거짓된 고통을 느끼지 않고 생生을 사랑하는 제니아의 삶의 방식을 상

* 알제리 북서부, 지중해 연안의 항구도시.

기시키는 이름이었다. 그 이름은 모드에게 잘 어울리기도 했다. 만약 모드 자신이 직접 지었더라면 그렇게까지 어울리지는 않았으리라.

하지만 에텔이 그곳을 찾아가는 또다른 이유들이 자신도 깨닫지 못하는 사이 조금씩 드러났다. 그녀의 가슴속에는 감히 입 밖에 꺼내지 못했던 해묵은 질문이 그대로 남아 있었다. 어쩌면 그걸 어떻게 물어야 할지 몰라서인지도 몰랐다. 혹은, 모드가 그 질문에 대한 대답을 알고 있으리라는 확신이 들지 않아서인지도 몰랐다. 에텔이 태어나기 전, 심지어 알렉상드르가 쥐스틴을 만나기도 전, 이 여인과 그녀 아버지를 연결해주고 있었던 그 오래된 관계의 끈. 또다른 인생이라 할 수 있을 법한 또다른 시대. 뒤처진 한 조각 구름처럼 억지로 끌고 가는, 점점 시들어가면서도 한평생 이어지는, 말로 표현할 수도 없고 해결책도 없는 어떤 감정. 그리고 그녀 가족 가운데로 끼어든, 어떤 망령과도 같은 존재에 대한 기억. 그러나 에텔에게 그건 비밀이 아니었다, 비록 그녀 앞에서 그 존재에 대해 말한 사람은 아무도 없었지만. 암시만으로, 겨우 반의 반만 들은 걸 가지고, 심지어 입 밖에 꺼낸 적도 없는데 어린아이가 어떻게 알아차리겠느냐고 생각할 정도로 어른들은 어리석었다. 그날 밤의 기억을 에텔은 아직도 간직하고 있었다. 당시 그녀는 여덟 살쯤이었고, 모드와 함께 〈볼레로〉

의 초연을 보러 갔다. 점점 부풀어오르고 증폭되는 음악, 자리에서 일어나 함성을 지르고 환호를 보내고 손뼉을 치던 사람들. 그 모든 것이 꿈처럼 아득하기만 했다. 그런데 이상하게도 여기 이 소름 끼치도록 누추한 지하실에서 그 기억이 불쑥 떠올랐고, 건물 현관문을 나가 '시보드냐'라는 이름을 보았을 때 불현듯 그녀의 가슴은 두근거렸다.

그녀가 모드의 집에 도착하는 것은 아침 열시나 열한시경이었다. 그러면 모드는 문 뒤에서 그녀를 기다리고 있다가 노크도 하기 전에 문을 열어주었다. 며칠씩 시보드냐에 가지 않을 때도 잦았지만, 모드는 나무라지 않고 항상 반가이 맞아주었다.

처음으로 그 집에 들어갔을 때, 에텔은 그녀가 얼마나 궁핍한 생활을 하고 있는지 금세 알아차렸다. 식탁과 개수대 옆에는 모드가 고양이들과 함께 나눠먹는 쓰레기 같은 음식들이 놓여 있었다. 썩은 냄새를 풍기는 허드렛고기, 시커멓게 변한 채소나 과일껍질, 우유 사발 속에 푹 잠겨 있는 빵조각들. 모드는 죽을 만큼 배를 곯고 있었지만 절대로 내색하고 싶어하지는 않았을 것이다. 그래서 현실을 숨기려 애썼다. 그녀는 간식거리랍시고 뭔가를 찾아서 내놓았다. 오랫동안 먹지 않고 간직해 눅눅해진 비스킷 몇 조각, 주인집 정원에서 따온 벌레 먹은 서양모과 몇 개, 아니면 모리셔스식으로 달걀노른자에 적셔 프라이팬에 구운 상한 빵, 그리고 그 모든 것에 항상 곁들여지는 차. 부르기로는 '상상의' 차였다. 모드는 이 빠진 찻잔(그녀 말에 따르면 '피에르 로티* 시절의 일본 미술품')에 장미나 수레국화 꽃잎, 사과 껍질, 유칼립투스 열매, 백리향 잎, 후추나무 잎, 그리고 지하실 채광창 창턱에 늘어놓은 통조림 깡통에 키우던 페퍼민트에 오렌지 꽃과 아카시아 꽃을 넣고 괴상한 탕약들을 우려서 내왔다. 대부분 너무 매워 도저히 마실 수 없는 정도라 에텔은 입술만 살짝 적시는 걸로 그쳤다. "저, 죄송한데요 모드, 차라리 맹물을 마실 수는 없을까요?"

종종 에텔은 모드에게 작은 선물들을 가져다주었다. 브룅 가에서는 하찮지만 모드에게는 생명수와도 같은 것들을. 쌀, 설탕, 너무 질겨서 신발 깔창을 만들어도 될 것 같은 돼지껍질, 꽃상추, 고양이들이 크림인 양 게걸스레 핥아먹는 하루분의 식용유.

한겨울의 지하실은 너무 추워서 말을 할 때면 입에서 김이 나왔다. 시커먼 고댕 난로** 안에 넣을 것은 아무것도 없었고, 쥐스틴이 지하실에 차곡차곡 쌓아둔 헌 잡지나, 집에 모아놓은 신

* 프랑스의 소설가이자 해군 장교. 선원이 되고 싶어했던 로티는 남태평양 폴리네시아를 시작으로 이스탄불, 중국, 일본, 팔레스타인 등지를 두루 돌아다니며 관능적이고 이국적인 작품을 썼다.

** 난로를 처음 발명한 앙드레 고댕의 이름을 딴 난로.

문지 더미에서 에텔이 약간 덜어 가져간 신문지들조차 습기로 금방 축축해져 불이 붙지 않았다. 모드는 숄과 모포들로 몸을 둘둘 감싼 마녀 같은 모습으로 지냈다. 그녀는 고양이들을 가슴에 올려놓은 채로 잠을 잤다.

재회하고 나서 얼마 지나지 않았을 때 두 사람 사이에 오간 대화는 많지 않았다. 적어도 에텔은 거의 말하지 않았고, 질문도 전혀 하지 않았다. 하지만 모드는 자신의 인생처럼 머리도 꼬리도 없고, 이리저리 굽이쳐 어디로 흘러갈지 예측할 수 없는 잡담들을 혼자 밑도 끝도 없이 늘어놓았다. 그녀는 그 무엇에도 불평하는 법이 없었다. 전쟁, 이탈리아 군대의 진주, 그 모든 것에 무관심했다. 그런 사건들에 그녀는 위축되지 않았다. 다만 음식찌꺼기들을 주워모으기가 더 힘들어졌을 뿐이었다. 예전에 그녀는 배가 고파서 먹지는 않았지만 이제는 배가 고팠고, 그뿐이었다. 에텔이 가져오는 설탕과 쌀에 눈을 반짝였지만, 성급히 달려들지는 않았다. 에텔이 식량을 가지고 찾아올 때면 모드는 어린아이처럼 뿌듯해하는 표정으로 집에 남은 것들을 보여주었다. "봐, 아직 많이 남아 있어." 아니면, "마침 잘됐네. 이웃에 가난한 노파가 살고 있는데 그 여자한테 갖다주면 되겠어. 그 노인네한테는 이게 정말로 필요할 거야." 마치 자기는 늙은 여자가 아니라는 듯이, 가난하지 않다는 듯이, 그리고 정말로 그게 필요하지 않다는 듯이.

에텔이 모드에게서 호감을 느낀 부분은 바로 그런 자존심이었다. 에텔은 그 여자가 무대에서, 콘서트에서, 심지어 지중해의 이 섬 저 섬으로 항해하던 호화 유람선 갑판 위에서 노래를 부르며 음악의 소용돌이 속에서 살았던 세월을 생각했다. 모드는 알제리 모스타가넴의 오페라좌에서 주인공으로 무대를 누비며 식민지 이주민들을 위해 유행하는 오페레타들을 부르던 여자였다. 그녀는 무대의 붉은 막이 올라가기 전 그 황홀한 떨림을 잘 알고 있었다. 그 시절로부터 지금 그녀에게 남은 것은 무엇일까? 아몬드처럼 길게 찢어진 그녀의 녹회색 눈—머리칼 아래 양쪽 관자놀이 부분에 꽂은 머리핀 때문에 당겨져 올라간 게 분명한—속에서 에텔은 연이어 나타나는 기억들을 읽어내려 애썼다.

이제 에텔은 의심하지 않았다. 그녀를 괴롭히던 질문, 결코 입 밖에 내지 않았던 그 질문은 아버지가 아사스 가에서 법학 공부를 하고 있던 시절, 법원 서기로 일하던 시절만큼이나 아득히 먼 옛 시절 그 여가수에게 느꼈던 사랑이라는 감정에 관한 것이었다. 그들은 정말로 연인이었을까? 알렉상드르가 레위니옹의 부르주아지 집안의 처녀와 결혼했을 때 모드는 눈물을 흘렸을까? 그녀가 달아나기로, 화류계 여자처럼 그저 돈 많은 아무 남자나 물어 알제리로 떠나기로 결심한 건 바로 그때였을까?

동시에 에텔은 자기가 그런 질문들을, 하찮고 집요하고 비열하기 짝이 없는 질문들을 생각하고 있다는 데 수치심을 느꼈다. 에텔은 이 노파가 푸른 눈과 긴 흑발에 수염을 기르고 괴상한 크레올 억양으로 말하는 경박한 젊은이와, 세계에서 가장 가난한 수도에 살면서 대농장주의 아들이라는 자신감으로 충만한 훤칠하고 우아한 젊은이와 사랑에 빠져 황홀해하는 장면을 머릿속에서 몰아냈다!

드물었지만 모드가 집 안을 뒤져 찾아낸 추억의 물건들을 에텔에게 보여줄 때도 있었다. 자기 어머니라고 우겼지만 가브리엘 데스트레*의 초상화인 듯한 사진이 담긴 메달, 상아로 만든 묵주, 그리고 작은 백단상자에 담긴 경옥, 청금석, 산호, 인조보석으로 만든 목걸이와 반지 세트 따위들. 도굴꾼의 장물처럼 보이는 물건들이었지만 모드는 아주 진귀한 보물이라는 듯이 말했다. "네 어머니한테는 절대로 말하지 마. 이것들은 내가 죽고 나면 전부 네 것이 될 거야."

모드의 집에서 나오면서 에텔은 그 고물들 속에 그 옛날 알렉상드르가 준 반지나 귀걸이, 어쩌면 그가 야비하게 빼돌린 가족

* 앙리 4세가 사랑했던 정부(情婦).

기념품이 있을 수도 있다는 생각에 약간 불쾌해졌다. 사실 어떤 보석 때문에 화난 건 아니었다. 상황이 기가 막혀서였다.

모드와 지나간 시절, 그 터무니없던 시절의 기이한 공모. 그 목걸이, 마스코트, 진주들은 에텔이 어린 시절부터 계속 들어왔던 어머니의 울음과 비명과 빈번한 싸움의 원인이기도 했다. 부부 사이에 자리잡고 있던 말없는 신경전, 휴전 후의 국경 같은 길고긴 복도를 사이에 두고 넓은 집 안의 양끝에 떨어져 생활하는 부부.

에텔은 너무 화가 나서 며칠 동안 모드의 집을 찾아가지 않았다. 쥐스틴은 모드가 먹을 도시락과 고양이들을 위한 음식 찌꺼기, 헌옷 한 보따리를 준비해두었다. "모드 집에 안 갈 거니?" 그녀가 물었다. "왜, 엄마가 직접 가지그래?" 에텔이 쏘아붙였다. 그래, 왜 직접 가지 않고? 조금은 치사하고 바보 같은 케케묵은 옛날 일, 이제 그만 끝내도 될 만큼 질질 끌어오지 않았던가? 이제 그들은 늙었다. 그리고 지금은 전쟁 중이었고, 많은 구역에서 사람들은 죽을 만큼 굶주리고 있었다. 화려하게 차려입고 거만을 떨던 여자들은 가난에 찌든 거렁뱅이가 되었고, 여자들에게 윙크를 날리던 바람둥이 사내들은 병든 노인이 되었다.

에텔은 다시 시보드냐로 갔다. 모드는 아무 일도 없었다는 듯 평소와 다름없이 그녀를 맞이했고, 그래서 그녀는 부끄러워졌다. 모드의 밝은 표정과 터무니없이 쾌활한 몸짓 이면에 고독에 대한 비탄, 죽음에 대한 두려움, 공허감이 숨어 있음을 에텔은 알 수 있었다. 심지어 고양이들조차 감동을 불러일으켰다. 하얀 바탕에 노란 얼룩무늬가 있는 지나치게 야윈 미네트가 처음으로 그녀의 무릎 위로 뛰어올라와 골골거리면서 피아노 건반을 누드리듯 앞발로 무릎을 눌러대기 시작한 것이다. 마치 모든 것이 어떤 마법에 의해 연출된 것 같았다. 하지만 모드가 그 정도로 엄청난 능력을 지닌 마녀일 수 있을까? 동물들의 귀에 대고 감상적인 코미디를 연기하라고 지시할 수 있었을까? 마치 그게 함정이라는 것을 확인시키려는 듯, 모드는 자기 식대로 간식거리를 준비하고 정체불명의 차를 내놓았다. 그리고 테이블 위 눈에 띄는 곳에 놓인 접시 위의 빨간 사과 한 알. 그런 시절에 누리기에는 너무도 과분한, 믿기 어려운 사치였다.

에텔은 껍질을 벗기지도 않고 저미듯 아주 얇게 사과를 잘라, 모드와 함께 그 얇은 조각들을 한 장 한 장 야금야금 씹어 먹었다. 모드는 아직 이가 남아 있는 쪽으로만 오래오래 씹었다. 그날 그들은 사과 이야기로 시간을 보냈다. "내가 시장에서 장보는 모습을 한 번 상상해보렴. 너도 알지, 내가 보는 장이란 게 어떤 건지? 신통한 건 하나도 없지. 수프 끓이는 데 들어가는 채소, 그 무, 왜, 그 뿌리채소 있잖아, 그걸 뭐라고 하더라? 아마

멕시코나 브라질 같은 데서 온 걸 거야. 그리고 고양이들에게 줄 내장이나 고기 부스러기……" 그러므로 그때 그 사람은 틀림없이 그녀였다. 땅바닥에 고개를 처박고(알렉상드르는 그걸 "땅의 부름"이라고 불렀다) 썩은 과일과 시든 푸성귀를 좌판 아래에서 슬쩍해 재빨리 부대자루에 주워담던 그 그림자들 가운데 하나는.

전쟁, 그것은 이날이나 저날이나 다를 것 하나 없는 무기력하고 우울한 나날일 수도 있었으리라. 그러나 거기에는 세부적인 한 가지 사실이 빠져 있었으니, 계절이 아주 느리게 겨울을 향해 가고 있다는 사실이었다. 에텔은 창문 앞에 놓인, 가까스로 재난을 면한 안락의자에 앉아 있는 쥐스틴의 모습과 붉은 지붕과 종려나무, 건물들 위로 치솟은 크레인과 무너진 등대, 강철빛 수평선 등이 보이는 창밖 풍경을 바라보았다. 평화로운 풍경이었다. 시에 대한 영감을 불러일으키거나 연가의 배경으로 쓰일 수도 있었을 그 풍경은 공허하면서도 범접할 수 없었고, 차가운 냉기가 진주처럼 방울방울 맺혀 있었다. 제분공장들이 내려다보이는 오른쪽으로는 독일 점령 후 얼마 안 있어 침몰한 미국 범선의 커다란 돛대가 보였다. 모든 이들에게 동정을 호소하는 것처럼 보이는 그 돛대는 벼락을 맞은 알바트로스의 한쪽 날개 같기도 하고, 어느 용병의 원한 맺힌 보복처럼 보이기도 했다.

어디고 할 것 없이 소문이 떠돌았다. 에텔은 섬에 있는 것 같은 기분이었다. 아무것도 진정 비극적으로 느껴지지 않을 만큼 모든 것에서 멀리 떨어져 있는 동시에, 의지와 상상력을 마비시키는 맹렬한 파도가 들이치고 폭발의 기류가 불어올 만큼 가까운 어떤 섬에.

그녀는 아무것도 할 수 없었다. 사람들은 그림자 군단에 대해, 애국자들의 저항운동에 대해, 낙하산을 타고 들판 위로 뛰어내리는 영국 군인들에 대해 이야기했다. 하지만 그들은 어디 있는가?

때때로 그녀는 음악에 대한 욕구를 느꼈다. 단지 음악을 듣거나 야상곡을 연주하는 데서 그치지 않는 욕구였다. 그것은 일종의 육체적 욕구로, 그것 때문에 몸속 깊은 곳까지 아플 정도였다. 모드의 집에 있는 낡은 피아노를 연주해볼까 하는 생각도 두세 번 해봤다. 귀에 거슬리기는 마찬가지였지만 그래도 상아빛 건반을 두드리는 것이 식탁 위에 줄지어 늘어놓은 은제 나이프들을 두드려대는 것보다는 나았으니까. 그러나 필요한 건 피아노가 아니라 의지였다. "연주해봐! 연주해, 난 노래를 부를 테니까." 모드는 그렇게 말했으리라. 하지만 그런 일은 일어나지 않았다.

에텔이 시보드나를 방문하기 시작한 지 얼마 되지 않았을 무렵이었다. 어느 오지랖 넓은 사람에게서 모드가 부자 동네를 돌아다니면서 이 집 저 집 창문 밑에서 아리아를 부르고 사람들이 창밖으로 던져주는 것들을 주워다 먹는다는 이야기를 듣고 알렉상드르는 고개를 떨궜다. 끔찍한 이야기였다. 어쩌면 알렉상드르는 두 손으로 머리를 감싼 채 잠시 눈물을 훔쳤을지도 몰랐다. 에텔은 적어도 그렇게 믿고 싶었다.

라디오에서 들었다는 온갖 유언비어들이 입에서 입으로 전해지면서 소문은 가마솥처럼 들끓었다. 영국군과 미국군이 오고 있다…… 연합군이 태평양에서 일본군을 무찌르기 시작했다. 캐나다가 군대를 파병했다. 교황이 교서를 발표했다…… 칼라브리아에서, 그리스에서 상륙작전이 시작되었다…… 쥐스틴은 그런 정보들에 매달리고 그런 뉴스들에 푹 빠져 지냈다. 그녀는 열에 들떠 눈을 반짝이면서 그런 소식들을 집으로 실어날랐다. 조용히 듣기만 하면서 고개를 끄덕이고 동의하는 것으로 만족해야 했던 일요일 살롱 시절에 대한 설욕전이었다. 그 시절 살롱에서 그녀는 수줍은 목소리로 이렇게 말하기만 했다. 그 슈맹이라는 사람, 그 탈롱이라는 사람, 난 그 사람들 별로 마음에 안 들어요…… 그 시절 알렉상드르가 사회주의자들이나 무정부주의자들에 대해 노발대발 비난을 퍼부어대면, 그녀는 어깨를 으쓱하면서 말할 뿐이었다. "당신이 뭐든 지나치게 부풀려서 생각하는 거라니까!"

때때로 어디에서 누가 체포되었다는 풍문들이 들려왔다. 기차역 옆 엑셀시오르 호텔에서는 독일군에게 붙잡혀 온 포로들이 심문을 받다가 두들겨맞고, 반죽음이 되도록 물고문을 당했다. 알렉상드르와 쥐스틴이 사랑을 맛보던 궁전인 에르미타주 호텔 지하실에서는 밤마다 고문당하는 사람들이 개처럼 울부짖고 손톱이 뽑혀나갔고, 여자들은 강간을 당하고 항문에 막대기가 쑤셔박히고 젖꼭지는 용접기로 지져졌다. 쥐스틴이 그런 이야기를 꺼낸 적은 없었지만 그녀 귀까지 소문이 들어갔음은 분명했다. 에텔이 물어볼 때마다 그녀는 시선을 피했다. 악마들이 도시의 언덕을 점유하고 그 위에서 거리를 내려다보며 감시하고 있는 것만 같았다. 때때로 에텔은 발맞춰 걷는 회녹색 군복의 정찰대와 마주쳤다. 그들은 비탈길에서 그녀의 가방을 들어주거나 자전거를 밀어주던 상냥한 이탈리아 수탉들하고는 완전히 달랐다.

딱 한 번, 에텔은 편지 한 통을 받았다. 옆 건물에 사는, 미국 영사를 지냈다는 오길비라는 아일랜드 남자에게서였다. 어느 날 그는 수수께끼 같은 표정을 지은 채 가는 끈으로 묶은 이중 편지 봉투를 에텔에게 내밀었다. 발신인의 이름도 주소도 적혀 있지 않았다. 봉투를 반쯤 열어본 에텔은 로랑의 가늘고 둥근 글씨체를 알아보았다. 그녀는 봉투를 외투 주머니 속에 감췄다. 어느 정도는 그 영사와의 비밀 게임을 계속하려는 심산에서였다. 남자가 목소리를 낮춰 말했다. "아가씨 부모님께 어서 이 도시를 떠나자고 하세요. 이젠 영국계 시민들도 안전하지가 않아요. 산속으로 들어가 숨어 지내야 할 겁니다." 그러고 나서 그는 앞으로 에텔과 다시 만날 일이 없으리라는 걸 분명히 알리는 듯 대답도 기다리지 않고 발길을 돌렸다.

늘 그랬던 것처럼 로랑은 별다른 말을 쓰지 않았다. 그는 정치에 대해 이야기했고, 이 돌이킬 수 없는 사태가 기어이 벌어지도록 내버려둔 정치가들의 후안무치를 개탄했다. 그는 코탕탱 가 살롱에 모였던 탈롱, 르메르시에 장군 부인 같은 초대 손님들을 비웃었다. 그녀는 편지를 읽으면서 어떤 슬픔을 감지했다. 마치 그가 혼잣말을 하고 있는 것 같다는 느낌. 지금 어떻게 지내는지, 어디 살고 있는지에 대해서는 한마디 언급도 없었다. 지금은 전시戰時였다. 그러니 답장을 보낼 수도 없었다.

에텔은 편지를 두 번이나 읽었지만 별다른 감흥이 느껴지지 않는 것에 놀랐다. 편지는 아주 냉정했고, 무척이나 거리감이 느껴졌고, 지극히 영국적이었다. 말과 감정을 최대한 아끼는 그 취향, 빈정거리기를 간신히 억누르는 그 말투…… 여기가 아닌 다른 곳, 다른 나라에서 사람들은 여전히 차를 마시며 잡담을 나누고 있었다. 그들에게는 하늘을 올려다보고 시사문제로 장광설을 늘어놓을 여유가 있었다. 그들 자신이 역사의 일부를 이루고 있다는 이유로 그들은 그 역사에 대해 논평할 수 있었다. 에텔은 두 손으로 편지지를 들고 모조리 외워야 한다는 듯 다시 읽어내려갔다. 본능적으로 그녀는 옛날에 하던 행동을 했다. 편지지를 얼굴 가까이 갖다 대고 코를 킁킁거리며 친숙한 냄새를 찾았다. 아마도 모래언덕의 모래 속에 묻혀 있는 동안 햇볕에 짭짤해진 살 냄새였으리라. 그러고 나서 그녀는 그 종이를 냄비 속에 넣었다. 곧 편지는 한 줄기 밝은 불꽃, 푸르스름한 불꽃으로 타올랐다.

그들은 야반도주하는 사람들처럼 캄캄한 새벽에 길을 나섰다. 에텔이 알아서 모든 걸 처리했다. 관할 경찰서의 허가서, 통행허가증, 휘발유 전표들. 점령지역 관할 교통부 책임자의 직인이 찍힌 공식 서류는 12월 14일 단 하루 동안 유효했고, 가족 중 한 명의 노약자가 있다는 내용이 적혀 있었다. 굄목을 받쳐 세워둔 고물 드디옹이 기적을 완수했다. 차는 종유석이 매달린 협곡 바닥의 빙판 길에서도 미끄러지지 않고 꿋꿋하게 오랜 시간을 달려주었다. 로크빌리에르의 알베르티 가 소유의 집은 마을 입구에서 베쥐비 협곡을 마주 보고 있는 흉측한 석조건물이었다. 알렉상드르는 거의 의식불명 상태로 그곳에 도착했다. 에텔과 쥐스틴이 그를 뒤에서 받치고 알베르티 부인이 앞에서 들어올려

위층까지 옮겨야 했다. 옷도 벗기지 않고 그를 침대에 눕혔다. 얼굴은 흙빛이었고, 너무 길게 자란 머리칼과 덥수룩한 수염 때문에 탈옥한 죄수처럼 보였다. 평생을 이 위대한 남자의 그늘에서 살아온 쥐스틴은 돌연 용기를 되찾았다. 그녀는 비좁은 집 안을 쓸고 닦고 정돈했고, 가족이 그곳에 정착한 것처럼 실내를 꾸몄다. 알렉상드르도 조금씩 기력을 되찾아갔다. 그는 불평하는 사람이 아니었다. 그는 장작난로 옆에 놓인 등나무 안락의자에 자리를 잡고는 홍당무와 파슬리로 만든 가짜 담배를 피웠다. 매일 아침 에텔은 쥐스틴이 이렇게 말할 것만 같았다. "지난밤에 아빠가 돌아가셨단다."

그녀가 채 정신을 수습하기도 전에 삶은 다시 시작되었다. 그들이 이사 온 마을에는 소문이라고는 전무했다. 주위의 높은 산들 때문에 바깥세상과는 완전히 담을 쌓은 곳이었다. 젊은이들은 파시스트들에게 총을 쏘기 위해 이탈리아 국경을 넘어갔다. 마치 샤무아* 사냥이라도 나서는 듯, 과시하지도 않고 그렇다고 숨기지도 않으면서. 그들은 구름 속으로 사라진 고갯마루를 통해 국경을 넘어가 돼지고기 가공품, 순한 담배, 초콜릿, 탄약 상

---

* 산악지대에 사는 야생 영양.

자 등을 가지고 돌아왔다. 그곳 여자들은 브뢰겔의 그림 속 시골 아낙들 같았다. 에텔은 그녀들처럼 옷을 입었다. 신분을 들키지 않기 위해서였지만, 그 차림이 무척 마음에 들기도 했다. 케이프, 거친 모직 치마, 검은 스카프, 나무창을 댄 구두. 이곳 여자들은 마음이 너그럽고 조용했다. 항구의 신부가 추천해준 과부 알베르티의 집에 도착한 에텔과 그녀의 가족은 온 마을의 보호를 받게 되었다. 에텔은 그들이 배신하지 않으리라는 것을, 그녀 가족을 고발하느니 차라리 토막나더라도 자신들의 몸을 내어주라는 것을 알고 있었다.

돈이 궁했지만 빵집이고 정육점이고 도처에서 외상을 주었다. "전쟁이 끝나면 그때 가서 줘요." 알베르티 부인은 말했다. 이곳에서는 땅바닥만 내려다보면서 좌판들 사이에서 찌꺼기를 찾아 헤매지 않아도 되었다. 금시계나 가문의 보석들과 맞바꿀 숨겨둔 보물 따위는 없었다. 이곳은 메마르고 척박했다. 겨울하늘은 스산했고, 바람은 살을 에는 듯했다. 그러나 집집마다 냄비들이 보글보글 끓었고, 수프와 시큼한 빵, 연기를 피워올리며 타는 장작들에서는 좋은 냄새가 났다. 어디서나 강물의 낭랑한 음악소리가 들려왔다.

매일 아침 에텔은 어머니와 함께 장을 보러갔다. 봄이 찾아오자 제비들이 하늘을 가득 메웠다. 아직 눈에 덮여 있는 산꼭대기들은 햇빛에 반짝반짝 빛났고, 계곡에서 불어오는 부드러운 미풍은 바다 냄새를 실어날라 에텔을 전율시켰다.

푸주한의 칼이 하얀 기름이 박힌 고기를 아주 얇게 저미고 있었다. 고기는 금세 푸르딩딩한 파리 떼로 뒤덮였다. 쥐스틴은 근심 때문에, 본인 말로는 매일 밤 알렉상드르가 화장실에 가는 것을 돕느라 애쓰는 바람에 오른쪽 다리에 궤양이 생겼다. 에텔은 고기조각에 들러붙는 파리들이 어머니 다리의 상처 위에 들러붙는 그 파리들임을 깨닫고는 구역질이 치밀었다. 어머니가 파리 떼에 산 채로 뜯어먹히는 것 같았다. 파리들은 아무리 쫓아내도 이내 다시 날아와 궤양에 들러붙었다. 심지어 쥐스틴이 걸을 때조차. 약과 붕대가 필요했다. 지역 약사에게는 소독제인 메틸렌블루밖에 없었고, 그가 쥐스틴의 다리에 그 소독제를 발라주었지만 아무 효과도 없었다.

에텔은 부모를 바라보았다. 쥐스틴은 그녀가 침대로 사용하는 거실 안쪽의 소파에 누워 있었고, 알렉상드르는 불 꺼진 난로 옆 등나무 안락의자에 앉아 베개에 기댄 채, 1940년에 발간된 〈르탕〉* 지를 양손 사이에 펼쳐놓고 꿈나라를 헤매는 중이었다. 진실을 알기에는 너무 늦었다. 그들이 어떻게 만나 사귀고 왜 결혼

* 스위스 제네바에서 프랑스어로 발간되는 일간지.

했는지, 어떻게 자식을 낳을 생각을 했는지, 그 진정한 사연을 알기에는. 에텔은 부모님을 좋아하지는 않지만 그 두 사람을 생각하면 마음이 약해진다는 걸 깨달았다. 그녀는 언제라도 부모를 떠날 수 있었다. 살그머니 발끝으로 걸어나가 현관문을 조용히 닫기만 하면 되는 일이었다. 식료품점 주인인 네그르 씨가 그녀에게 제안한 대로 소형 화물차에 올라탄 후, 베쥐비 협곡에서 바다까지 구불구불 이어지는 도로 끝에서 내리기만 하면 됐다. 그녀에게 무슨 큰일이 일어나겠는가? 그녀는 스무 살이었다. 그녀는 싸우거나 속임수를 써서 난관을 벗어날 수 있었다. 검문소가 나오면 세관원이나 헌병을 한 명 골라 농락하기만 하면 됐다. 그녀는 모든 장애물들을 통과할 것이다. 그녀는 라스페치아로, 리보르노로 갈 것이다. 그리고 거기서 배에 올라타 세상 끝, 캐나다까지 갈 것이다. 그 무엇도 그녀를 멈춰 세우지 못할 것이다.

5월의 어느 날 아침, 낯선 소리가 들렸다. 땅이 우르르 진동했고, 유리창들과 테이블 위의 유리잔들이 바르르 떨어댔다. 옷을 입을 틈도 없이 에텔은 창으로 달려가 커튼을 걷었다. 강가 도로 위로 군인들이 이열 종대로 행진해오고 있었다. 전조등을 켠 트럭, 장갑차, 오토바이들, 그 뒤로는 탱크들이 따라오고 있었다. 뿌연 먼지를 뒤집어쓴 채, 새로운 영토를 향해 행진하는 곤충 떼처럼. 그들은 밀집대형으로 천천히 다가오고 있었다. 그리고 집 앞을 지나 북쪽으로, 산 쪽으로 올라가고 있었다. 에텔은 꼼짝도 않고 거의 숨도 쉬지 않았다. 트럭들 뒤 탱크들이 무한궤도가 돌아가는 굉음과 함께 지축을 뒤흔들었다. 전방을 향하고 있는 탱크의 포탑들은 쓸모없는 장난감들처럼 보였다.

그 소리에 쥐스틴이 잠에서 깼다. 그녀는 잠옷 바람으로 창가로 다가와 두 팔을 몸에서 약간 뗀 채 맨발을 오그리고 차가운 타일바닥 위에 섰다. 에텔은 한숨 섞인 목소리로 말했다. "그 사람들 갔어." 그러나 "그 사람들"이 누구라고 말하기에는 별로 자신이 없었다. 탱크들 뒤로 군인들을 태운 무개 트럭들이 줄지어 나타나고 엔진 소리가 훨씬 더 무시무시해졌을 때조차. 쥐스틴이 에텔의 팔을 잡아당겼다. "이리 와!" 그녀는 트럭들에 타고 있는 군인들에게 들리기라도 한다는 듯 소곤거렸다. 그러나 에텔은 말을 듣지 않았다. 그들 모두를 마지막 순간까지 보고 싶었다. 무거운 외투를 입고 바짝 붙어 걷는 그 남자들은 대부분 군모도 없이, 피로에 지친 기색이 역력했다. 고개를 들어 창문 쪽을 쳐다보는 이는 한 명도 없었다. 어쩌면 겁에 질려 있는지도 몰랐다. 그 공허한 이미지가 에텔의 마음속으로 들어와 지난날의 기억들을 모두 몰아냈다. 훗날 그녀는 로크빌리에르의 부엌 창문으로 본 그 남자들이 알프스를 통해 독일로 돌아갈 수 있다는 희망을 안고 북쪽으로 퇴각중이던, 롬멜 장군 휘하의 북아프리카 군단의 생존자들이었음을 알게 될 것이다. 그녀는 그 대열 속에 그들의 사령관이 없었다는 것, 사령관은 버림받은 병사들을 적지에 남겨둔 채 벌써 비행기를 타고 베를린으로 돌아가버렸다는 사실도 알게 될 것이다. 그녀는 이리 떼로 들끓는 보레옹의 눈 덮인 산을 도보로 넘기 위해, 귀가 먹먹해지도록 덜덜거리는 무한궤도 소리를 들으며 지휘관도 명령도 없이, 무전마저 끊긴 최악의 상황에서 점점 높아만 가는 장벽 같은 산을 향해 트럭을 타고 나아가는 그 사내들의 심정이 어땠을지 상상해보려 애쓸 것이다.

날이 가고 달이 흘렀고, 계속되는 정적은 먼 중얼거림처럼 새어드는 소문에 드문드문 깨어졌다. 그 일이 있은 후 어느 여름날, 또다른 군대의 왁자지껄한 소리가 들려왔다. 이번에는 개선하는 군대였고, 그래서 온 마을사람들이 경주를 구경할 때처럼 그들이 도착하는 모습을 보기 위해 거리로 나갔다. 쥐스틴은 에텔과 함께 다리가 있는 곳까지 갔다. 정오 무렵, 행렬이 마을로 들어왔다. 맨 앞에는 오토바이와 지프차들, 그뒤로 미국, 영국, 캐나다 군인들이 서 있는 덮개 벗긴 군용트럭들이 따르고 있었다. 트럭 문짝에는 사냥용 소총으로 무장한 사복 차림의 프랑스인들이 발판을 디디고 선 채 매달려 있었다. 어디선가 함성과 환호성이 들려왔다. 아이들이 도로를 따라 내달렸다. 이미 경험을 통해 요령을 터득한 터였다. 아이들은 손을 내밀며 군인들에게 소리쳤다. "추잉검!" 아이들은 산골마을 억양으로 발음했다. "추-인-곰-므!"

군인들이 던지는 추잉검, 빵 덩어리, 콘비프 통조림, 스팸. 쥐스틴은 재빨리 몸을 굽혀 사정거리 안에 있는 모든 것을 날쌔게 주워모았다. 하지만 에텔은 뻣뻣하니 그대로 서 있었다. 너무 많이 주워든 쥐스틴이 빵 꾸러미 하나와 스팸 상자 하나를 에텔의 두 손 사이로 내밀었다. 에텔은 이해하지 못하겠다는 눈빛으로 어머니를 보았다. 그녀는 아주 오랫동안 요란한 소음이 들끓고 난 후처럼 귀를 멍하게 울리는 그 놀라운 침묵 말고는 아무것도 느낄 수가 없었다. 마치 〈볼레로〉의 쿵쿵 내리치는 네 번의 타격이 끝도 없이 울리는 것 같았다. 그것은 팀파니 소리가 아니라 폭발음들, 출발 전날 니스에 떨어져 욕실 바닥을 물바다로 만들고 도시의 모든 사이렌을 울부짖게 한 폭탄 터지는 소리들이었다.

그날 저녁에도 알렉상드르와 쥐스틴은 알베르티 부인의 부엌에 앉아 흰 빵을, 새하얗고, 달콤하고, 면병처럼 쪼글쪼글한 빵을 아주 조금씩 떼어내 수프에 적셔 아껴 먹었다. 그리고 에텔은 혀 위에서 살살 녹는, 가장자리에 노란 거품이 술 장식처럼 붙은 분홍빛 살코기를 음미했다.

로랑이 전장에서 돌아왔다. 일주일 전에 한 장의 카드가 날아왔다. 프랑스에 주둔하고 있는 영국 부대가 인쇄된 그 마분지 조각에는 그가 파리발 기차로 니스에 도착하는 날짜와 시간만 적혀 있었다. 카드에는 그가 니스 역에 도착한다는 내용이 명시되어 있었지만, 그 다리를 폭파한 사람들은 잊어버렸을지 몰라도 이제 바르* 다리는 존재하지 않았고 기차가 그 다리를 건널 수 없다는 것을 모르는 사람은 아무도 없었다.

에텔은 자전거를 타고 바르 해안 하구까지 해안선을 따라 달렸다. 이제 그곳에는 베일리교**가 설치되어 있었다. 기차는 열

* 1944년 연합군이 상륙한 해안.

** 영국의 엔지니어 베일리가 2차대전 중에 비상용 가교로 개발한 조립식 다리

한시에 도착한다고 적혀 있었지만 에텔은 아홉시부터 그곳에 와 있었다. 벌써부터 태양이 뜨겁게 타올랐다. 눈이 녹아 무너진 다리 아래 강물은 불어나 있었고, 범람한 강 때문에 바다 위로 흙탕물이 넓게 퍼졌다. 갈매기 떼가 먹이를 찾아 하구 위를 선회하고 있었다. 강줄기는 상류에 있는 아치형의 임시 가교 쪽에서 좁아졌다. 다리를 향해 나 있는 도로는 강둑의 흙속에 팬 가느다란 홈처럼 보였다. 헌병들이 교통을 정리하느라 애쓰고 있었다. 짐을 잔뜩 실은 트럭들이 경사면을 힘겹게 올라갔다가 브레이크를 끽끽거리며 내려갔다. 트렁크를 든 여행자들, 부부들, 아이들로 이루어진 한 무리의 사람들이 다리를 건너가려 하고 있었다. 에텔은 자전거를 끌고 그곳을 겨우 통과했다. 엔진 소리와 함께 전조등이 켜졌고, 배기가스 배출구에서 먼지와 매연이 뿜어져나왔다. 평화는 요원하게만 느껴졌다.

생로랑 역도 나을 것은 없었다. 기관차들은 다시 출발하기 위해 움직이기 시작하고 있었고, 기관사들은 고함을 질러대고 역무원들은 호각을 불면서 서로 다른 신호를 보내고 있었다. 선로변경장치들마저 불만에 가득 차 신음하는 것처럼 들렸다. 마르세유를 향해 다시 출발하는 기차들은 짐과 승객을 너무 많이 실

로, 가볍고 이동이 가능하다.

은 탓에 바퀴가 헛돌면서 연신 불똥 다발들을 튀겨댔다. 아이들만이 그 불똥들을 보며 즐거워했다.

기차가 도착할 때마다 차량의 좁은 문을 서로 먼저 통과하려는 인파가 플랫폼에서 분주히 발걸음을 옮겼다. 제복을 입은 군인들, 석방된 포로들, 그중 몇몇은 붕대를 감고 있었다. 에텔은 까치발을 하고 두리번거렸다. 로랑이 맞은편 플랫폼에 도착할지도 모르는데 자기가 왜 거기에 서 있는지 알 수가 없었다. 그녀의 가슴은 빠르게 뛰고 있었다. 의지와는 달리 자신이 감상적인 소녀처럼, 약혼자를 기다리는 여자처럼 행동하고 있다는 생각이 들었다. 정신 차려야겠다고 생각한 그녀는 로랑을 만나지 못하더라도 강 연안의 농사꾼들에게서 채소를 사서 돌아갈 수는 있다고 결론을 내렸다. 그곳은 아직도 홍당무, 무, 근대를 구할 수 있는 유일한 장소였다. 운이 좋으면, 계란 반 꾸러미도.

파리발 니스행 열차의 승객들이 모두 내렸다. 사람들의 무리가 에텔을 스쳐 지나갔다. 눈들이 그녀를 탐색했고, 간혹 아는 사람일까 하는 기대에 부풀어 웃는 얼굴로 그녀를 보는 이도 있었다. 그리고 갑자기, 그곳에서 막 발길을 돌리려는 순간, 에텔은 그를 발견했다. 로랑은 플랫폼 끝에서 기다리고 있었다. 앙상하게 야윈 몸에 지나치게 커 보이는 군복, 헐렁한 카키색 바지,

검은 군화, 그리고 손에 작은 여행가방을 든 기묘한 실루엣. 뉴헤이븐발 브르타뉴행 배에서 내리던 그때와 똑같았다. 에텔은 그에게서 어딘지 군인 찰스* 같은 구석을 발견하고는 웃음이 났다.

그 순간이 지나고 그들은 포옹을 했다. 오랫동안 헤어져 있다가 다시 만난 연인의 열정적인 포옹이 아니라 남자끼리 하는 것 같은 아주 씩씩한 포옹, 로랑이 두 팔로 에텔의 어깨를 감싸고 그녀를 자신의 가슴에 힘껏 부딪치며 껴안는 그런 포옹이었다.

에텔은 자신이 무엇을 느끼는지 자문하고 있었다. 르 풀뒤에서 보낸 마지막 여름에 대한 추억 약간, 군복 상의의 까칠까칠한 촉감, 그리고 이 남자의 냄새, 로랑의 가슴속에서 되울리는 자신의 목소리. 그녀는 지나간 시간을 따라잡으려 애썼다. 그와 함께 사구의 모래 속에 누워 있던 그때, 모든 것이 순조로울 거라고, 자신들이 살아가는 내내 그런 삶이 지속될 거라고 믿을 수 있었던 그 시절을.

로랑은 늘 그랬듯 뻣뻣했고 거리감이 느껴졌다. 그녀를 발견한 순간 그는 하마터면 그녀와 악수를 나누고 존댓말을 할 뻔했다. 그녀와 만나지 못하는 동안에도 그는 매순간 그녀를 생각했

* 1918년작 코미디 단편영화 〈어깨 총Shoulder Arms〉에서 찰리 채플린이 맡은 미군 병사 역.

다. 그녀의 머리칼 냄새, 그녀의 입술에 묻어 있던 소금의 맛, 그녀의 모공에 박혀 있던 모래알들을. 그는 보내지 못하리라는 걸 알면서도 그녀를 향한 시를 계속 썼다.

침묵은 그들 사이에 보이지 않는 높다란 벽을 세웠다. 로랑은 사우샘프턴 내무반 사물함에 붙여놓았던 에텔의 사진을 깜빡 잊고 놔두고 온 것이 약간 창피했다. 다른 사람들처럼 그 역시 내무반에 들어가자마자 그녀의 사진을 핀으로 꽂아두었던 것이다.

그들은 바다 옆으로 나란히 뻗은 강둑을 따라 걸었다. 강둑 길이 끝나는 곳에서부터는 자전거 도로가 시작되었다. 하지만 르 풀뒤에 있던 작은 길들 같지 않았다. 프롬나드의 인도는 지그재그로 놓인 장애물, 철조망을 친 프레임, 방치된 파수막들로 막혀 있었다. 둘은 가까스로 만원 버스에 비집고 올라 사람들 사이에 낑겨 가느니 차라리 자전거 도로로 뛰어들기로 했다. 로랑은 다리를 벌린 채 페달을 밟았고, 에텔은 로랑의 목에 한 팔을 두르고 두 다리를 한쪽으로 모은 채 자전거 프레임 위에 걸터앉았다. 그리고 그의 작은 가방은 보조안장에 매달린 채소 담는 고리 바구니 안에 들어 있었다! 우스꽝스럽고 서사적이기까지 한 광경이었다. 낡은 자전거는 하중을 못 이겨 끽끽거렸고 종종 갑자기 중심을 잃고 미끄러져 도로를 이탈했다. 여러 번 그들은 자전거를 멈춰 세우고 버팀벽 위로 올라가 허공에 다리를 늘어뜨리고 앉아 바다를 바라보면서 휴식을 취했다. 길을 따라 가는 내내 지나가는 사람들이 그 젊은 한 쌍을 바라보았다. 적갈색 머리의 영국 군인, 그리고 어깨에 세모꼴 숄을 두르고 나무창을 댄 구두를 신은 자그마한 프랑스 여자를. 그들은 박수갈채를 보냈고, 로랑은 처칠이 즐겨 쓰는 승리의 브이 자를 그려 보이며 일일이 응답해주었다. 심지어 그들의 모습으로 클리셰 같은 사진을 찍으려는 사진기자도 있었다. 일면을 멋지게 장식하도록 지역 삼류 신문사에 팔 것이 분명했다. 그리고 누가 알겠는가? 그 사진이 세계일주라도 할지.

에텔은 웃었다. 그렇게 웃는 게 너무 오랜만이라 눈물까지 났지만, 그래도 좋았다. 그런 식으로 그들의 마음은 서서히 되살아나면서 긴 겨울잠에서 깨어나고 있었다. 그들은 매 순간 기억을 되찾고 있었다. 비록 순수한 기억이 아닐지라도. 그들은 행복했던 순간들을 기억하고 있었다.

딱 한 번, 로랑은 건물 꼭대기층에 사는 브룅 가족을 찾아왔다. 쥐스틴은 로랑을 "우리의 구원자"라며 지나치게 환대했고, 알렉상드르는 그를 알아보지 못하는 것 같았다. 알렉상드르는 입을 굳게 다물고 있다가 로랑이 떠나려는 순간, 몹시 불안한 눈빛으로 로랑의 두 손을 꼭 잡고는 놔주려 하지 않았다. 어쩌면 에텔을 영원히 잃게 될 것임을 알아차린 건지도 몰랐다.

파리를 향해 다시 떠나기 전—이번에는 얻어 타게 된 마르세유 사람들의 차 안에서—로랑은 에텔에게 물었다. "나와 함께 캐나다에 가서 살지 않을래?" 에텔은 대답하지 않았다. 그녀는 "나와 함께 산다"는 게 어떤 의미냐고 묻지 않았다. 정부가 되어달라는 걸까, 아내가 되어달라는 걸까? 그는 마지막으로 쓴 시를 그녀에게 건네주었다. 영국을 떠나기 전날 쓴 시였다. 구겨지고 축축해진 그 종이에서는 괴상한 냄새가 났다, 땀 냄새, 피곤에 전 냄새 같은 것이었다.

연필로 쓴 글자는 이미 지워져가고 있었다.

매 순간 까닭 없이 나는 너를 생각한다
너의 눈, 네 목소리
말을 끝맺지 않는 너의 말투
네 얼굴의 내음
너의 축축한 머리칼
우리가 모래 속에 누워 있을 때 우리의 몸 위를 타고 올라오던 그 파도
우리가 모래언덕 위를 걸었을 때 내가 네 발에서 뽑은 가시

들

너는 매 순간 나와 함께 살았다, 사우샘프턴,
포츠머스,
펜잰스의
거친 막사 안에서
그리고 내일이면 나는 프랑스 땅에 닿으리니
너에게 가 닿으리니

안녕히

프랑스여, 지난날들이여 안녕. 파리여, 안녕히.

토론토로 출발하기 전, 에텔은 세상 누구보다 잘 알고 세상 무엇보다 사랑하고 미워했던 그 도시를 거닐었다. 센 강가에서 그녀는 후텁지근한 공기를 들이마시고, 마로니에 잎사귀 사이로 반짝이는 강물을 바라보았다. 하늘은 가벼워 보였고, 돔과 탑들은 지붕 위에 둥둥 떠 있는 것처럼 보였다. 그녀는 온갖 사람들과 마주쳤다. 킥킥 비웃는 천박한 여자들의 무리, 낡은 밤색 외투로 몸을 가리고 있었는데도 그녀에게 추파를 던지는 사내들. 교차로에서, 건물 문가에서, 카페테라스에서 신사들이 담배를 피우며 이야기를 나누고 있었다. 그들은 새로운 소식이나 경주 결과들에 대해 떠들어댔다. 마치 자신들의 미래가 걸린 문제나

되는 것처럼 열띤 어조였다. 그녀는 어느 낯선 나라의 수도에 와 있는 기분이었다.

반면 코탕탱 가 쪽은 변한 게 없었다. 그 집과 아틀리에에는 은행이 세들어 있었다. 해외로 달아난 대독 협력자들의 부동산을 헐값에 사들여 부자가 된 사람들이 많은 듯했다. 그렇다면 슈맹은? 그리고 탈롱은? 에텔은 그들이 이 힘든 시국을 교묘하게 헤쳐나갔으리라고 확신했다. 아니, 분명 유대인들에게서 몰수한 재산을 누구보다도 잘 관리해 열배, 백배로 돈을 불렸을 거라는 생각마저 들었다. 마드무아젤 드쿠의 아틀리에는 보험 업무를 담당하는 직원이 사용하고 있었다. 에텔은 그곳에 살던 동물들을 생각했다. 그 녀석들은 살아남았을까? 파리에 살던 대부분의 고양이들처럼 그 녀석들도 분명 냄비에 담겨 생을 마감했을 것이다. 구역 벽들을 따라 마르그랭 가에 있는 여학교 쪽으로 걸어가는 동안, 망령들이 행인들 사이로 교묘하게 끼어들어 그녀를 스치고 지나가거나 창문 커튼 뒤에서 훔쳐보고 있는 것 같은 느낌이 들었다. 아르모리크 가 32번지와 34번지. 브룅 집안의 미래를 대가로 치른 건물은 마침내 완성되어 있었다. 그녀가 서 있는 곳에서 왼쪽으로 제법 높은 건물이 서 있었다. 시멘트처럼 보이는 칙칙한 돌로 지은 6층 건물은 네모난 창문들이 나 있는데도 구멍 하나 없이 꽉 막힌 흉물스러운 장벽 같아 보였고, 불행한 시기를 거치면서 건물이 땅을 야금야금 먹은 듯 이상하리만치 협소해 보였다. 그리고 오른쪽에는 연보라색 집과 불구대천의 원수였던 코나르 빌라가 아무렇게나 방치되어 있었다. 오래지 않아 헐리고 그 자리에 다른 건물이 들어설 게 분명했다. 에텔은 발걸음을 멈추지 않았다. 우편함에 적힌 거주자들의 이름을 읽으려 하지 않았다. 그녀는 씁쓸한 승리감을 느꼈다. 아칸서스 나무와 여인상 기둥, 모자이크와 마카롱 장식 같은 모든 것들을 거부함으로써 건축가가 건물에 최소한의 장식을 덧붙이지 못하도록 막은 게 바로 그녀였기 때문이었다. 오로지 건물 이름만이 입구의 상인방 위에 그대로 붙어 있었다. 우스꽝스럽고, 약간은 치명적인 이름이었다. 라 테바이드.

빗속에서 출발하기 전, 뜻밖에도 에텔은 몽파르나스 묘지에 있는 종조부의 무덤에 함께 가지 않겠느냐고 로랑에게 물었다.

묘지 관리인은 영구임대묘지 등록장부를 뒤적이더니 무덤이 있는 곳을 알려주었다. "절대로 못 보고 그냥 지나칠 염려는 없을 겁니다, 천사장 가브리엘 바로 옆에 있으니까요." 관리인의 말대로 장식 하나 없는 잿빛 대리석 묘석은 쉽게 찾을 수 있었다. 묘석에 새겨진 이름들 중 어떤 것들은 아직도 읽을 수 있었고, 또 어떤 것들은 거의 지워져 있었다. 사뮈엘 솔리망이라는 이름 밑에는 다음과 같은 날짜들이 새겨져 있었다. 1851년 10월 8일~1934년 12월 10일. 하나의 이름, 그리고 그 전설에 대한 풍문 말고는 아무것도 남지 않았다.

솔리망 씨의 유품 중 에텔이 간직하고 있는 건 사진 한 장이 전부였다. 짝막한 구식 외투에 펠트 모자를 쓰고, 콧수염과 구레나룻을 기른 노인. 그리고 그 옆에, 곱슬곱슬한 머리에 세일러 칼라가 달린 박스형 원피스를 입고, 손에는 자기 키 높이만 한 굴렁쇠를 쥔 얌전한 여자아이 에텔. 어떻게 보면 솔리망 씨는 정말 천사장 가브리엘을 닮았다. 키가 크고 몸집이 건장한데다 날개처럼 생긴 구레나룻, 그리고 오른손에 든 검 같은 지팡이.

그들은 비가 우산을 두드리는 소리를 들으면서 꽤 오랫동안 묘석 앞에 머물러 있었다. 무덤에서 김이 피어오르면서 흙 냄새와 풀 냄새가 올라왔다. 월계수 숲속 어딘가에서 티티새들이 지저귀는 소리가 들려왔다. 여길 자주 들렀어야 했는데…… 솔과 흙손을 가지고 자주 찾아와 묘석을 깨끗이 털고, 이음매에 회반죽도 다시 바르고, 그렇게 돌봐드렸어야 했어, 연로한 부모님 집을 찾는 것처럼, 로랑은 생각했다. 자주 찾아와서 흐릿해져가는 글자들을 묵탄으로 다시 칠하고, 그랬어야 했는데. 그런 생각에 그는 가슴이 미어질 것만 같았다. 그에게는 묵념을 드릴 지하 가족묘소도, 영구임대묘지도, 심지어 자기 고모 이름이 새겨진 묘석조차 없었다. 프랑스 땅에 그를 묶어주는 건 전무했다.

로랑과 에텔은 깊이 생각해볼 겨를도 없이 서둘러 결혼식을 올렸다. 아담한 생 장 바티스트 드 라 살 성당* 안, 블루에의 모자이크화 아래에서. 코탕탱 가 시절 알렉상드르 브룅은 그 성당을 두고 빈정대길 좋아했다. "나중에 아이를 낳거든 내게 보내려무나, 그야말로 죽음으로 향하는 엘리베이터가 되어주지 않겠니!"

로랑 펠드는 자신의 신앙을 이유로 성당에서 올리는 결혼식을 거부하지 않았다. 결국 예수도 유대인이 아니던가! 로랑 측에서는 그의 누이 에디트가, 에텔 측에서는 그녀에게 첫 성체배령을 해준 늙은 사제가 증인으로 나섰다.

에텔은 그녀 쪽 증인이 제니아였으면 진심으로 기뻐했을 것이다. 그러나 몇 년간의 전쟁은 모든 것을 철저히 파괴하고 지워버렸다. 제니아와 다니엘 도네르는 참석하지 않았다. 그들은 주

---

* 파리 15구 네케르 가(코탕탱 가 인근)에 위치한 성당. 17세기 프랑스의 성직자이자 교육 개혁가, 박애주의 교육자였던 생 장 바티스트 드 라 살(1651~1719)은 그리스도교 학교 형제단을 설립하고 가난한 아이들의 교육에 평생을 바쳤다.

소조차 남기지 않고 떠났다. 아마도 세상 반대편 끝으로, 아니 어쩌면 스위스로 갔을지도 몰랐다.

쥐스틴은 올 수도 없었고, 오고 싶어하지도 않았다. 그녀는 알렉상드르 핑계를 댔는데, 최근에 그의 건강이 심하게 악화되어 옴짝달싹할 수도 없는데다 돈도 없고 피곤하다는 것이었다. 하지만 수치심이나 그 비슷한 이유 때문인 게 분명했다. 그녀는 자기를 내쫓은 도시를 두 번 다시 보고 싶지 않은 것이었다. 그녀는 원한과 혐오감을 품고 있었다. "내가 참석하면 뭐하겠니? 어차피 넌 파리에서 살지도 않을 텐데." 에텔은 그 말을 믿는 척했다. "그럼 엄마가 우릴 보러 오면 되겠네." 쥐스틴은 그러겠다고 약속했다. 하지만 배를 타고, 기차를 타고…… 그들은 영원한 이별을 한 거나 마찬가지였다.

8월의 파리는 열기로 짓눌려 있었고 되찾은 자유에 취해 있었다. 깃발들, 플래카드들. 아직 한산한 차도들 위를 달리는 영국군, 미군, 캐나다군의 장갑차들과 그 뒤를 따르는 F. F. I(프랑스 국내군)의 부서진 자동차들. 버스 좌석에서 몸을 내민 애국자들은 깃발을 흔들어댔다. 군중 속에서 에텔은 한 무리의 남자들에게 부딪히고 치이면서 거센 소용돌이에 휘말리듯 그 속으로 휩쓸려들어갔다. 그녀의 손은 계속 로랑의 손을 찾았다. 남자들은 그녀의 몸을 빙빙 돌리면서 덤불숲 속에서 들려오는 오케스트라 음악에 맞춰 왈츠를 추게 했다. 남자들 중 하나가 갑자기 그녀에게 서툰 입맞춤을 하고는 두 손으로 그녀를 어루만지고 가슴을 더듬었다. 그녀가 비명을 지르며 발버둥치자 남자들은 밤의 어둠 속으로 달아나 모습을 감추었다. 에텔은 로랑에게 바짝 달라붙었다. 다리가 후들거리고, 심장이 거칠게 고동쳤다. 그들이 캐나다 군인들이었다고 로랑이 말해주었을 때 그녀는 신기하게도 기분이 좋아졌고, 그래서 웃음을 터뜨렸다. 그러니까 앞으로 살게 될 나라의 사람들, 그녀의 새로운 동포들이었다! 그녀는 그들을 다시 만나 인사를 나누고 이름을 묻고 싶다는 생각마저 들었다.

결혼식이 끝난 후 그들은 이 호텔 저 호텔을 떠돌아다녔다. 아무런 계획도 없이 발길 닿는 대로 이 구역에서 저 구역으로. 블로메 가의 블로메 호텔. 팔귀에르 가의 플뢰리 호텔, 보지라르 가의 플로미옹 호텔. 뒤토 가의 부아야주 호텔. 역 주변에서는 에댕부르 가의 에댕부르 호텔, 장 부통 가의 부아야죄르 호텔, 데파르 가의 브르타뉴 호텔. 라탱 구역에서는 뷔시 가의 루이지아나 호텔, 무슈 르 프랭스 가의 데 발콩 호텔, 세르팡트 가의 데 제콜리에 호텔. 그러고 나서 북쪽의 구트 도르 구역, 몽마르트 구역, 뷔트 쇼몽 구역. 비좁은 방은 지나친 난방 때문에 숨이 막힐 지경이었지만, 온수를 데울 석탄이 없어 욕실에선 찬물로 샤워를 해야 했다. 그들은 짐도 거의 없었다. 로랑의 면도기와 에텔의 화장품과 속옷을 넣은 작은 가방 하나뿐이었다. 때때로 호텔 수위가 야릇한 눈빛으로 보기도 하고, 여관 여주인이 두 사람의 관계를 잘 알겠다는 듯 "한창 좋을 때야" 같은 말을 하기도 했다. 에텔은 다소 신경이 쓰였다. "알겠어? 그러니까 우리가 결혼하지 않은 사이라고 생각하는 거야!" 하지만 그는 전혀 개의치 않았고, 심지어 숙박계를 쓸 때 일부러 틀리게 쓰기까지 했다, 마드무아젤…… 그러고는 이내 정정했다. 마담.

예전에 그들은 브르타뉴를 탐사하고 아일랜드로 갈 또다른 여행 계획을 세웠다. 하지만 이제는 버스로 파리 시내를 한 바퀴 도는 것으로 만족했다. 센 강가로 소풍을 가고, 거기서 마른 강까지 올라가기도 했다. 어느 날 오후, 에텔은 오래전 제니아를 만나던 '백조의 산책길'로 로랑을 데려가고 싶었다. 그곳 덤불 속에서 표면이 벗겨진 석고상처럼 꼼짝 않고 서서 연인들을 훔쳐보는 늙은 사티로스와도 재회했다.

에텔은 로랑의 손을 잡아끌어 코끼리 나무가 있는 곳으로 데려갔다. 에펠 탑이 아주 잘 보이는 자리였다. 그들은 거기 그대로 서 있었다. 벤치들은 전부 도둑맞아 사라지고 없었고, 강둑은

질퍽한 진흙탕이라 앉을 수가 없었다. 커다란 수송선들이 뱃머리로 탁한 물결을 밀면서 천천히 나아가고 있었다. 에텔은 사랑하는 모든 것을 로랑에게 보여주고 싶었다. 물결 속에서 머리칼처럼 흔들리는 수초들을, 소용돌이치는 빛을, 물에 잠긴 뿌리들에 매달린 거품 꽃들을. 하지만 로랑은 아무 말이 없었다. 그는 담배에 불을 붙였다가 이내 손가락으로 튕겨 강물로 날려버렸다. 그는 그곳에 더 있고 싶어하지 않았다. 그 순간 에텔은 질투 때문일 거라고 생각했다. 그곳은 그녀와 제니아의 추억이 깃든 장소였으니까.

그런데 얼마 후 앙트르프르뇌르 가에 있는, 그 거리와 같은 이름의 호텔 방에서 그가 속마음을 털어놓았다. "내게 그곳은 끔찍한 장소야. 바로 맞은편이 벨디브 경기장이잖아, 거기서 레오노라 고모가 파리의 모든 유대인들과 함께 경찰에게 끌려가 드랑시 강제수용소로 이송되었어. 그래서 지금도 그곳을 담담하게 바라볼 수가 없어, 아니, 그곳에 가까이 갈 수도 없어, 내 마음 이해하지?"

에텔은 이해하지 못했다. 왜 여태 그런 사실을 까맣게 모르고 있었던 걸까? 그제야 그녀는 로랑이 왜 이 나라를 떠나 다시는 돌아오려 하지 않는지 깨달았다. 그것은 모험을 하고 싶어서도, 캐나다에서 직장을 구해서도 아니었다. 그녀 역시 다시는 돌아오지 않으리라.

딱 한 번, 로랑이 에텔을 비에르섹셀 가에 있는 예전 고모 댁으로 데려간 적이 있었다. 그가 에텔을 고모에게 소개해준 적은 한 번도 없었다. 수줍음 때문이거나 그럴 기회가 없어서였다. 그들은 삼층까지 계단을 걸어 올라갔다. 엘리베이터는 전쟁이 시작되던 무렵부터 고장이 나 있었다. 아파트는 아름다운 벽돌 건물로, 현관문에는 정교하게 세공장식이 되어 있었고, 현관홀은 스테인드글라스로 둘러싸여 있었고, 짙은 색 나무계단에는 오래되고 낡아빠진 붉은 카펫이 깔려 있었다. 너무 조용해서 불안마저 느껴지는 곳이었다. 삼층에 다다랐을 때, 로랑은 어떤 문 앞에 멈춰섰다. 초인종 위에 붙은 구리판, 거기서 에텔은 '비콩트 다에마르 드 베리아크'라는 이름을 읽었다. 모리셔스 명문가의 성性 같다는 생각이 들었다. 로랑은 뭔가 곰곰 생각하는 얼굴로 잠시 문 앞에 그대로 있었다. "초인종 안 눌러?" 에텔이 묻자 그가 얼굴을 찌푸리며 대답했다. "소용없어, 지금 이 집에 살고 있는 사람들은 아무것도 몰라. 에디트 누나 소개로 얼마 전에 새로 이사 온 사람들이거든. 이제 옛날 일을 조금이라도 아는 사람은 아무도 없어. 마치 고모님이 여기 살았던 적도 없는 것처럼." 그는 계속 문을 노려보면서 천천히 물러났다. 문은 흉하게 망가져 있었다. 바니시 칠이 비늘처럼 일어나 있었고, 물리적 충격이 가해졌는지 아래쪽이 움푹 들어가 있었다. 노부인이 가운을 걸치고 나오기까지 그 짧은 시간조차 참지 못한 경찰들이 군홧발로 마구 두드려댄 흔적일까? 그 집을 찾아간 이후 로랑과 에텔은 다시 그 이야기를 꺼내지 않았다. 그날뿐 아니라 다음 날, 그다음 날에도. 그들은 이제 '백조의 산책길'이나 그르넬 다리 근처에는 얼씬도 않았다. 도시에는 발 디딜 틈 없이 꽉 찬 극장처럼 축제의 소리, 자유에 취한 소리가 울려퍼지고 있었다. 엔진 부르릉거리는 소리, 경적 소리, 카페들에서 흘러나오는 음악소리, 바스티유 광장, 모베르 광장, 포르트 생 탕투안의 선술집들에서 들려오는 시끌벅적한 소음. 하지만 로랑은 그 벌어진 상처, 파리 시내 한복판에 있는 침묵의 지대, 소름 끼치는 자전거 트랙, 계단식 좌석들, 그 남자들과 여자들과 아이들을 삼켜버린 문들에 관한 생각을 떨쳐버릴 수가 없었다. 불안해하는 그들에게 경찰들은 친절하게 말했다. 걱정 마십시오, 이건 단순한 확인 절차일 뿐이니까요, 아시죠, 새 법령, 그건 여러분의 이익, 여러분의 안전을 위한 겁니다, 정부는 여러분을 보호합니다, 여러분은 아무것도 두려워할 필요가 없습니다, 무슨 피해를 입지나 않을까 염려하지 않으셔도 됩니다, 오늘 저녁에 다들 집으로 돌아가실 수 있을 테니까요.

로랑은 드랑시 강제수용소에 대해 이야기했다. 에텔은 그 지명을 그때 처음 들었다. 파리 북쪽에 있는 커다란 건물들, 오, 아이러니하게도 달라디에는 전쟁 전에 헌병 막사로 쓰기 위해 지은 그 건물들에 공산주의자들을 가두었다. 레오노라 고모가 그 공산주의자들과 무슨 관계가 있었단 말인가? 거기까지 말하고 나서 로랑은 더 아무 말도 하지 않았다. 아마도 그 이상은 아는 게 없었을 것이다. 구역 경찰서와 경찰청에서는 묵묵부답이었다. 그들은 조사가 진행중이라고 조심스럽게 말하면서 소송을 제기해보라고 정중하게 제안했다. 책임자들은 지금 모두 어디에 있을까? 해외로 달아났을까, 아니 어쩌면 프랑스가 해방되던 그날 가로등에 목이 매달려 죽임을 당했을까?* 아마도 소송이 제기되고, 재판을 하고, 유죄판결들이 내려졌을 것이다. 그러나 파리 한복판 '백조의 산책길' 맞은편에서 더욱 깊어져만 가는 침묵, 그것은 어떻게 해야 사라질 수 있을까?

로랑은 변했다. 이제 지난날 에텔이 알았던 그 남자, 아무것도 아닌 일로 얼굴을 붉히고, 그래서 여자들에게서 놀림을 당하던 그 남자가 아니었다. 어떤 면에서 이제 그는 단련되었다. 여러 구역들을 돌아다니며 신혼의 밤을 보내는 동안 그는 거의 아무

* 프랑스 대혁명 때 '귀족들을 가로등에 매달라'는 구호에서 따온 표현.

말도 하지 않았다. 그는 에텔과 함께 버스를 탔고, 빠른 걸음으로 거리를 걸었다. 그리고 호텔이 눈에 띄면 에텔을 끌고 들어갔다. 그는 서둘러 에텔의 몸을 탐했다, 두 사람의 육체가 땀으로 흠뻑 젖어들고 숨을 쉴 수 없을 정도로 호흡이 가빠지면서 고통과도 같은 무감각에 빠져들 때까지.

에텔은 인간이 그런 상태에 빠져들 수 있다는 것을 한 번도 상상해본 적이 없었다. 그것은 난폭하고 동물적인 동시에 격정과 욕망으로 가득 찬 상태였다. 그녀는 얼마 전 군중 속에서 캐나다 군인들에게 에워싸여 갇혔던 때처럼 이성을 잃었다. 이제 부탁하고 요구하는 건 그가 아니라 그녀였다. 그녀는 로랑의 몸에 자신의 몸을 바짝 붙였다. 다리가 서로 얽히고 배와 배를 맞댄 채 한 몸이 된 그들은 같은 살을 공유하면서 같은 리듬으로 호흡하고, 똑같은 힘으로 근육과 힘줄들을 긴장시키며 전율했다. 행위가 끝나자마자 에텔은 여전히 흥분된 눈으로 미소도 짓지 않고 로랑을 보며 말했다. "한 번 더 할까?" 마치 단단한 땅을 딛고 일어서려 할 때마다 또다시 새로운 물결이 덮쳐 그녀를 휩쓸어 가는 것 같았다.

이제 그들은 말을 나누지 않았다. 한번은 로랑이 전쟁 이야기를 해준 적이 있었다. 프랑스 북부에서, 이름조차 모르는 강을 따라 펼쳐졌던 어떤 작전. 도처에 누더기를 걸친 포로들, 굶주린 거지나 암살자처럼 덕지덕지 때가 눌어붙고 눈이 반짝거리던 그 섬뜩한 얼굴들.

어쩌면 전쟁 같은 건 일어나지 않았는지도 몰라, 에텔은 생각했다. 길 위를 떠돌다가 산속으로 숨어들어간 그녀와 그녀의 가족에게 그랬던 것처럼. 오직 살인, 범죄, 그리고 범죄자들, 약탈하고 죽이고 강간하기 위해 시골로 뛰어든 무리들만 있었던 건지도. 그녀는 로랑에게 허기에 대해 이야기하지 않았다. 날마다 뱃속을 물어뜯던 그 허기, 코트다쥐르의 시장 좌판 사이에서 음식 부스러기를 먼저 주우려고 싸우던 그 늙은이들, 삶이 느리게 흐르던 배후지의 계곡들, 쥐스틴의 다리를 뜯어먹던 파리 떼. 쉽게 이야기할 수 없는 것들이었다. 그것은 또다른 세계에서 일어난 일들이었다.

제니아의 소식은 전혀 예기치 않았던 곳에서 그야말로 우연히 들려왔다. 로랑이 〈일뤼스트라시옹〉 지를 읽다가 거기서 어느 사교계 행사에 관한 기사를 본 것이다. 파리 불로뉴 숲의 르 클래 호텔에서 열린 패션쇼. 기사에 실린 사진은 그다지 선명하지 않았다. 화려한 부르주아지 여자들이 찍힌 사진 밑에 샤비로프 백작부인에 관한 기사가 실려 있었다. 에텔은 먼저 르 클래에, 그다음에는 신문사로 연락해 마침내 제니아와 통화할 수 있었다. 수화기를 통해 들려오는 그녀의 목소리는 옛날과 똑같았다. 약간 굵고 허스키한 목소리. 두 사람은 잠시 어색하게 머뭇거렸지만 만나기로 약속했다. '백조의 산책길'이 아니라 루브르의 카페테라스에서. 그 역시 변화를 말해주고 있었다.

에텔은 약속시간보다 일찍 도착했지만 곧바로 테라스에 가서 앉지 않았다. 자신이 계속 거기 있을지조차 결정하지 못하고 있었다. 제니아는 혼자 왔다. 옛날보다 키가 더 크고 마른 것 같았다. 괴상한 드레스가 아닌 단정한 회색 투피스 차림에, 머리는 뒤로 틀어올린 모습이었다. 에텔은 그녀를 알아보지 못할 뻔했다. 그들은 서로 포옹했다. 그 순간 에텔은 알아차렸다. 이제 제니아에게서는 지난날 자신의 가슴을 감동으로 두근거리게 했던 그 가난의 냄새가 나지 않는다는 걸. 그녀들은 별로 중요하지도 않은 이런저런 이야기들을 늘어놓았다. 마치 과거를 회피하는 것처럼. 제니아의 눈빛은 예전과 변함이 없었지만, 왠지 더 차가워 보였다.

"그런데 넌 어떻게 지내고 있니?"

제니아는 자신의 결혼, 자기가 만들고 싶어하는 명품 의류브랜드, 다니엘이 에펠탑 근처 고급 주택가에 구입한 아파트 얘기를 막 끝낸 참이었다. 그녀는 에텔의 말을 건성으로 들었다. 그녀에겐 전에는 보지 못했던 신경질적인 버릇들이 생긴 것 같았다. 대화 도중에 연신 오른쪽 관자놀이를 긁거나 손가락 마디들을 소리 나게 딱딱 꺾어댔다.

테라스는 햇살이 내리쬐는 야외에 있었고, 날씨는 벌써 무더웠다. 그들은 차츰 옛날 기분에 다시 젖어들었다. 상대가 이야기하는 도중에 엉뚱한 말을 하는 제니아의 버릇은 여전했다. 그녀는 건너편 테이블에 노출이 심한 옷을 입고 미군들과 함께 앉아 있는 여자들을 비웃었다. "지난해 겨울에 독일 놈들하고 붙어먹던 것들이야!" 그들은 마르그랭 가의 학교 시절을 회상했다. 자습감독들, 수작을 걸던 프랑스어 선생, 바람에 원피스 자락이 위로 기어올라간 마드무아젤 장송, 여자아이들, 임신 때문에 어쩔 수 없이 결혼한 친구들, 라 마른 주청사나 우체국에 취직한 아이들. 에텔이 로랑에 대해, 그리고 그와 함께 캐나다에서 시작할 새로운 삶에 대해 들려주었을 때 제니아는 시큰둥한 표정을 지었다. 에텔은 제니아가 자기를 질투할 수도 있다고, 자기 외에는 아무도 행복한 삶을 살 수 없다는 사고방식을 가졌다고 생각해 본 적이 한 번도 없었다. "그렇다니 다행이네, 왜냐하면 솔직히……" 제니아는 무슨 말을 하려던 것이었을까? 그녀는 말을 이었다. 이번엔 빈정거리지 않았다. "있지, 동창 애들을 만나서 얘기 들었는데, 그애들은 네가 좀 이상해지고 있다고 생각하더라고. 네가 카르벨리스나 고양이들을 조각하던 그 여자처럼 될 거라나? 그 왜, 네가 나한테 얘기하던 그 여자 있잖아. 그 여자 이름이 뭐였지?" 에텔은 제니아의 얼굴을 똑바로 보았다. 에텔은 그런 말을 듣고도 수치심을 느끼지 않는 자신에게 놀랐다. 제니아와의 만남이 이런 거라면 그냥 의례적인 말만 나누고 헤어지는 게 나았다. 마지막 젊음마저 사라지고 난 지금, 제니아는 이제 다른 여자들이나 별반 다를 바 없는 평범한 여자가 되어 있었다. 물론 여전히 눈부시게 아름다웠지만, 약간 천박하고 약간은 심술궂은, 불만에 가득 차 있는 여자. 제니아의 이런 모습을 확인하게 되었으니 오히려 잘된 일인지도 몰랐다. 헛된 우상을 숭배하면서 평생을 보낼 수는 없으니까.

이윽고 다니엘 도네르가 도착했다. 그는 에텔이 상상하던 것과 달랐다. 키가 훤칠한 갈색 머리의 남자로, 우아하고 세련된데다 표정도 진지했다. 그는 제니아의 맞은편에 앉아 에스프레소를 마셨다. 그는 별로 말이 없었고, 줄담배를 피웠고, 안경을 벗어 꼼꼼하게 렌즈를 닦았다. 어느 순간 에텔이 제니아의 일, 자기 브랜드를 만들어 미국까지 수출하겠다는 계획을 언급하자, 다니엘은 대뜸 말을 잘랐다. "내가 바라는 건 그저 평범한 삶을 사는 겁니다." 에텔은 친구 대신 모욕을 느꼈다. 하지만 제니아는 그가 말하는 "평범한 삶"이라는 게 전혀 궁금하지 않은 듯 보였다. 그녀는 다니엘의 손가락 끝을 잡고 있었다. 그건 잃어서는 안 될 재산이었고, 그러므로 그녀는 그가 원하는 것이라면 무엇이든 받아들일 준비가 되어 있었다. 잠시 후 에텔은 제니아와 다니엘이 저희끼리 주고받은 짧은 시선을 통해 그것을 확인할 수 있었다. '이제 그만 일어날까?' 라는 의미였다.

에텔은 황급히 자리에서 일어났다. 꼭 자신이 계산하고 싶었다. 그녀는 다니엘과 악수를 하고 나서, 제니아에게 살짝 신호를 보내며 빠르고 불분명하게 중얼거렸다. "다스비다냐?"* 옛 시절을 추억하면서. 아마 에텔은 자기 역시 제니아와 다를 바 없이 이기적인 인간으로 변했음을 어렴풋이 느꼈으리라. 그녀는 시간이 늦었다는 듯 뛰다시피 자리를 떠났다.

알렉상드르는 그즈음에 세상을 떠났다. 로랑과 에텔이 파리의 이 호텔 저 호텔을 전전하고 있어 서로 연락이 닿지 않는 동안에. 그는 폐수종으로 호흡곤란을 일으키다가 결국 질식사했다. 세균들과의 전쟁은 휴전과 공방전을 거듭하면서 오랫동안 지속되었다. 그를 앗아간 것은 바로 그 세균들이었다.

장례식은 니스에서 서쪽으로 꽤 멀리 떨어진 언덕 위에 새로 조성된 공동묘지에서 치러졌다. 이방인들을 위한 공동묘지, 언

---

* 러시아어로 헤어질 때 하는 인사.

덕 허리에 얹힌 단순한 콘크리트 상자들. 달리 선택의 여지가 없었다. 솔리망 씨가 잠들어 있는 몽파르나스의 지하 묘소는 이용할 수 없었고, 기차로 운구할 때 사용하는 납으로 봉인한 관도 이제는 구할 수가 없었다. 게다가 날씨마저 너무 더웠다. 에텔이 도착했을 때 알렉상드르는 영안실에 그대로 누워 있었다. 그곳 직원은 냄새 때문에 한시 바삐 장례를 치러야 한다고 설명했다. 에텔은 로랑의 도움을 받아 일을 처리하고, 남편에게서 빌린 돈으로 모든 비용을 지불했다. 그녀는 고인의 시신을 넣을 서랍 앞면에 관용적인 애도 문구조차 새겨넣지 않겠다고 우겼다. "그렇지만 아가씨, 아무리 그래도 R. I. P.* 정도는, 최소한 그 정도는 넣어야 합니다"라며 장례업자가 비난하듯 성화를 해도 말을 듣지 않았다. 남자는 아마도 글 한 줄당 얼마씩 돈을 받는 듯했다. "아뇨, 아버지는 라틴어를 싫어하셨어요. 그냥 이름하고 탄생일과 사망일, 그리고 마침표만 넣어주세요, 그거면 충분해요." 다시 한번 그녀는 아르모리크 가의 건물 정면에 여인상 기둥을 세우지 않겠다고 고집했을 때처럼 말했다.

장례식 때문에 모든 사람, 아니 모두는 아니라 할지라도 대부분의 사람들이 쥐스틴의 집에 다시 모였다. 모리셔스 고모들, 솔

---

* '고이 잠드소서Requiescat in pace'라는 라틴어 약자로 묘비명에 주로 쓴다.

리망 씨 쪽 친인척들, 그리고 심지어 루아르 대령과 르메르시에 장군 부인까지 지난날의 원한을 억누르고 찾아왔다. 그래서 이전처럼 다시 한번 모두가 한가족이라는 환상을 불러일으킬 수 있었다. 마치 아무 일도 일어나지 않은 것처럼, 혹은 알렉상드르의 죽음으로 그들의 어리석은 말과 행동들이 모두 씻겨나간 것처럼, 이제 막 끝난 공포와 비극에 그들은 아무 연관도 없는 것처럼.

에텔은 그들을 주의 깊게 지켜보면서 그 옛날 자신의 어린 시절과 다시 연결해보려 애썼다. 하지만 잘 되지 않았다. 그 간극은 메워지지 않았다. 그녀는 어서 세상 반대편 끝으로 떠나 마침내 진짜 인생을 살고 싶었다.

밤샘과 장례식이 끝난 후 쥐스틴은 집에서 간단한 모임을 열었다. 그러나 그 모임은 돌아가면서 노래를 부르고 활기 넘치는 대화들이 오가던 코탕탱 가의 살롱 모임이 아니었다. 지붕 경사면에 난 창을 통해 저 멀리 반짝이는 바다와, 항구로 돌아오는 고기잡이배와 돛단배, 정박하기 위해 빌프랑슈 항구를 향해 나아가는 코르시카 화물선들, 케르베로스*처럼 먼바다에서 꼼짝도 않는 영국과 미국의 순양함들이 내다보였다. 항구에서는 벌

* 그리스신화에 나오는 하데스의 문을 지키는 개. 세 개의 머리와 뱀의 꼬리를 가지고 있다.

써 철거공사가 시작되어 방어벽과 포좌들을 무더기로 무너뜨리고 있었고, 저녁이면 메카노 사에서 만든 미니어처 같은 탑 위의 등댓불이 다시 켜졌다.

"와서 우리랑 함께 살면 안 돼요?" 에텔은 다시 물었다. 쥐스틴은 한숨조차 내쉬지 않았다. "내가 거기 가서 뭐하겠니? 너희한테 짐만 될 텐데…… 난 이제 너무 늙고 지쳤다. 가끔씩 너희가 나를 보러 오렴, 그랬으면 좋겠구나."

갑자기 쥐스틴은 거의 충격적이기까지 한 행동을 했다. 그녀는 야윈 손을 에텔의 배 위에 올려놓으며 말했다. "산기가 느껴지면 나한테 알려주렴, 내가 기도해줄 테니까." 어떻게 알았을까? 월경이 멈추긴 했지만 에텔은 여전히 긴가민가했고, 그래서 로랑에게조차 아직 얘기하지 않았다. 쥐스틴은 희미하고도 은밀한 공모의 미소를 지었다. 딸이 대견한 한편 측은하기도 하다는, 부드러운 찡그림 같은 미소. "만약 이 녀석이 뾰족한 끝으로 찌르거든 엄마한테 편지로 알려주려무나, 내 손자가 사내아이라는 걸 알 수 있게 말이다."

이번만은 쥐스틴의 생각이 옳았다. 그녀는 이미 그 도시 사람이었다. 자기 방 발코니에서 몸을 앞으로 내밀면, 만 끝으로 알렉상드르가 묻힌 가파른 언덕이 보였다. 맨 꼭대기 층에 있는 그

좁은 집 안에 그녀는 이사와 경매에서 살아남은 물건, 헌책, 가구, 그들이 함께 살아온 인생의 모든 기념물들을 모아놓았다. 그림들, 판화들. 사뮈엘 솔리망이 열일곱 살 때 모리셔스를 떠나기 전에 그린, 달빛을 받으며 서 있는 피터 보트*를 그린 찰필화 한 점도 있었다. 그녀는 자동차로 프랑스를 종단한 지팡이 칼 세트를 경건한 마음으로 복도에 걸어놓았다. 알렉상드르가 죽은 후로 쥐스틴은 이재에 꽤 밝아졌다. 그녀는 삼촌의 유산에서 남은 돈을 공증사무소에 맡겨두고 종신연금으로 전환해 그것으로 생활비를 충당했다. 그뿐 아니라 조금이나마 밀루 고모를 꾸준히 도와주고, 고모가 노년에 수도원으로 들어갈 때도 얼마간 보태줄 수 있을 터였다. 다른 고모들은 어떻게든 그럭저럭 살아가고 있었다. 그리고 쥐스틴은 모드를 이미 용서했는지도 몰랐다. 그래서 그녀가 배를 곯지 않도록 작은 꾸러미들을 보낼지도 몰랐다. 심지어 일주일에 한두 번은 시보드냐로 찾아갈지도 모르리라.

---

* 네덜란드 동인도회사의 초대 총독.

오늘

지금은 해질 무렵일 것이다, 아마도. 파리의 7월, 더위 때문에 호텔 방 안은 숨이 턱턱 막힌다. 나는 질식할 것 같은 갑갑함에서 벗어나기 위해 아침부터 저녁까지 걷는다. 아무 계획 없이 무턱대고 이 거리 저 거리를 거닌다.

기념물들을 보러 가지는 않았다. 내가 나 자신을 관광객으로 생각하지 않는 건 분명하다. 먼 곳에 살고 있지만 무언가가 나를 이 도시와 연결시켜주고 있다. 죄의식과 경계심 사이의 묘한 감정, 그게 아니라면 애정이 담긴 원망의 감정일지도. 나의 발길은—그리고 버스 노선들은—본능적으로 나를 이 도시의 남쪽, 소문으로 익히 아는 구역으로 이끌었다. 이곳의 거리, 대로, 가로, 큰 광장과 작은 광장들. 어린 시절부터 어머니가 내게 이 구역의 지명들을 되풀이해 들려준 까닭에 자연스레 그 이름들을 외우게 되었다. 어머니가 파리를 추억할 때마다 다음과 같은 이름들이 오르내렸다.

팔기에르 가
독퇴르 루 가
볼테르 가
비제 르브룅 가
코탕탱 가
아르모리크 가
보지라르 가
뒤 맨 가
몽파르나스 대로

그리고 또,

앙트르프르뇌르 가
루르멜 가
코메르스 가
노트르담 뒤 페르페퉈엘 스쿠르

옛날에 벨디브 자전거 경기장이 있던 자리를 찾아갔다.

현재 그곳은 라 플라트 포름이라고 불린다.

모든 것이 바람에 깨끗이 휩쓸려가 사막처럼 황량한 언덕 위의 광장, 그곳에서 아이 몇 명이 놀고 있다. 광장은 높은 건물들, 15층 높이의 건물들에 둘러싸여 있다. 심하게 파손되어 있어서 처음에는 사람이 살지 않는 폐쇄된 건물들일 거라고 생각했다. 하지만 이내 발코니들에 널어놓은 빨래니 위성 안테나니 창문의 커튼 따위가 눈에 들어왔다. 그리고 뜨거운 햇살에 타들어간 제라늄 화분들도.

이곳은 사막, 공중에 떠 있는 무인도다. 건물에는 기묘하고 한껏 멋을 부린 괴상한 이름들이 붙어 있다. 마치 공상과학영화의 세트장 같다. 그 건물들은 '오리온 섬' '카시오페아 빌딩' '베텔게우스' '코스모스' '오메가' '뇌뷜뢰즈(성운) 빌딩' '르플레 빌딩'이라고 불린다. 옛날 같았으면 그리스 여신이나 인도 여신, 스칸디나비아 여신들의 이름을 붙였으리라. 저 라 플라트 포름을 짓던 시절의 건축가들은 우주를 동경했다. 그들은 다른 세계에서 온 사람들이었고, 외계인들에게 사로잡혀 있었다. 그게 아니면 영화를 너무 많이 보았든가.

나는 여기저기 균열이 간 라 플라트 포름 위를 걷는다. 그늘한 점 없다. 시멘트 바닥과 건물 벽들이 머리가 아플 정도로 강렬한 빛을 반사하고 있다. 좀전의 그 아이들을 다시 만났다. 아이들의 목소리가 메아리가 되어 울린다. 아이들 중 하나, 다른 아이들이 부르는 걸로 미루어 짐작건대 아킴이라는 이름의 아이가 다가왔다. "뭘 찾으세요?" 도발적이고 공격적인 아이다. 이 버려진 광장과 빌딩들은 이 아이들의 것이다. 이곳은 이 아이들이 노는 놀이터이자 모험을 즐기는 영토다. 바로 여기, 아이들의 발아래에서 오십 년 전 그 끔찍한 일이, 상상할 수도 용서할 수도 없는 사건이 일어났다. 어쩌면 늘어선 계단식 좌석 사이로 쫓아다니며 놀고 웃고 서로의 이름을 부르던 아이들의 목소리와 똑같은 목소리들, 여인들이 탄식하고 항변하는 목소리 위로, 스타디움의 높은 벽에 울리던 것과 똑같은 메아리인지도 모른다. 라플라트 포름에는 건물 외벽에서 떨어진 콘크리트 조각들이 흩어져 있다. '르플레 빌딩'은 터키옥색 타일로 외벽 공사를 다시 했다. '오리온'의 외벽은 암청색이다. '코스모스'는 한때는 황금빛이었지만 지금은 퇴색된, 고대 이집트인들의 앙크* 표시를 연상시키는 T자 십자가가 붙은 수레바퀴로 장식한 기다란 발코니들로 막혀 있다. 그 건물들은 우리 시대의 피라미드들이다. 찬란했

* '영원한 생명'을 뜻하는 고대 이집트 문자.

던 선조 못지않게 겉멋만 들고 쓸모없으면서도 선조보다 더 오래 버티지도 못할 게 분명한. 거대하고 좁은 원통형 첨탑 같은 건물이 구역 전체를 굽어보고 있다. 그리고 내 계산에 의하면, 위치상 그 원통형 건물은 거의 정확히 벨디브가 있던 자리의 기하학적 중심에 서 있는 게 틀림없다.

문닫은 중국식당과 '베레니케'*(역시나 기묘한 이름이다)의 무너져가는 계단들을 지나 테라스 끝을 향해 가면서 나는 그 도시를 재발견했다. 라 플라트 포름 아래의 그곳에는 지붕으로 덮인 길, 차고, 피나 주유소, 그리고 그럴듯해 보이지만 뭐하는 곳인지 알 길이 없는 텅 빈 사무실들이 있다. 카트르 프레르 페뇨 가, 리누아 가, 앵제니외르 로베르 켈레르 가. 계단식 좌석들은 어디에 있었을까? 레오노라가 경찰 호송차에서 내려 다른 유대인들과 함께 통과했을 그 문은 어디쯤 있었을까? 누가 그들을 기다리고 있었을까? 마치 파티에 입장시키듯 그들의 이름을 하나하나 확인하는 사람이 있었을까? 아니면 거기 입구 앞에, 햇살이 내리쬐는 노천에 세워두고 곧 자전거 경주가 시작되기라도 할 것처럼 원형경기장의 거대한 트랙을 보고 있게 했을까? 분명

* 고대 이집트의 왕비로, 그녀의 머리털이 별자리가 되었다. 베레니케는 우리말로 '머리털자리' 이다.

그녀는 자기가 아는 얼굴을, 앉을 자리를, 그늘진 구석 자리를, 어쩌면 화장실을 눈으로 찾았을 것이다. 그러다 불현듯 자기 위로, 모든 남자들과 여자들 위로, 아이들 위로 닫히는 함정을 깨달았을 것이고, 거기서 한두 시간이나 하루 동안 있지 않을 거라는 것, 영원히 그곳에 간히리라는 것을 알아차렸을 것이다. 이제는 출구도 희망도 없다는 것을……

나는 유대교 회당 근처에 있는 사진 박물관의 문을 밀고 들어갔다. 그리고 라 플라트 포름의 중심이 높이 솟아 있었던 그 하얀 굴뚝과 일직선상에 있다는 것을 직관적으로 알아차렸다. 나는 예배 장소들엔 별 관심이 없는 사람이다. 그러나 여기서는 다르다. 사진 속 얼굴들은 내 의식 속으로 스며들어와 마음 깊은 곳까지 억지로 길을 뚫고 기억 속으로 들어온다. 익명의 얼굴들, 나와는 아무런 관계도 없는 얼굴들이다. 그런데도 나는 그들의 현실에 충격을 받는다. 예전에 우디노 가의 문서보관소에서 낭트, 보르도, 마르세유로 팔려간 노예들의 기록장부를 읽었을 때처럼.

마리옹, 카프레스, 일 드 프랑스. 쿵보, 카프레스, 일 드 프랑스. 라강, 말바르, 퐁디셰리. 라나발, 말가슈, 앙통질. 토마, 뮐라트르, 부르봉.

아이들은 트랙 가장자리에 서 있고, 어른들은 뒤쪽에 있다. 드랑시의 거대한 건물들 아래. 사르트루빌, 뤼에이, 르 랭시의 새 게토 건물들과 너무도 비슷하게 생긴 건물들. 그들은 계절에 걸맞지 않게 너무 두꺼운 외투를 입었고, 아이들은 베레모를 썼다. 맨 앞줄에 선 아이들 중 하나는 가슴에 별을 달고 있다. 그들은 카메라렌즈를 향해 미소 짓고 있다. 마치 가족사진을 찍기 위해 포즈를 취하는 것처럼. 그들은 자신들이 곧 죽으리라는 걸 모른다.

어떤 지도에서 나는 공포의 지리학을 읽는다.*

풀스뷔텔

노이엔가메

에스테르베겐　　라벤스브뤼크

작센하우젠

오라이엔부르크　　트레블링카

헤르토겐보스　　베르겐벨젠　　쿨름호프

모링겐　도라　　리히텐베르크

* 이하 지명들은 2차 세계대전 당시 노동 수용소나 절멸 수용소가 있던 곳들이다.

소비보르

니더하겐-베벨스부르크 바트 줄차 루블린마이다네크

부헨발트 작센부르크 그로스-로젠 벨제크

테레시엔슈타트 플라스초프

아우슈비츠-비르케나우

힌제르트 플로센뷔르크

나츠바일러-슈트루트호프

다하우

마우트하우젠

그리고 드랑시, 루아얄리외, 피티비에, 리비에라 디 사바, 볼차노, 보르고 산 달모아초, 벤티미글리아 같은 환승역의 이름들. 그곳들을 하나하나 찾아가 직접 살펴보고, 그곳에서 삶이 어떻게 지속되었는지를 이해하고, 그곳에 심긴 나무, 기념비, 비문들을 알아야 할 것이다. 그러나 무엇보다 오늘의 얼굴들, 거기 살고 있는 모든 이들의 얼굴을 보고, 그들의 목소리, 울부짖음, 웃음소리, 그 부근에 지어진 마을들의 소리, 지나가는 시간의 소리에 귀를 기울여야 할 것이다……

아찔한 현기증이 느껴지고 욕지기가 치미는 일이다. 나는 라 플라트 포름을 따라 길게 이어지는 거리들을 걷는다. 그르넬 강변도로를 따라 겹겹이 포개진 채 경적을 울리는 자동차와 버스들이 똬리를 튼 기다란 강철 뱀처럼 보인다. 오늘날의 센 강은 틀림없이 1942년 7월의 센 강과 똑같은 모습이리라. 어쩌면 레오노라를 비롯한 모든 사람들이 자전거 경기장을 향해 호송차를 타고 가는 동안 창살 사이로 저 강을 보았을지도 모르겠다. 강물은 역사를 씻어낸다. 누구나 아는 사실이다. 강물은 육신들을 사라지게 하고, 강비탈에 있는 것들은 그 무엇도 아주 오래 머물지 못한다.

어머니는 '백조의 산책길'에 대해 한 번도 내게 말한 적이 없다. 하지만 나는 본능적으로 계단을 내려가 강 한가운데 서양물푸레나무 그늘 아래로 길게 이어진 길에 다다랐다. 무척이나 아름다운 곳인데도 산책하는 사람들이 별로 없다. 여덟 살가량의 여자아이를 데리고 온 부부, 남미 혹은 이탈리아에서 온 듯한 관광객 몇 명, 나무 사진을 찍고 있는 검은 옷의 일본 여자. 벤치

위에서 사랑을 나누는 두세 쌍의 연인들, 그들은 낮은 목소리로 대화를 나누지만 에펠 탑을 보지는 않는다.

나는 센 강가의 어느 뒤틀린 고목 가까이에 멈춰섰다. 낮게 드리운 가지들을 보고 있노라니 그 나무가 어떤 동물, 강의 개흙 바닥에서 기어나온 파충류 같다는 생각이 든다. 나무 발치, 뿌리들 사이로 길고 검은 수초들이 머리칼처럼 일렁인다.

저기 강 맞은편, 열기로 피어오르는 안개 속에서 라 플라트 포름의 비현실적인 모습이 보인다. 그 크고 높은 건물들을, 해질 무렵의 하늘에 대비되어 검은 묘석 같은 건물들을 바라본다. 중심부에 위치한, 머리도 눈도 없는 비현실적인 건물이 구름 속으로 사라져버린다. 나는 더 멀리 갈 필요가 없음을 깨닫는다. 사라진 사람들의 역사, 그것은 바로 여기에 뿌리내렸다, 영원히.

도시는 예나 지금이나 변함없이 느리게 흐르는 강물과 함께 표류하고, 지난 기억이 흘러가도록 내버려둔다. 아킴, 라 플라트 포름의 그 아이가 옳다. 그 아이의 강렬한 눈빛, 매끈한 이마, 어두운색의 두 눈. "뭘 찾으세요?"

백조의 섬*, 모리셔스 섬. 이슬라 시스네로스**. 한 번도 그 둘을 연관지어 생각해본 적이 없다. 갑자기 쏟아지는 소나기 때문

---

* 백조의 산책길과 같은 곳.

** 스페인어로 '백조의 섬'이라는 뜻.

에 발걸음을 서둘러 강 저편으로 건너가는데 바로 그 생각이 머릿속에 떠올랐다. 미소가 절로 떠오른다.

〈볼레로〉의 마지막 소절들은 팽팽하게 당겨진 줄처럼 긴장되고 더없이 격렬해 견딜 수가 없을 정도다. 음악이 상승해 극장 안을 가득 채우면, 관객들은 한 명도 빠짐없이 자리에서 일어나 무용수들이 점점 더 빠르게 빙글빙글 돌고 있는 무대를 바라본다. 몇몇 사람들이 고함을 지르지만 그들의 목소리는 탐탐* 소리에 묻혀버린다. 이다 루빈슈타인과 무용수들은 광기어린 열정에 사로잡힌 꼭두각시들이다.** 플루트, 클라리넷, 호른, 색소

---

* 금속으로 만든 쟁반 모양의 타악기. 오케스트라용으로 만든 대형 공(gong)이다.

** 프랑스의 작곡가 모리스 라벨은 무용가이자 배우이며 공연예술 후원자로 널리 알려진 이다 루빈슈타인의 의뢰로 〈볼레로〉를 작곡했다. 1928년 10월 파리 오페라극장 초연 당시 니진스키가 안무하고 루빈슈타인이 직접 춤을 췄다.

폰, 바이올린, 북, 심벌즈, 팀파니, 모든 악기들은 휘어지고, 끊어질 정도로, 질식할 정도로, 현과 소리를 산산조각낼 정도로, 세상의 이기적인 침묵을 깨부술 정도로 팽팽히 긴장되어 있다.

내 어머니는 〈볼레로〉 초연을 관람했을 당시 당신이 느꼈던 감동과 사람들의 고함 소리, 끝없이 외쳐대는 브라보 소리와 휘파람 소리, 공연장이 떠나갈 듯 떠들썩했던 소요에 대해 이야기해주었다. 그때 그 공연장 어딘가에는 당신이 한 번도 만난 적 없는 한 젊은 남자가 앉아 있었다. 클로드 레비스트로스.* 레비스트로스처럼 어머니도 오랜 세월이 흐른 후 내게 고백했다, 그 음악이 당신의 인생을 바꿔놓았노라고.

이제 나는 그 이유를 이해한다. 리듬에 맞춰 점점 더 세게 연주하도록 훈련된, 되풀이되는 그 악절이 당신 세대에게 무엇을 의미했는지 나는 안다. 〈볼레로〉는 여타의 음악들처럼 하나의 작품에 그치지 않는다. 그것은 하나의 예언이다. 어떤 분노, 어떤 허기에 관해 이야기한다. 음악이 격렬함 속에서 끝났을 때 돌연 뒤따르는 침묵, 그 침묵은 어리둥절한 생존자들에게 공포로 다가온다.

---

* 문화의 구조적 분석을 위한 가장 유망한 두 영역은 음악과 신화라고 주장한 레비스트로스는 방대한 규모의 저서 『신화학』 중 한 권인 『벌거벗은 인간』(1971)에서 모리스 라벨의 〈볼레로〉를 사회문화적 관점으로 분석했다.

나는 스무 살이라는 어린 나이에 뜻하지 않게 억척스러운 삶의 주인공이 되어야 했던 한 젊은 여인을 기리며 이 이야기를 썼다.

기억을 위한 변주

2008년, 노벨상 수상과 때를 같이 하여 르 클레지오가 또 한 편의 소설을 세상에 내놓았다. 한국에서 집필했다는 사실 때문에 더욱 큰 관심을 불러일으키는 신작 『허기의 간주곡』은 아버지의 이야기인 『아프리카인』(2004년)과 짝을 이루는 어머니의 이야기이다. 하지만 『허기의 간주곡』은 전기적 소설이 아니라 그녀의 체험을 허구와 상상력, 다양한 변형을 통해 재구성한 이야기, 말 그대로 '소설'이다.

세계의 역사와 맞물리는 개인의 이야기

이 소설에서는 크게 두 흐름이 서로 교차되거나 병행되거나 겹치면서 시간의 진행과 함께 나아간다. 그중 하나는 전쟁의 불온한 그림자가 유럽을 잠식하기 시작하는 1930년대 초에서 전쟁이 끝나는 1940년대 중반까지의 세계라는 거대한 줄기이고, 다른 하나는 온실 속의 화초 같은 외동아이였던 주인공 에텔 브룅이 광기 어린 세계의 추락과 가족의 몰락을 겪으면서 "억척스러운 삶의 주인공"이 되어가는 과정, 즉 개인적 역사의 이행이라는 줄기다. 그런데 여기서 작가가 관심을 가지는 것은 통사적 역사가 아니라 에텔 또는 에텔과 그 가족의 이야기, 다시 말해 역사와 얽히는 개인의 이야기이다.

그래서 작가의 펜 카메라는 열 살 난 여자아이 에텔이 어른이 되기까지의 궤적을 따라간다. 솔리망 씨의 죽음, 부모의 불화, 파산으로 치닫는 집안, 전쟁과 피난, 가난과 모욕 등 그녀가 만나는 역경들, 그 사이사이에 끼어드는 자잘한 행복들, 종조부 솔리망과의 은밀한 유대감, 제니아와의 우정, 로랑 펠드와의 사랑, 바다와 모래언덕에서의 자연과의 교감, 음악에서 얻는 위안…… 처음에 느릿하고 아련하게 시작된 이야기는 에텔이 현실의 상황들을 몸으로 부딪쳐감에 따라 점점 더 빠른 리듬을 타며 펼쳐지고, 그와 아울러 서정적이고 우아하던 문장들 역시 건조하고 단속적인 문장들로 대체된다. 그렇게 세계의 역사와 개인의 이야기가 서로 얽혀들면서, 또는 세계의 역사가 개인의 삶에 불가피하게 파고들어 개인에게 관심과 적극성을 강요하면서, 세상과 무관한 듯 살아오던 이들이 거대한 폭력의 톱니바퀴에 물려들어가 마침내, 어쩔 수 없이 역사 속에 닻을 내리게 되는 애잔한 가족의 초상이 완성된다.

병든 세계와 망가진 역사, 관계의 간극, 그리고 허기

여기서 허기는 무엇일까? 우리는 전면에 흐르는 이야기 속에서 그 의미를 찾아내야 한다. 그런데 다행히도 이 소설에는 해독의 열쇠들이 여기저기에 노골적으로 드러나 있거나 풍요로운 묘사와 이미지와 사건들 이면에 숨바꼭질하듯 숨어 술래가 찾아주기를 기다리고 있다. 작가는 소설의 제목, 소설 첫머리에 인용한 랭보의 시, 그리고 감각적인 허기에 대한 기억을 되살리는 첫 장에서부터 친절하게 우리에게 계속 힌트를 던진다(더군다나 분량이 아주 짧은 첫 장과 마지막 장은 특별히 일인칭 서술자의 목소리로 작품 이해를 위한 도움말과 해설을 넌지시 제공하면서 프롤로그와 에필로그 역할을 충실히 이행하는데, 이것들은 그 자체로 작품의 완성도를 한층 높이면서 메시지를 정확히 전달하고자 하는 작가의 강한 의지를 증명한다).

먼저, 이 소설은 '허기'를 단순히 고통으로 인지하기보다는 교묘한 아이러니를 통해 황홀한 도취, 자유, 생존에의 에너지로 승화시키는 랭보의 시 「허기의 축제」를 앞머리에 인용하면서 출발한다. 그것은 『허기의 간주곡』이 그 시를 서사적으로 풀어놓는 작품이 되리라는 것을 시사한다. 그리고 첫 장에서 화자는 앞으로 전개될 이야기 속에서의 허기와는 다른 성질의 허기, 즉 육체적인 허기에 관한 유년의 기억을 우리에게 들려준다. 한편으로 그것은 허기가 '나'의 삶, 인간의 삶에 기여하는 의미를 단적으로 보여주기 위해서고, 다른 한편으로는 '기억하는 행위'의 중요성을 미리 귀띔하기 위해서다. 기억은 우리로 하여금 삶을 계속 살아갈 수 있게 하는 생명력과 희망의 끈이다. 그래서 화자는 기억을 통해, 기억함으로써 "살기 시작"하고, "잿빛 세월로부터 빠져나와 환한 빛 속으로 들어가"며, 자유를 얻고 "존재하기" 시작한다.

허기, 그것은 과거를 잊지 않을 수 있게 해주는 것이다. "그런 허기를 겪지 않았더라면 아마도 그 시절, 모든 것이 부족했던 그 기나긴 세월에 대한 기억을 간직하지 못했으리라"라고 화자는 고백한다. 허기는 구멍이다. 허기는 그 구멍을 메우려는 의지, 다시 말해 생의 의지를 불러일으킨다. 그리하여 이 소설에는 "지하동굴들, 어쩌면 고대의 묘지일지도 모를 곳들을 관통하며 하염없이 밑으로 내려가는" 연보라색 집의 콘크리트 기둥들처럼 구멍이, 허기가 도처에서 시커멓게 입을 벌리고 있다. 그것들은 균열, 틈, 구덩이, 구멍, 벌어진 상처, 심연, 간극, 그리고 거기서 비롯되는 현기증과 구토, 전율, 오한 같은 어휘들로 이미지화되면서 에텔의 이야기가 끝날 때까지 집요하게 우리의 시선을 끌어당긴다. 밑바닥을 알 수 없는 시커먼 구덩이, 그것은 정신적 굶주림, 결핍과 모순, 인간의 광기가 만들어내는 부조리한 세계의 균열들, 타자와의 관계에서의 간극들, 존재 자체의 구멍, 결코 채워지지 않지만 그럼에도 불구하고 끊임없이 채워나가야만 하는 운명적인 허기, 인간의 비극적 선제조건으로서의 구멍을 의미한다.

실존적 자아를 향한 긍정적 의지

그래서 그 여인, "스무 살이라는 어린 나이에 뜻하지 않게 억척스러운 삶의 주인공이 되어야 했던 한 젊은 여인" 에텔의 이야기가 느릿하고도 조용히, 아름다운 서정시처럼 시작된다. 여기에는 분명한 이유가 있다. 처음에, 모리셔스 섬 출신의 부르주아지 집안에서 어른들의 사랑을 받으며 자라는 여자아이 에텔을 둘러싼 공간들은 어떤 공통점을 지니고 있다. 부유층이 모여 사는 파리 15구역, 현실과 동떨어진 공허한 대화들을 일삼으며 현실을 외면하고 망각하려는 코탕탱 가의 살롱, 소란이 들끓는 도시 한가운데에서 모든 것에서 외따로 떨어진 인공 섬 '백조의 산책길', 그리고 실현되지 못한 채 상상의 영역 속에 머물고 있는 연보라색 집…… 그것들은 모두 비현실적이고 자폐적인 세계이자 허구적 공간이며, 사르트르가 말하는 '회선이 끊어진 유리창 너머'의, 세상과 단절된 무의미한 공간이다. 그리고 인물들은 하나같이 그 공간 안에서 의식이 마비된 채 졸고 있다. 그런 만큼 장면들은 꿈결처럼 흐릿하고 느긋하고 안온하며, 문장들은 몽상에 젖은 감성들로 반짝인다. 그래서 우리는 에텔의 이야기가 계속 동화처럼 이어질 거라고 기대한다(첫 장에서의 '허기'에 대한 암시와 둘째 장에서 곧바로 등장하는 '식민지 박물관'이라는 장치를 간과한다면). 그러나 솔리망 씨의 죽음과 더불어 "상황이 빠르게 변해"간다. 그리고 어느 날 갑자기! 깨닫지도 못하는 사이에 심각한 일들이 연이어 일어나고 그로 인해 에텔은 떠밀리듯 상상의 삶이 아닌 진짜 삶으로, 유년에서 곧바로 어른의 삶으로 뛰어든다. 그렇지만 평범한 사람들이 그렇듯이, 에텔 역시 거대한 역사를 인식하기 시작하는 게 아니라 오로지 자신과 가족의 생존을 위해 현실에 맞서 싸울 뿐이다. 그녀는 자신이 겪는 현실들이 역사의 일부라는 것을 실감하지 못한다. 심지어 "아무것도 느끼지 못"하고, "탱크들 뒤로 군인들을 태운 무개 트럭들이 줄지어 나타나고 엔진 소리가 훨씬 더 무시무시해졌을 때조차" 그들이 누구였는지 자신 있게 말할 수 없다. 그녀는 현재 일어나는 사건들의 의미를 항상 뒤늦게, 그것들이 과거가 되었을 때에야 간신히 알아차린다. 타자와의 관계에서도 마찬가지다. 제니아, 로랑 펠드, 아버지와 어머니, 그리고 모드와의 관계에는 결코 좁혀지지 않는 간극이 가로놓여 있다. 그것은 원초적으로 인간에게 주어진 조건일 수도 있다. 또 자신의 감정에 솔직하지 못하고 언제나 내가 아닌 다른 누군가가 되고 싶어하며 타자의 시선으로 자신을 평가하는 그녀, 관계에 대한 순진한 환상으로부터 빠져나오지 못하는 에텔 자신의 결함 때문일 수도 있다. 어쨌든 그러한 관계의 구멍들은 에텔 자신보다는 그것을 지켜보는 우리에게 더 선명한 슬픔과 절망을 불러일으킨다. 에텔은 고립된 섬 저편에서 안개 너머로 이편을 바라보며 자신이 열망하던 환상과 어긋나는 관계의 현실들에 상처받는 자신의 모습을 보지 못하지만, 그녀를 지켜보는 우리는 그것을 분명히 볼 수 있을 뿐 아니라, 우리 역시 그녀와 다르지 않다는 것을 알고 있기 때문이다.

나른한 마비 상태, 생기를 잃은 평화, 안락한 잠 속에서 살아가는 에텔과 코탕탱 가의 사람들에게 세상의 불행들은 꿈결 너머에서 들려오는 풍문에 지나지 않는다. 그들은 역사에 속해 있으면서도 그 바깥에 존재하는 것처럼 살아간다. "어디고 할 것 없이 소문이 떠돌았다. 에텔은 섬에 있는 것 같은 기분이었다. 아무것도 진정 비극적으로 느껴지지 않을 만큼 모든 것에서 멀리 떨어져 있는 동시에, 의지와 상상력을 마비시키는 맹렬한 파도가 들이치고 폭발의 기류가 불어올 만큼 가까운 어떤 섬에." 사르트르의 로캉탱처럼 '내던져진 존재'인 에텔은 "우리는 스스로 자신의 역사를 선택하지 않아. 너의 역사는 네가 일부러 찾아 나서지 않아도 이미 네게 주어졌어. 그리고 너는 그것을 거부해서는 안 되고 거부할 수도 없어"라고 되뇐다. 솔리망 씨는 향수 속에서 살다 죽음으로써 전설로 남았고, 알렉상드르는 담배 연기를 현실에 대한 차폐막으로 삼으며 날지 못하는 자신의 비행기 모형처럼 잠들어 있다 죽음을 맞고, 쥐스틴은 현실을 외면하거나 알면서도 모르는 척하며 살아간다. 그러나 에텔, 그녀는 평화롭던 반수상태에서 벗어나 불안과 분노를 느끼기 시작하고, 현실을 정직하게 받아들이면서 긍정적인 생의 의지를 획득해나간다. 에텔, 그녀는 삶에 뛰어들어야 하고 스스로 삶의 주체가 되어야 한다는 것을 깨달으면서 점차 실존적 인간, 시시포스적인 인간으로 변모한다.

기억, 반복, 그리고 〈볼레로〉

『허기의 간주곡』에는 작가로서의, 그리고 인간으로서의 르 클레지오의 모든 것이 녹아들어 있다. 바꾸어 말하자면, 이 책은 독자들이 저마다 다른 관점에서 다양한 의미들을 무궁무진하게 발견해내는 즐거움을 누릴 수 있는 보물섬이다. 그리고 다시 바꾸어 말하자면, 작가는 이전 작품들에서 반복해 보여주었던 것들을 이 작품에서 또다시 되풀이해 보여준다. 왜일까?

하지만 그 물음에 앞서 답해야 할 물음이 있다. 르 클레지오의 모든 것이란 무엇인가? 그러나 그 모든 것을 여기서 열거할 수는 없고 옮긴이에게 그 보물들을 모두 찾아낼 역량도 없기에, 옮긴이 역시 한 사람의 독자로서 하나의 관점으로 몇 가지만 짚어보기로 하겠다. 우선 문체 측면에서 그가 지금까지 작품에서 보여주었던 모든 것을 찾아볼 수 있다. 더할 수 없이 아름답고 시적인 문장들과 아무런 장식도 없이 사실들을 기록하고 있는 듯한 건조한 문장들이 박자를 맞추듯 교차하는가 하면, 사물을 놀라울 정도로 꼼꼼하게 들여다보고 그것의 낯선 이면을 드러내 보여주는 문장들(수없이 많지만 한 가지 예를 들자면 니스의 시장 좌판 사이를 떠도는 그림자들을 묘사한 대목), 그리고 알파벳 언어권에서는 찾아보기 힘들게 접속어, 목적어, 지시어들을 생략한 실험적인 문장들(마치 한국어 문장을 대하는 것 같은, 그래서 오히려 낯선)도 빈번하게 등장한다. 뿐만 아니라 낯섦을 강조하기 위한 장치인 듯 아예 해독 자체가 불필요한 기호로서의 언어, 시각적 언어들(러시아어, 독일어, 에스파냐어, 네덜란드어, 그리고 모리셔스 크레올어까지. 하지만 작가는 이 언어들 중 의미전달이 꼭 필요하다고 생각되는 것들은 부연 설명을 해놓았다)의 나열도 발견할 수 있다(여기에 덧붙여, 역사 속에서 사라진 인물들, 잡지들, 생소한 역사적 사실들, 낯선 지명들의 나열 역시 이야기의 서사적인 흐름을 뒤틀고 방해하려는 작가의 의도에서 비롯된 것이라고 볼 수 있다. 소설을 편안하게 읽어내리지 못하게 만들고 중간중간 맞닥뜨리는 낯선 것들에 당황하게 만듦으로써 이 세계의 불편함을 우리에게 환기시키려는 수사적 장치!).

다음으로, 주제의 측면에서도 르 클레지오의 모든 것이 이 책에 담겨 있다. 원시적인 자연과 대비되는 거대 문명사회에서 인간에 의해 빚어지는 비극들, 여기서는 특히 전쟁과 반유대주의, 파시즘, 제국주의의 폭력성, 그로 인한 가난과 표류('떠도는 것'이라는 주제에 대해 말하자면, 이 소설은 특정 공간 안에 정체되어 있지 않다. 인물들은 모리셔스 섬에서 프랑스의 브르타뉴로, 브르타뉴에서 파리로 옮겨왔다가 다시 브르타뉴, 파리〔그리고 파리 내에서도 다양한 구역들을 종횡무진한다〕, 니스, 로크빌리에르, 니스, 파리로〔그리고 가능하다면 캐나다까지!〕 가족이라는 뗏목을 타고 거대한 역사의 소용돌이 속을 떠돈다), 유년 혹은 근원으로의 회귀, 그리고 그의 첫 작품 『조서』에서부터 제기된 실존에 관한 문제, 채워지지 않는, 그럼에도 채워야만 하는 존재의 벌어진 구멍, 잔인한 삶 앞에서의 긍정적 생명력 같은 주제들이 되풀이되고 있다. 그리고 소재에서도 그와 부모 또는 조상들이 체험한 거의 동일한 에피소드들이 반복된다(가령, 『아프리카인』에 나왔던 삽화들이 여기서 때로는 거의 똑같이, 때로는 조금씩 변형되어 나타난다). 뿐만 아니라, 세상을 바라보는 작가의 따뜻한 시선, 역사의 가해자들에 대한 비난과 박해받는 자들에 대한 연민과 관심 또한 절절히 드러나 있다.

그런데 거의 비슷한 등장인물들과 배경, 줄거리와 주제와 삽화, 묘사들이 왜 그의 작품들(특히 후기 작품들)에서 계속 되풀이되는 걸까? 자, 그래서 우리는 앞에서 제기한 물음으로 되돌아온다. 그는 왜 반복하는가? 그것은 부주의나 건망증 때문이 아니다. 반복은 그가 의도한 무언가를 위한 도구이다. 무엇을 위한? 기억을 위한, 기억하기 위한, 기억하게 만들기 위한. 〈볼레로〉 초연에 관한 이야기가 담긴 맨 마지막 장이 그것을 증명한다.

기억하라, 기억해야 한다! 이 소설은, 그리고 이 소설의 범주에 속하는 그의 다른 소설들은 모두 그렇게 외친다, 기억해야 한다고, 인간이 인간을 짓밟고 처단하는 잔혹한 역사, 잊혀질 위기에 놓여 있는 고통스러운 과거, 사라진 사람들의 역사, 지금도 진행중인 가학행위들을 잊어서는 안 된다고. 에텔, 또는 다른 누구여도 좋을 어떤 존재의 뱃속에 들어앉은 엄청난 허기, '살고자 하고, 붙잡으려 하고, 태어나고자 하고, 태어나게 하고자 하는 허기'를 기억해야 한다고. 기억하는 것보다 망각하는 데 더 뛰어난 재능을 발휘하는 우리가 자꾸 놀라면서 상기할 수 있도록, 그래서 잊지 않을 수 있도록, 그는 반복하는 것이다. 하지만 지루한 반복이 아니라, 주제의 다양한 변주를 통해, 그리고 〈볼레로〉처럼 감동적인 연주기법으로, 짜임새를 변형하고 점층적인 크레셴도를 지향하는 동시에 꾸준하고 변함없는 템포로 반복 연주하면서.

이 소설에서 화자가 〈볼레로〉는 단순한 음악작품이 아니라 하나의 예언이라고 말하듯이, 클로드 레비스트로스는 모리스 라벨을 "메시지의 음악가"로 간주한다. 라벨의 〈볼레로〉는 청자를 "음성陰性적인 창작자"로 만든다. 그리하여 작곡자로부터 청자에게로 울려퍼지는 음악이 간극들을 채움으로써 〈볼레로〉는 마침내 메시지 전달이라는 목적을 달성하고 보편성을 획득한다. 여기에 '라벨의 〈볼레로〉' 대신 '르 클레지오의 반복'을 대입해도 그대로 맞아떨어질 것이다. 르 클레지오는 음 대신 활자로 자신의 〈볼레로〉를 연주하면서 우리에게 메시지를 전달한다. 기억하라, 지금 여기에 영원히 있어야 함에도 불구하고 잊혀지려 하는 것들, 어쩌면 일부러 망각하려 하는 것들, 제국주의의 산물인 전쟁과 식민지, 가난과 폭력, 불의를 애써 기억하라. 부조리하고 잔혹한 세계와 낱낱의 고통들, 그 허기와 분노를 기억하라. 괴상한 이름의 건물들 아래 묻힌 과거의 악몽들을 일깨우고 되새겨라, 그것은 어지럽고 구역질 나는 일이지만, 그럼에도 그것들을 기억해내는 일은 우리가 계속 살아가기 위해, 절망하지 않기 위해, 자유롭게 존재하기 위해 이행해야 할, 우리에게 주어진 임무이자 권리이다. 르 클레지오는 이 아름다운 소설에서 그러한 메시지를 절박하게 외치고 있다.

2010년 겨울

윤미연

지은이 **J. M. G. 르 클레지오**

'현대 프랑스 문단의 살아 있는 신화' '살아 있는 가장 위대한 프랑스 작가'로 일컬어지는 작가. 1963년 스물셋의 나이에 첫 작품 『조서』로 프랑스의 권위 있는 문학상인 르노도상을 수상하며 화려하게 데뷔했다. 1980년 『사막』으로 아카데미 프랑세즈가 수여하는 폴 모랑 문학대상을 수상했고, 2008년 노벨 문학상 수상자로 선정되었다.

옮긴이 **윤미연**

부산대학교 불어불문학과 및 동 대학원을 졸업하고, 프랑스 캉 대학에서 박사 과정을 수료한 뒤 전문 번역가로 활동하고 있다. 『괜찮나요, 당신?』 『어느 완벽한 2개 국어 사용자의 죽음』 『세상에서 가장 작은 동물원』 『우리는 함께 늙어갈 것이다』 『마지막 숨결』 『사랑을 막을 수는 없다』 『구해줘』 등 다수의 책을 우리말로 옮겼다.

문학동네 세계문학

허기의 간주곡

초판 인쇄 2010년 12월 15일 | 초판 발행 2010년 12월 27일

지은이 J. M. G. 르 클레지오 | 옮긴이 윤미연 | 펴낸이 강병선
책임편집 김지연 | 독자 모니터 김형철 전혜진
디자인 엄혜리 이원경 | 저작권 김미정 한문숙 임현경
마케팅 정민호 김도윤 장선아 박보람 | 온라인 마케팅 이상혁 한민아 정진아
제작 안정숙 서동관 정구현 김애진 | 제작처 (주)상지사P&B

펴낸곳 (주)문학동네
출판등록 1993년 10월 22일 제406-2003-000045호
주소 413-756 경기도 파주시 교하읍 문발리 파주출판도시 513-8
전자우편 editor@munhak.com | 대표전화 031) 955-8888 | 팩스 031) 955-8855
문의전화 031) 955-3576(마케팅) 031) 955-8860(편집)
문학동네카페 http://cafe.naver.com/mhdn

ISBN 978-89-546-1370-5 03860

www.munhak.com